塔羅女神探之幽冥街秘史

TAROT FEMALE DETECTIVE

暗地妖嬈 著

作者介紹

AUTHOR

暗地妖嬈

本名章苒苒。著名小說作家、影評人、專欄作家。

暗地妖嬈擅長布構懸疑推理故事，開民國懸疑推理小說之先河，將民國風情與驚悚懸案巧妙結合，炮製出風格獨特的中國式推理小說；其故事張力十足、氣韻詭異華麗、人物個性鮮明、文筆流豔，新書上市便獲得高度認可。其中《閨蜜的戰爭》一上市即連續加印，並有多家影視機構主動爭取版權。其出版的每一部作品均得到影視公司的高度關注，被視為知名編劇六六之後的新生代影視劇女王作家。

已出版作品

PUBLISHED WORKS

二〇一二年二月

出版民國推理懸疑小說《盛宴》

電影版權已售出

二〇一二年五月

出版民國推理懸疑小說《藺鎮奇案》

電影電視劇版權同步售出

二〇一二年七月

出版民國推理懸疑小說《名伶劫》

二〇一二年七月

出版長篇職場懸疑小說《客服兇猛》

二〇一二年十一月

出版長篇都市情感懸疑小說《閨蜜的戰爭》

影視版權已售出

二〇一三年七月

出版民國推理懸疑小說《幽冥街秘史》

人物介紹

INTRODUCTION

杜春曉

故事主角，是個菸癮重、喜愛玩塔羅牌的奇女子。由於在上海惹毛了洪幫，加之舊識斯蒂芬在事件中插了一腳引起她的好奇，她為了追蹤斯蒂芬，決定離開上海前往倫敦，不料在中俄邊境時竟遇上棄屍案……

夏　冰

杜春曉的未婚夫，個性斯文親切。辭去保警隊的工作後與春曉搬遷到上海，當起私家偵探，沒多久又與春曉一同逃離上海。對他來說，能和春曉在一起，再怎麼辛苦的旅程也甘之如飴；然而斯蒂芬的出現，再度打破他的醋罈子……

斯蒂芬　杜春曉的舊情人，因其特殊事業而與杜春曉起了衝突，兩人反目。

阿巴　不知為何被人棄屍的啞巴女子，喪失記憶。

紮肉　杜春曉與夏冰的老鄉，相當厲害的職業騙子。

小刺兒　殘疾的乞討兒，腦袋相當精明。

莊士頓　聖瑪麗教堂的窮神父，有段荒唐的歲月。

若望　聖瑪麗教堂的白化症少年，似乎有兩種性格。

阿耳斐　聖瑪麗教堂裡最漂亮的少年門徒。

潘小月　幽冥街的老大，賭坊女老闆。

章春富　賭坊管事，深諳千術與廚藝。

譚麗珍　賭坊裡的女招待，因懷孕而惹上麻煩。

喬蘇　做皮肉生意的混血女子，愛人慘死。

目次 CONTENTS

楔子

「贖罪……」

西滿用嘶啞的嗓音吐出生前最後的兩個字，遂抬起兩隻血津津的空眼眶，這一細微的動作直接要了他的命，莊士頓神父隱見一縷魂魄自西滿被迫大張的口腔內迅速竄出，餘下一串「嘶」音。

「什……什麼？」莊士頓每往前踏一步，陽光便由七彩玻璃窗傾斜刺入他的腳尖，路行得如此之痛，幾乎令他暈厥。尤其是十一位少年在他身後尖叫，彷彿他踩住的每一寸土地都是通往地獄的臺階。

然而，他只是想聽得更清楚一些，於是徑直走到布道臺前，仰面望著掛在十字架上的西滿。那裡原本是一尊半裸的基督像，青銅打造，低垂的頭顱上掛著慘綠色濕髮；西滿的頭髮卻是金的，灑滿陽光與彩繪玻璃製造的效果，腫脹的赤紫色面孔在藤條的纏繞下已綻開傷口，細細的血線自鼻孔一路蜿蜒，爬滿了脖頸。

「什麼？」莊士頓仰望西滿的屍身，他的軀體仍是雪白的，皮膚緊貼住肋骨，兩條腿鬆鬆的垂落，彷彿可隨風搖擺。

西滿再沒說話。

第一章

聖瑪麗的太陽

火車抵達遜克縣的辰光正值中午，然而天仍是暮晚的顏色，一舉頭仰望便是滿目陰沉。車窗戶外沿上掛著的那一排冰稜渾圓粗壯，發出幽幽晶光。夏冰直覺腳趾都要凍掉了，又捨不得將那雙厚到離譜的重皮靴脫掉，生怕扯得不當心，連腳趾骨都掰斷也不一定。

事實上，南方人並不畏懼北方的乾冷，無奈「心魔」作祟，置身於這樣的冰天雪地便有些惶惶的。

杜春曉也眉頭緊皺，裹著一件羊皮大襖，內裡還包有兩層棉褂並一件貼身毛線衫，身材腫出平素兩倍有餘。然而，她眼神還是興奮的，精光四射，這份灼熱感烤得周遭人背上越發滋生出寒意來，只因她面對火車受風雪阻行而停滯這件事，表現出的歡愉顯然不太正常。

唯夏冰懂她，未婚妻並非喜歡自己被困半途，卻是喜歡車軌上那堆十幾尺高的「雪山」裡竟挖出了一個人來。

那是一具很長的屍身，穿著縫製粗陋的熊皮襖，一頭蓬亂的金髮蓋在額頭上，皮膚毛孔很粗，鼻尖密布黑色細點，面頰的雀斑在融化的雪水裡閃閃發亮。

「是個紅毛鬼子！還是女的！」

夏冰剛喊出口，便被杜春曉打了嘴巴：「你可是要自討苦吃？這裡正挨著俄羅斯的地盤，一路上大小幾十個屯子都是中國人與俄國人混住的，若再囂張些，恐怕『紅毛鬼』三個字還沒

講齊全，就先被剝光了丟冰川裡凍死，下場可不比從雪堆裡挖出來的那個俄國女人強些。」

話畢，杜春曉便縮著脖子圍著那屍首又轉了兩圈，突然笑道：「怎麼都在這裡半日了，還不見巡捕呢？」

聞言，身後一位面孔發白的列車員咬牙切齒道：「剛剛列車長已去找人了，這邊屯子太多，偏偏車子停在半道上，也不知死人是哪個屯子的，歸哪裡管？只能就這麼耗著了！」

夏冰登時有些急了，吼道：「這可是人命，怎麼能就這麼耗著呢？！」

那列車員正欲回辯，卻被杜春曉以一記長嘆封住了嘴，她正色道：「這裡也算半個荒郊野嶺了，要找個管事的，確實不容易，但死者總是要敬的。」

「敬什麼呀？現在要緊的是把雪鏟乾淨了，儘早上路！」那人用怨恨的紅眼剮了一下屍體，便轉身走了。

夏冰探出車窗望去，見車頭處果然有十來個列車員在鏟那雪堆，因氣候乾燥，雪塊全無自行融化的跡象，只有周遭人呼吸的熱氣與手中那把鐵鏟將它漸漸抹平，他不由得皺眉道：「估摸著待到黃昏，車子差不多也能動了。可這個死人又該何去何從？」

「到時肯定是將死人隨便丟到路邊了事，難不成還帶去英國？」

那些一度因好奇而在安置屍首的車廂內探頭探腦的人早已跑得精光，唯杜春曉依然興致勃勃賴在屍體旁邊。此刻對其感興趣的，唯有杜春曉與夏冰二人，他們已站了半日，夏冰驀地想起行李還堆放在硬臥鋪上，生怕被盜，欲轉身折回，杜春曉卻道：「要不然，咱們算算這屍首的去向？」

話畢，她竟自顧自的將塔羅牌在蓋了灰色毛氈的屍身上，擺出大阿爾克那陣形。夏冰當下有些舌頭打結，顫聲勸道：「妳這樣對她，不大好吧！」

「恐怕等一下車子能動了，才『不好』。」杜春曉凍得通紅的鼻尖在暮色下格外刺眼，解釋道：「他們會拋屍荒野，當這件事沒發生過，下了車，眾旅客也不過各奔東西，多半都是老死不相往來，誰還牽掛一個不知名的死人呢？」

「這斷不可能吧？！」夏冰驚道。

杜春曉也不搭理，逕自翻開了第一張牌。

過去牌：正位的惡魔。

「死者生前遭遇過魔鬼般的人物迫害，不得已才逃到這兒來，卻不想依舊過著不人不鬼的日子，如今也果真入了魔道。」

「遇上什麼樣魔鬼般的人物了？」夏冰難掩好奇。

杜春曉卻神秘兮兮，莞爾道：「你但凡在上海那會子多讀一些外文報紙，就曉得俄羅斯如

今正遭什麼罪，有何惡魔作祟了！」

接著，她翻開現狀牌——逆位的愚者，正位的力量。

此牌一出，她竟拍手樂道：「可了不得了！果然還得咱們這些聰明人來做件好事兒！」

「什……什麼好事？」

「把這位姐姐搬出去，安置個好去處。」她邊講邊用力拍了拍軟綿綿的屍身，彷彿在拍打一匹馴服的母馬。

「搬出去？安置？咱們？」咱們二字一出口，夏冰已生出悔意來，因心裡隱隱覺出多事的未婚妻要幹出什麼事來。

「所以呢，當下最要緊的是找個落腳的地方，比如一個春暖花開，無惡人橫行，有神庇佑的豐饒之地……」

她邊講邊翻出未來牌——正位的太陽。

「妳的意思是，咱們要把死人抬走？」夏冰此時已下定決心，無論如何都得阻止杜春曉發這個瘋。

她卻理所當然的點頭：「沒錯，咱們也只有這條路好走。」

「為什麼？」

「因為……」她緩緩抬頭，用幾近憐愛的眼神撫摸他已被焦慮削得越發尖長的面頰，一字一句道：「咱們的行李被偷了，到了英國也只能做乞丐，不如利用這死人幫點兒小忙，撈些盤纏，否則真不曉得接下來的日子要怎麼過。」

夏冰瞬間頭皮發麻，也不說話，轉身便往自己的臥鋪那邊跑，不消兩分鐘又折回來，表情又驚又怒，吼道：「何時被偷的？怎的也不告訴我？！」

「剛才去了一趟廁所，路過咱們的鋪，抬眼便看見架子上空了，找過一陣找不著。要說這車上皮箱子裡最多的便是三種人，跑單幫的、逃飢荒的、和偷東西的。總之，是禍躲不過。」

杜春曉輕飄飄的說完，便繼續垂頭理牌，一大把因沾了水霧而顯得有些「疲軟」的塔羅牌，在她手裡嗶哩啪啦的擠成一個長方塊。

黃昏時分，杜春曉與夏冰已坐上一輛敞篷的破馬車，他們相對無語，中間橫放著一具女屍，儘管空氣有被低溫凝固住的嫌疑，一股牛屎味還是塞滿了二人的鼻腔，踏在腳下的幾塊木板上滿是潮濕的黑印。

之所以發展到這樣荒唐的境地，兼因杜春曉自作主張，先行允諾暴跳如雷的未婚夫能在這裡添備些衣物被褥之類的必需品，再來，便是向列車長哭天搶地一番，說她認出這死人原是她

一個遠房親戚，而車上旅人亦紛紛作證，說確實見她古裡古怪在停屍的包廂裡留過老半日。

列車長雖仍覺得一個紅毛鬼子與這中國女子之間的所謂「親戚」關係略顯蹊蹺，當下卻偷偷鬆一口氣，因自己不用做棄屍這樣殘忍的事，於是裝模作樣安撫了一番，還掏錢雇了馬車將他們連帶死人如同送神一般送走。

趕車人起初不肯裝屍首，列車長還硬塞給他十元，強行把女人屍體抬了上去，對方無奈之下只得允了。不過，他一路上臉色仍不大好看，面皮緊繃了老半天才鬆開。

杜春曉倒不覺尷尬，反而笑嘻嘻問那毛髮蓬亂、套一件灰鼠大麾，腰間縛了把草繩的壯漢車夫：「師傅可知道附近哪個屯子裡有教堂的？」

那車夫也不說話，只鼻眼裡發出長長一聲「嗯」來，附帶點了點頭。想是脾氣極大的一個人，為混口飯吃只得將什麼都忍下來了。

杜春曉忙道：「那請師傅把我們帶去那教堂便可以了，有勞！」

有了目的地，馬車便行得越發急了，想是忙於擺脫這一車子的晦氣，紮了稻草的車輪在結冰的地面上輾過，每滾一次都像要滑向深淵，卻又奇蹟般的收住了，堅定不移的往目標前進。沿路只見白茫茫一片雪原，好不容易看到類似村落的地段，十多個乾打壘（注一）零零散散築在那裡，也有略齊整一些的磚房，頂上的煙囪內正排出一縷筆直的輕煙，有氣無力的在空氣中擴散。

夏冰每每見到有人煙的地方，一顆懸到嗓子眼的心便又放下，可眼睜睜看著那些人跡被馬車遠遠拖在後頭的時候，他又憑空生出許多的絕望來。一路上他心情如此起起落落，終於顛簸到了真正熱鬧的地盤，有人聲鼎沸，有暖熱的街邊包子攤，有看似秦樓楚館的精巧建築，更有沿街站排、掛滿滿一架動物皮毛、高聲大氣與行人討價還價的俄國人……

馬車駛入一條名喚「遊明」的街道，空氣剎時也變得溫暖了，夏冰繃緊的頭皮總算舒展，還哼起了小調。與先前的荒蕪相比，這裡確實宛若天堂。

只杜春曉還皺緊眉頭，喃喃道：「恐怕……我們來錯地方了。」

……※……　……※……　……※……

莊士頓已經失眠五夜了，但他依然起得很早，用黑色教袍將頭髮裹住，以抵擋刀刃切割面頰一般的寒風。其實他完全可以在講早課，抑或布道的辰光將頭帽除下，露出一頭漆黑如墨的新鮮短髮，它們像新草一般植在頭皮上，有些許迷迭香的味道，薰衣草氣息從麻布教服的每個縫隙裡鑽進鑽出，與傾心於它的人玩捉迷藏。

每日清晨，莊士頓都會用修剪成圓形的指甲劃開聖經上的一些紙張，它們因他的虔誠而遍體鱗傷，可惜他本人渾然不覺，只顧低下清俊的頭顱唸頌每一段關於「人性本惡」的傳奇。期間，他偶爾抬起眼來，便有人驚訝於他的黃皮膚與深褐眼珠，鼻梁隆起的高度恰好介於少年與老年之間，下彎的脣角上方那兩道深重的法令紋卻偏要訴說淒涼，於是他的年紀便成了謎。

莊士頓用平板機械的語氣唸頌，思緒卻飄往早課之前的那段壓抑時光，記起若望為他端來的洗臉水裡漂著一瓣黑呼呼的葉子，他本想責備兩句，卻又放棄了這樣的念頭，只草草將葉子撈出來，丟在腳下。

若望蹲下身子把它拾起，並告訴他：「那是夏天風乾了的玫瑰。」

「為什麼要泡在這裡？」莊士頓竭力壓抑自己的煩躁，其實不用刻意調整，他仍是一腔溫柔的聲線，喜怒哀樂從嗓子裡出來全都是祥和的。

若望吞了一下口水，回道：「聽說這樣可以讓乾花重生，結果還是黑的。」

莊士頓將嘆息忍在腹中，只揮手讓他出去了。梳洗完畢，自寢屋走向禮拜堂的途中，他看見安德勒背著一張鐵床也往裡走，這孩子每天都吃得很少，然而力大無窮，好像是神賜予他的獨有優勢。儘管只有十三歲，安德勒的個頭卻比一般孩子要高出許多，所以做衣服很費料子，莊士頓經常把其他孩子用過的舊棉襖剪成幾塊，拼接縫製成寬大的棉袍讓他過冬。

所以，這裡每死一個孩子，安德勒粗眉大眼的面孔上都會流露一絲不易察覺的興奮，因為他知道自己又能添新衣裳了。莊士頓沒有拆穿安德勒秘密的殘忍，他只希望《玫瑰經》能喚起安德勒的「同伴意識」，可惜收效甚微。

「安德勒，都準備好了嗎？」

莊士頓故意在這孩子正艱難的跨過禮拜堂門檻時叫住他，就是想讓他在天主腳下跌一跤，孰料對方卻站得極穩，甚至吃力的回過身來。鐵床的兩隻床腳擦過右半邊鑲有橄欖枝銅飾的大門，那張床就好像長在他身上似的。

在莊士頓眼裡，安德勒已成為某隻背腹長腳的怪物，而「怪物」佝僂著身子，對自己的神父擠出一絲笑容：「只等若望的花了。」

接著，他小心的回過身，走到布道臺前，多默與猶達上前助他將鐵床放下，他們熟練的在床上墊好毯子，鋪上白床單，再將西滿平整的放在床單上。

西滿的臉上始終用白布蒙著，莊士頓能聽見他空洞的後腦勺與鐵架碰撞的「咚咚」聲。那聲音沉悶且刺耳，令他不由得別過頭去輕咳了一聲。

多默將西滿的頭顱放平整，便走下聖壇，向莊士頓畫了個十字，莊士頓沒有舉起胸前的十字架讓他親吻，卻是直接穿過他身邊，走到猶達跟前，抬起手撫摸了他的前額。猶達臉色通

紅，胸腔發出「忽忽」的聲音。

「去喝點兒冰糖水。」

莊士頓拍了拍猶達的肩，猶達強笑搖頭，他大抵是聖瑪麗教堂最懂事的孩子，從來沒多要過一個窩頭，也沒添過一次粥，領取聖誕禮物時總排在最末一個。他突起得像螳螂的雞胸與下垂的眼角，令莊士頓想起童年死去的弟弟。

「沒有冰糖了，神父大人。」猶達氣若游絲，但還是堅持要操辦西滿的葬禮，他甚至主動承擔起清洗西滿面部的工作。

「若望呢？」莊士頓面向正在清掃地面的安德勒，對方抬起高大的身軀，門外灰暗的光線即刻被擋住了大半。

「神父大人，您剛才問過了，他去拿乾花了。」安德勒總是比其他孩子性急一些，所以講話很直。

莊士頓的嘴角於是越發陰沉，他走到身軀僵直的西滿跟前，輕輕挑起蒙面的白布，陰影下是一張乾癟皺縮的臉孔，雖然已經洗過了，但還是能看見下眼瞼與唇皮上青紫的勒痕，眼眶內像是塞了什麼東西，令死者好歹有了「五官端正」的尊嚴。

※　※　※

杜春曉與夏冰拖著死屍往教堂裡走的時候，天空白雪微降。因馬車走了一天一夜，晚間兩人又是抱作一團取暖，所以一大早兩人的精神便有些恍恍惚惚的。儘管到了目的地有鬆一口氣的感覺，可先前被強壓在體內的疲累依舊不識相的爆發出來，於是他們乾脆把死人拿氈毯裹了一下，綁上繩子拖至聖瑪麗門前的吊橋。

這教堂周圍被挖了一圈水渠，底下的水已結冰，雖然不可能溺死人，但冰層看起來極厚，渠溝看起來有十幾米深，也不見底。於是夏冰在前，杜春曉拖著屍體在後，兩人踏過吊橋，拍響教堂大門。

夏冰拍得手掌又紅又痛，大門仍然緊閉，上頭雕刻的兩名天使用憂傷的眼神互視。杜春曉搖頭嘆息，遂上前抓住大門右側一根垂下的粗繩晃了兩下，一陣清脆鈴音劃過結冰的空氣，隨後只聽得「咯搭」一響，宛若垂死老嫗奇蹟般的睜眼，那門竟開了，吊橋鉸鏈及閘壁擦出嘶啞的嚎叫，聽得夏冰一陣牙酸。

門後站著的是一個性別糊塗的「白」人。

這個人面無表情，懷裡抱著一個釘製粗糙、縫隙極大的木頭箱子，其面龐白如紙張，只一

張粉色的嘴唇灑落零星白斑，長睫毛與眼珠子亦淡若白夜，只瞳仁裡滲出割破指尖時流的一縷碧綠「血絲」；雪般的碎髮留至頸下，好似從未仔細修剪過，長長短短落滿額際，深淺不一的陰影將鼻線至下巴的弧度勾勒得精細絕倫。

這人身材纖細，哪怕被粗厚的黑長袍罩著，依舊能讀出裡面單薄玲瓏的曲線；棉袍下襬處露出蹬草鞋的赤足，腳趾尖呈紫色，腳下點點血跡，沿著小徑一路遠去，好似他身上某個部位破口了，邊行邊流出鮮紅色的生命汁液，然而仔細一看，卻是落在薄雪上的乾枯玫瑰花瓣，在冰霜的懷抱裡逐漸僵硬、發黑。

「願主收留我們，阿門！」

杜春曉急吼吼的自頭到胸畫了個「十」字，對方卻不急不緩，放下木箱道：「我們這裡已經在舉辦葬禮了。」

是男人的嗓音。

確切的講，是少年的嗓音。

夏冰用力牽住繩子，裹屍毯在地面上留下一串連綿不斷的煙色擦痕。少年盯著用氈毯包住的長條形特體，似是猜到了內容，不由得後退兩步，抱起箱子轉身便跑，穿過小徑進了禮拜堂。那石徑路兩邊的矮冬青已被雪蓋住，不見本色，矮冬青後頭的那一片更是殘枝敗葉，稀稀拉拉的種植在那裡，依稀可辨是類似月季的植物。

杜春曉見那少年跑了，亦只得牽住另一頭繩子，與夏冰一道拖著死人前行，行至禮拜堂門口時，兩人已是氣喘如牛，白霧噴得滿頭滿臉，頭髮絲上、眉毛上都沾滿了細密的水珠。因門檻有些過高，兩人無力將屍體抬起，只得愁容滿面的看著裡面的情形。

那位開門的少年已立在一具面蒙白布的屍首旁邊擺花，動作又急又快，好似要將死人用乾花埋起來，空氣中瀰漫玫瑰的冷香；另外有十個同樣穿著黑袍的孩子，齊齊留著一頭鉸了乾淨的鍋蓋髮，正在一旁吟唱聖歌，聲音細細小小，像是從很遠的地方傳過來的；彈奏風琴的神父神色黯然，每每按下琴鍵便自指間掉出輕微的、「噗噗」的傷感音節。

神父對兩位不速之客略點一點頭，便繼續他的演奏，少年們也似乎未受半分驚嚇，依舊神情嚴肅的唱歌，只是喉嚨又乾又啞，歌聲一聽就知是沒吃飽飯。杜春曉與夏冰只得等他們唱完，走過冗長的儀式、灑聖水，在告別禮上大呼：「上主，為信仰你的人，生命只是改變，並非毀滅；我們結束了塵世的旅程，便獲登永遠的天堂！」

做完一切後，由神父領路，那灰眼珠少年手捧一簇豔紅乾花跟在後頭，其餘十位將鐵床連同屍體抬出禮拜堂，卻被另一具死屍擋住。神父略微猶豫了一下，整個送葬隊伍停了下來，氣氛登時變得尷尬。

夏冰只得滿面通紅的將自帶的死人往旁邊挪了挪，於是隊伍繼續前行，這些教徒眼裡已沒了他們二人與屍體，直至將人不裝棺木便直接埋進鐘樓後頭的墳地，那裡插了幾十個木製十字架，每個上頭都只簡單的刻了一個名字，字跡歪歪扭扭，像是故意要為難死者，戲弄他們的真實身分。

「兩位來這裡是？」莊士頓拍乾淨身上的塵土，總算搭理了杜春曉。

「想請天主收留這位死者，讓她早日進入天堂。」杜春曉倒也沒敢造次，說得極為禮貌。

莊士頓臉上浮過一絲苦笑：「不知道死者是否為天主教徒，合適舉辦天主教的殯葬儀式嗎？」

「我們會付錢，請神父把她好好安葬。另外，還想在這裡住三天，等下一班火車來的時候再離開。可以嗎？」夏冰實在不想說謊，只好引開話題，請求留宿。

「你們……最好還是找一家旅館，我這裡不方便。」莊士頓看杜春曉的眼神裡沒有半點兒為難的端倪，反而流露出悲天憫人的關愛。

「我們也想，無奈錢不夠。」

的確，夏冰將一半錢放在大衣內袋的皮夾子裡，另一半卻藏在皮箱底部的夾層裡，原是為怕被掏錢包而降低風險，未曾想反倒因此失了大半財物，再要住旅館，對他們來講實在是有些奢侈了。所幸託杜春曉的福，他已經深諳「占人便宜必須厚起臉皮」這一處世秘訣了。

所以，那抱著乾玫瑰現身的少年若望領他們搬進所謂的客房時，也沒有絲毫親切可言，對付「無恥」之徒，自然不必那麼客氣。

夏冰只能硬著頭皮一聲不響，杜春曉卻像是嫌還不夠過分，竟拉住那少年不放，一個勁的問他「怎麼來這裡當教徒的？」、「家裡原是哪兒的？」、「父母裡頭哪一個是俄國人，哪一個是中國人？」、「原名叫什麼可曾記得？」……

「叫天寶，是妳的親兒，妳忘記了？」

若望只給杜春曉一個背影，冷冷回道。

…※…　…※…　…※…

杜春曉與夏冰入住的是鐘樓後方一間紅磚砌造的希臘十字平頂式兩層樓，一層六個房間，原本每間住兩名少年，因西滿去逝，房內如今只留若望一人。二樓是圖書室與莊士頓的臥房，剩下四個空房間，已撥出最西邊的一間給杜春曉與夏冰來住。

天寒地凍，每個房間裡都有一只小爐子以供烘烤衣裳並取暖，只可恨炭價太貴，教堂捨不

得這筆開銷，所以除了體弱多病的多默睡覺的時候還用炭火取暖，其餘人等一律每日都要想方設法在缺少燃料的寢室內捱過漫漫冬夜。

若望那句「是妳的親兒」，已讓杜春曉好奇得七葷八素，所以那一夜她腳踏湯婆子，就著爐子裡的那一點兒柴火取著暖，琢磨那白化病少年的古怪症狀。夏冰更是咬牙切齒，將一雙冰硬的腳緊緊纏在杜春曉的大腿裡側，他們便是這般彼此依賴，亦互相折磨。

「妳說，那孩子怎麼就說得這樣篤定，講妳是他的親娘？天寶、親兒，這些可不是一般人能順口編出來的！」他話雖問得急切，腿卻絲毫沒有離開她的跡象，仍是樹藤交纏，密不可分。

她也知道他冷且心焦，只想聽一個舒服的解釋，少不得笑道：「按理講，我要生出這般大的娃娃來，亦不是不可能。只是怎麼生了偏丟在這裡？」

夏冰被她這一調侃反而激起了怒氣，索性掙脫被她纏住的雙腿，折轉身來坐起，賭氣說道：「我看妳對這一帶熟得很嘛，想是從前去英倫留學時打從這裡經過？一看那孩子的眼珠子就曉得他不像純正的中國種，可是妳與哪個紅毛鬼子有過髒事兒？！」

他這一怒，反倒將杜春曉氣笑了。

她趴在他肩上，將一對豪乳頂其後背，聲音也放柔了幾分：「你若真有疑心，明兒我們再找那小子來問個清楚不就好了?早知你今晚沒打算安生，剛剛就不該放他走的。」

見對方沒有半點鬆馳的意思，她靈機一動，又指了指牆壁，提點道:「再說了，你不睡，也別吵得隔壁的屍首不得安生呀!」

夏冰這才想起旁邊的房間裡還擺著帶來的女屍，當下恐懼便蓋過了憤怒，何況那綿軟觸感已隱約浪出他的火來，於是乾著嗓子躺下，依然拿下半身繞住杜春曉，瞬間暖流在每條血管裡竄動，於是兩眼跟著迷糊起來，半個時辰不到，終於沉沉睡去了。

聖瑪麗教堂在暗夜籠罩下，越發多了些死氣。鐘樓左側的墓地與右側的居所兩兩相望，風掃過每一個臺階，在枯萎得只餘光枝的玫瑰前張牙舞爪。

杜春曉只披一襲與紅玫瑰同色的長睡袍，赤足踏過兩側種有矮冬青的小徑，腳跟在堅硬凸起的石板上磨到失去知覺……鐘聲驀然響起，刺破耳膜，她回頭望住天空，一輪鮮紅色圓月正咧嘴獰笑。

「贖罪……」

那聲音吻上她的後頸，她不由得渾身發冷，再轉身去看，空無一人的小徑上只餘她長到過分的拖影，那影子亂髮狂舞，已辨不清原型。她只得硬著頭皮往那鐘樓而去，因對那敲鐘人充

滿好奇。

她踏過兩層的住所，透過窗戶看見莊士頓赤裸上身，正接受十名少年們對他的輪流鞭韃，背上綻開了無數的紅玫瑰；而若望則將自己埋進乾花裡，只露出一對灰白眼珠，嘴唇與缺少生氣的花瓣顏色一致……

墳地裡，每一個十字架都在尖叫，宛若嬰兒發脾氣時的歇斯底里，脆弱、急促；無數慘白的頭顱自地面伸出，它們都睜著一對流淚的大眼，互相啃咬脖子，或向杜春曉擠出狡黠的微笑。她只得撈起睡衣下襬，從那些咬得不可開交的頭顱邊踏過，這裡的泥地異常鬆軟，像踩在凍過的沼澤上。

鐘聲再次響起，彷彿在催促她前進，又似乎是嘲笑。她咬緊牙關狂奔，不再看地上的死靈，終於來到鐘樓下。

往上攀爬的第一步都是如此困難，因腿怎麼也抬不起來，於是她改用爬行，手掌抓過每一步階梯邊緣，終於抵達樓頂。果然見一個人正奮力撞鐘，身材瘦小，架一副眼鏡，全身被血月洗成緋紅。

是夏冰！

「說，那個人是不是妳兒子？」

夏冰將手放在她脖頸上，突然收緊！

杜春曉體內的空氣被瞬間抽空，一開始只是面孔發燙，很快便有一種喚作「靈魂」的東西正迅速脫離身軀，登時手腳發麻，指甲在夏冰的手背上狠狠抓撓，耳邊卻響起指甲的爆裂聲……

「救……救……」

猛一睜眼，發覺自己仍在一片黑暗裡，所幸爐火未滅，只是氣味開始刺鼻起來，於是她打了一個悶悶的噴嚏，將掐住自己脖子的那個人嚇了一跳，手勁不自覺的鬆了，杜春曉忙抓住那一線生機，反掐住對方的脖子，自己的壓力遂又減輕了一些，於是想到要用腿踢，才發現對方是整個撲在她身上的，下盤根本動彈不得。

「救命！救命！」

她竭力擠出一點兒動靜，突然身上一鬆，發現夏冰已將對方壓倒在地，兩人正廝打得起勁，她忙不迭翻身爬起，聽聲響估摸著能糾纏上好一會兒，便趁這當口點上蠟燭，只見夏冰已將來人死死壓在身下，兩隻手揪住一頭金色的亂髮。

「咦？是……是咱們帶來的那死人！」

杜春曉這一說，將夏冰徹底嚇到手軟，他觸電一般從對方身上跳起，閃到牆角不停的喘著

粗氣，因眼鏡放在桌子上沒戴，所以瞇著一雙眼，怎麼也看不清楚。

那「死人」順勢站起，雀斑密布的面孔逼近杜春曉，對她一陣亂吼。

「啊……巴！巴！啊……啊啊……啊巴！」

夏冰此時已鼓足勇氣，復又撲向「死人」，抄她腋下，將她狠狠制住，遂興奮道：「她講的是哪國話？俄國話？」

「不是。」杜春曉搖搖頭，已平息了驚恐，反而緩緩坐下，道：「她是個啞巴，哪國話都說不出口。」

「啊巴！」

「死人」果然提高嗓門吼了一聲，彷彿在迎合杜春曉的推斷。

此時外頭響起敲門聲，打開一看，莊士頓與他的十一位教徒一臉詫異的站在那裡，莊士頓手中拿著一把獵槍，十一位少年則各自手持燭臺，擺出防範的姿態。

「怎麼了？」

當莊士頓看到一個大胸脯的金髮女人被綁在自己的居所時，他的不快顯而易見。

「是我們帶來的屍體，現在居然死而復生了。怪道之前我摸著她怎麼軟趴趴的……」杜春曉看著被之前捆屍的麻繩綁成粽子似的「死人」，眼神不由得又開始放空了。

「那……那她是誰？」莊士頓面色鐵青。

杜春曉笑道：「既然都不知道，那她現在就叫阿巴。阿——巴——」

她對著那女子一字一句道，好似在教對方，對方果然也回了她一句「阿巴」。

「你們來這裡幹什麼？到底有什麼目的？」

莊士頓已經是「逐客」的語氣，杜春曉反倒不正經起來，當下笑嘻嘻回他：「原本只是讓有神靈的地方給無名屍下葬，也算積了陰德，咱們順便落個腳。未曾想到了有神靈庇佑的地方，死人還能復活！這也罷了，我還找到了自己的親生兒——天寶。」

正說著，她已將手指向莊士頓身邊穿著白睡袍的若望，若望一聲不響，只用一對詭魅的雙眸回瞪她。

「他是不是講他叫天寶，是妳的親兒子？」莊士頓的語氣略有緩和。

「沒錯。」

「這孩子可能是受了魔鬼的詛咒，腦子裡都是奇怪的念頭，他對每一個進教堂做禮拜的女人都會說同樣的話，請妳不要放在心上。」

這番解釋倒是令杜春曉與夏冰都吃了一驚，因那少年外表過於靈秀，完全不像罹患痴呆之症。

「總之，我只留你們三天，三天之後火車一到站，你們馬上就走，包括這個女人，也請帶走。願主保佑你們。」

莊士頓冷冷的在胸前畫過十字，便轉身離開，十一位少年跟著散去，唯有一位下巴豐潤、鼻尖上翹，長了一股甜相的少年，偷偷回過頭來衝杜春曉擠了一下眼。

第二天她才知道，那少年叫費理伯。

……※……　……※……　……※……

十三歲的費理伯時常沉浸在幻想裡，在聖瑪麗長大的孩子倘若腦筋動得慢、不懂得自找樂趣，便很難生存。所以每個週末是他收集意淫資料的關鍵日子，他會一臉莊嚴的站在懺悔室外，手捧聖杯，偷聽木頭箱子裡斷斷續續傳出的秘密。

姓宋的油坊老闆娘把逃難來的蘇聯少女收為僕人，某天她卻不慎跌落油缸淹死了，撈上來的時候私處鮮血淋漓；精通打獵的俄國莽漢安洛夫一夜之間輸掉了賣熊皮的二十個大洋，換來妻子一通臭罵；做皮肉生意的混血女人喬蘇年過三十額上便有了皺紋，於是反覆詢問耶穌是否對她動了怒……

莊士頓將他們的秘密與恐懼一一蒐羅進耳孔，這兩隻裝滿口水的耳朵在烈陽下能看見細密的絨毛，費理伯懷疑它們像懺悔一樣種遍他的全身，因此每晚神父都要用鞭子將它們抽落。

不曉得為什麼，他每每看到喬蘇肥大的屁股、左右手各缺一根拇指的褐色缺口，以及她曾經傾國傾城的面孔逐漸收縮變形，心便不由得抽痛。

她宛若一根越捏越扁的菸，曾經的亮麗光鮮已是若隱若現，那件彷彿盤古開天以來便穿到煙街柳巷闖蕩的狐皮襖散發出淡淡的腐臭，曾經雪白的圍領上沾了諸多星星點點的汙斑，原本鬆軟的毛髮都結成尖銳的硬痂，好像費理伯前幾日在床單上灑下的珍珠色汁液被體溫烘乾後留下的痕跡，更像一個羞愧而興奮的結悄悄打在他的心田上。

醞釀到這一層，他便將手攏進棉袍上兩個偌大的口袋裡，手秘密而自由的遊走在小腹下方，剛剛觸及那一點，腦海裡就全是喬蘇脫掉狐皮後的樣子，乳房大得驚人，豬腰一般的形狀，古怪但好看，垂至微凸帶桔紋的肚皮……

「小哥兒，你昨天對我笑了！」

杜春曉自後頭拍了一下費理伯的肩，狐皮上的腐臭瞬間被那女人嘴裡冷卻了的煙味取代，他條件反射一般的痙攣之後，只得訕笑回身，對住她薑黃的面孔畫了一個十。

「你倒是說說，昨天有什麼高興的事兒，非得衝人家笑啊？神父可知道？知道了又是一頓

打吧！」

「沒……沒有高興的事……願主讓一切靈魂都歸於寧靜。」

費理伯有些動氣，於是努力用抹布擦拭懺悔室上的網眼窗格，似要將它們抹到斷裂。

「如此說來，有不平靜的靈魂在這裡遊蕩？」杜春曉眯了一下眼睛，把塔羅中的「戀人」貼到那面紅耳赤的少年額頭上，「其實你不講，我也能算出來。」遂將戀人牌放回一疊塔羅牌中，交予費理伯，示意他洗牌。

費理伯一臉驚恐的搖搖頭，將牌撒了一地，回身欲逃，被杜春曉一把拉住，道：「你跑什麼？躲我？」

「我躲……躲魔鬼！」費理伯滿頭是汗，呼出的白霧越團越大。

杜春曉聽了反而大笑起來：「未曾想你這孩子年紀不大，倒也見過些世面。是哪裡玩過這東西？還是看人家玩過？」

費理伯用誇張的吞嚥來平撫心神，隨後哭喪著臉道：「我看見西滿玩過。」

「西滿是誰？」

「死了，昨……昨天下葬了。」費理伯垂下頭，忽見那惡魔牌不偏不倚恰蓋在他鞋面上，於是觸電般跳起來，嘴裡「天主」叫個不停。

「也是你的兄弟？」

「是。」

「怎麼死的？」

「不知道……」費理伯眼神變得很奇特，彷彿真無法確定西滿最後的歸宿，「我們看見他的時候，他被綁在禮拜堂的十字架上，兩隻眼睛都被挖走了，還綁了枯藤蔓，從嘴裡穿過去的，我們……」

話未講完，他已「哇」的一聲吐了，所幸胃裡沒有食物，只在杜春曉視若性命的塔羅牌上灑了酸水。

杜春曉心疼得不得了，只得拚命抑住要掌摑費理伯的念頭，用帕子裹了右手，蹲下身將牌一一拾起、擦乾，無奈其中一、兩張塔羅牌的邊角因泡在溫液裡而稀軟脹形，難聞的氣味一時間也消除不掉了。

「多久沒吃過東西了？」

「昨天為了哀悼，神父大人沒有開晚飯，所以我們都在等早餐。」費理伯的十根手指都被凍瘡塑成了胡蘿蔔。

杜春曉方想起昨晚他們吃乾糧的時候，幾個孩子都兩眼充血的站在門口不肯離開，隨即有

些心軟，便命夏冰去街市買了三十個菜包子回來，除若望之外，其餘十人都趁十二點之後、莊士頓午睡的間隙到他們房內填肚子，他們這才曉得，這些正值成長期的門徒們午飯只有一個暗黃的玉米窩頭並一小碗三勺便能挖空的雜菜粥。

其中，包子吃得最猛的有兩個人——安德勒與阿巴，兩人雖然性別、年紀都有差距，卻是一樣人高馬大，包子一口一個吞得異常輕鬆，亦看得人食欲大增。

不會講話的阿巴如今也不再視杜春曉與夏冰為敵，怕生的毛病沒有了，暴力也便收起來了。她生了俄國人典型的紅臉膛與大屁股，五官倒也端正，灰藍色的眼眸與高聳如山的胸脯透露了她正值妙齡的秘密。

理所當然的，關於西滿的死亡，杜春曉也用包子賄賂出了許多的小道來。譬如粗壯有力的安德勒說西滿應該是半夜死的，因為他負責每天清晨五點起床敲鐘，那時已發現屍首掛在上頭；最小的門徒瑪弟亞奶聲奶氣的訴說西滿死前那一晚在房內發出的嗚咽，他當時誤以為是傳達撒旦詛咒的渡鴉來襲，嚇得險些尿褲子；猶達的傾訴伴以胸口的「忽嚕」聲，他說西滿私下玩弄邪惡的塔羅牌，必要遭到嚴懲，所以得到這樣的下場並不奇怪；悶悶不響的是多默，他吃包子的動靜很輕，吃得也慢，似乎是幾個人裡頭唯一在品嘗味道的。

在七嘴八舌的討好聲裡，杜春曉只插過一句嘴：「若望為什麼不來吃包子？」

這一句卻把所有人都問啞了，倒是阿巴心滿意足的抬起頭，咕嚨了一聲「阿巴」。那些用食物溫暖了身心的教徒們沉默如石，空氣裡只留下沉悶的咀嚼聲。

「若望人呢？叫他來吃包子呀。」

「他不會來的。」安德勒的聲音在發抖。

…※…　…※…　…※…

傍晚時分，夏冰突然有些煩躁，將眼鏡放在毛衣下襬上反覆摩擦，屋外只有腳印凌亂的石板小徑，安德勒每隔六個小時便去敲一下鐘，鐘聲在灰濛濛的天際變得模糊。

阿巴除了不會說話之外，一切都好。她很能幹，會和夏冰一道去幽冥街購物，她能識別哪些是好炭，看到奸商便拚命將他拖離對方的視線。然而夏冰還是愁容滿面，他的焦慮也永遠和錢有關。

杜春曉知他的心思，也不拆穿，只說夜裡要出去轉兩圈，夏冰勸她道：「夜裡千萬不要出去，外頭亂得很。」

「怎麼個亂法？」

「整個縣城都是魚龍混雜，有中國人和俄國人，那些俄國人多半是從自己國境逃過來的，窮酸不說，還尤其凶狠。聽說咱們住的街是最亂的，每天都會死幾個人，所以喚作『幽冥街』。」

他講這話時表情嚴肅得讓她想笑。

「我跟你想的倒不大一樣，你都放心把阿巴帶出去玩了，卻非要讓我這健全人留在這兒受悶，想是這幽冥街上死的人多，倚牆賣笑的更多，可是怕我誤你好事？」她邊講邊在床鋪上擺出大阿爾克那陣形。

過去牌：正位的皇后。

現狀牌：逆位的倒吊男，逆位的高塔。

未來牌：正位的女祭司。

夏冰被她說得急了，大聲回道：「妳別好心當成驢肝肺，人家是為妳的安全著想，妳反倒誣衊！」

「你真當我在這裡就安全了？別忘了有人可是死在這裡，被挖了眼珠子綁在架子上，也莫怪我疑你別有用心。」她笑吟吟拿起女祭司牌道：「你瞧，這牌都講了，我得會會各路神靈，莫在一個鬼身上吊死。」

夏冰看了一眼倒吊男牌，沒再講話。

注一：乾打壘，用土牆蓋的房子。

第二章

節制的幽冥賭坊

幽冥街足有五百餘尺長，縱貫東西，彷彿刀刃一般，將偌大一個縣城分割兩半，哪一半都是冰霜雪雨，哪一半又都有短暫的暖春光顧。

東街頭便是用水渠隔開的聖瑪麗教堂，沿路往西走卻是越顯繁華，中俄雙方的邊境交易多半在這裡完成，俄國人常用動物皮毛、鐘錶、金銀器具換取日用品；飯館不多但食客不少，骯髒而興榮，從外向裡望去，每張桌子都是泛油腥的，木製啤酒桶上的龍頭開開關關，滴下的汁液飄散嗆人的麥香；守在妓館門前接客的窯姐是中國女子，路邊拉生意的流鶯卻以俄羅斯女子為主，她們環肥燕瘦潛伏在每條陰暗的巷道裡，披著破洞的厚披肩，皮膚被風颳得雪白，腮邊和耳垂生有零星凍瘡，眼圈紅紅的，香菸在她們指尖發出銳利的光。

杜春曉與夏冰一路走得頗為崎嶇，因總有迎面撞上的行人一臉壞笑的向他們推銷秘製春藥或獵槍，甚至是自家的孩子。阿巴跟在兩人後頭，沒有東張西望，卻是安靜的盯著他們的背影，彷彿在守護兩只價值連城的錢包。

終於走到西街頭，抬眼便瞧見一人高的大牌子豎在一間灰頭土臉的平房門口，上頭只簡簡單單書了一個「賭」字。自門口看去蕭條得很，只有幾名乞丐坐在牆根處討飯，拿蓬面汙髮間的縫隙瞧人。

杜春曉一見那賭坊的品相便樂開了，對夏冰笑道：「果然是生財的好地方！」

「都不見什麼賭客進出，哪裡像是能生財的？」夏冰皺著眉回應，心裡一百個不希望未婚妻去這樣的地方試手氣。

「你知道什麼？」她已歡喜得嗓子都尖了，「咱們一路望過去，吃喝嫖的地盤都見識到了，唯獨不見有賭的，這賭坊是街上獨一家，賭客們不在這裡解癮，要去哪裡呢？想必這家老闆也是有潔癖的，所以不是什麼稀裡糊塗的賭棍都能進，是要選過的，要不然這裡早已人滿為患了。只能賭幾個破銅板，真正有錢的才看不上。」

夏冰呵了一下手心，也笑了：「看不出來，妳倒像是常年出來玩兩把的，早知如此，當初也不該開舊書鋪，可是開賭坊來錢快一些？」

「呸！」杜春曉當下啐了他一口，罵道：「看不出你一介書生，原來早鑽錢眼裡去了！」罵畢，她便走到牆根下一名正在打瞌睡的叫花子跟前，道：「可否讓我們進去玩兩把？」那叫花子懶洋洋抬起眼皮衝他們三人來回掃了兩下，又將眼閉上了。

杜春曉只得彎下身子，在那叫花子耳邊輕輕念叨了幾句，他這才猛睜開眼，誠惶誠恐的站起，急急替他們開了門。杜春曉對住他雙手抱拳謝過，便大搖大擺往裡走進，夏冰與阿巴急忙跟上。

「剛剛妳用了什麼法子，讓那老叫花子放我們進去的？」進屋的當口，夏冰忍不住問道。

「沒什麼，只是小屁孩子吃包子的時候漏過一句嘴，說是去教堂做禮拜的有個叫喬蘇的女人，尤其好賭，她這樣的身分要進去，不給看門的一點兒特別的好處可怎麼成？我便報了她的名號，講是放我們進去，她便給他白玩三天。」

「妳可是壞到家了！」他咬牙驚道。

孰料杜春曉一臉無辜的回頭，道：「咱們反正也只唱一回『空城計』，撈了錢便走，你還擔心這些個狗屁倒灶的事體？」

這賭坊的大門裡頭較房子外貌又是另一番天地，三人進去便腳下一軟，低頭看了才曉得，是踩在能沒過大半隻腳的猩紅羊毛地毯上了，裡邊燈火通明，貼金棕色芙蓉紋壁紙，每根廊柱下都擺著燒得紅豔豔的青銅暖龕，五張圓形賭桌鋪了鮮綠色天鵝絨。

每位荷官均是高鼻深目，體型修長，穿著熨燙得筆挺的緊身背心，用長條木片發牌的姿勢很優雅，臉上呈現一種超越年紀的滄桑氣息。相反的，端著托盤穿梭在賭桌間的女服務生均是清涼打扮，水紅色月牙袖開叉旗袍，頭髮鬆鬆的垂在腦後，用幾粒粉色薔薇花蕾束起，口紅抹得恰到好處，避開了濃豔的俗氣，卻不是完全撇開色誘意圖的端莊。

整個賭場非常安靜，空間很大，流光溢彩的義大利式枝形吊燈下，瀰漫著振奮人心的鴉草香，它們負責吊起賭客的神經，讓他們可以精神飽滿的坐在賭桌前玩個通宵。

杜春曉拿過服務生盤中的一杯香檳，啜了一口，笑道：「這裡果真專業得很！」

「怎麼說？」夏冰只去過賭字花的攤檔，均是三教九流鬧哄哄擠在一起吆喝，哪見過如此端莊華麗的場子？尤其那些服務生個個煙視媚行，眼神裡都有鉤子來鉤魂的。

「你看那賭桌。」杜春曉往五張賭桌上一指，說道：「三張百家樂，一張二十一點，一張賭大小，那可是澳門賭場的格局。嘖嘖……可了不得了。」

「看那些賭客都穿得人模狗樣，恐怕各有絕技，妳可別玩得傾家蕩產才好。」夏冰驀地發現杜春曉眼裡的癲狂，那是她從前碰上難解的凶案時才會流露的歡愉，於是膽戰心驚起來。

可惜哪裡來得及，只見杜春曉急吼吼找窗口領了一百元籌碼，便奔向玩二十一點的檯子而去，邊走還邊念叨：「我本來就是玩牌的人兒，什麼牌都是與我親近的，你還是擔心別人會不會傾家蕩產吧！」

二十一點那桌當時已坐了三個人，一個是禿頭吊眼的俄國中年男子，穿一身黑白黃相間的毛皮大衣，十根手指有七根都戴了亮晃晃的寶石戒指，右耳上戴著一枚鴿卵大的鑽石耳環，氣勢相當霸道，要牌時會用食指中節敲桌示意。

第二位則是面目和善的半老頭子，肥得移動身體都很吃力，西裝緊緊繃在身上，儘管襯衫鈕子已鬆開兩顆，露出黑毛盤捲的胸膛，所幸座椅不高，還沒有鬆動的危險。

第三個是風韻絕佳的婦人，眼袋鬆垂、下巴尖翹，剪裁精緻的煙藍底色菊黃繡花連身長裙，兩只鬆鬆的袖管下露出剝殼雞蛋一般玉白的手臂，頭髮用髮臘整齊的攏在腦後，自脖梗處翹起一點「鴨尾巴」，兩串綠松石耳墜靜靜垂在長長的面頰兩側，興許是已到了收肉的年紀，即便擺出坐姿，背腹處還是看不見一點贅餘，失了性感，卻贏了氣質。

杜春曉一屁股坐到那婦人的對面，四人心照不宣的互望幾眼，算是有了默契，荷官遂開始發牌。

夏冰和阿巴眼睜睜站在她後頭瞧著，這一看，便見識到她連輸好幾把的困境，不消一刻便連向賭場借了兩次錢。夏冰急得渾身冒汗，要曉得他們若欠了債，今晚就別想走出這裡，何況身邊沒有哪一門親戚能拿著錢千里迢迢趕到黑龍江來救場。

正想得絕望時，杜春曉推了他一把，罵道：「你去別處轉轉，老在這裡看我的牌，牌好你就笑，牌壞你就皺眉，什麼都被人家看去了，我哪裡還有贏的道理?!」

夏冰一想也對，便帶著阿巴去百家樂的檯子看賭了。

此後，杜春曉果然手氣大順，叫牌叫得大膽，兩張主牌過十五點還會再叫一張，偶爾也會哭喪個臉，叫牌叫得抓耳撓腮，同桌賭客誤以為她沒底氣，結果牌竟然好得教人瞠目，幾把便將先前傾家蕩產的局面扭轉回來，堪稱有勇有謀。

那俄國禿頭男子雖已輸了好幾千，面前的籌碼高度越來越矮，卻是氣定神閒，連添三次籌碼，瞬息之間便推給了同桌賭友；黃皮膚的半老頭子尚處於不輸不贏的階段，於是放鬆得很，期間打了幾個響亮的噴嚏；婦人與杜春曉都撈了不少，以至於找到惺惺相惜的感覺，叫牌的辰光總是相視一笑。

可惜那俄國漢子越輸越狠，手上只餘十來枚籌碼的時候終於急出了汗，兩隻眼睛時不時瞪住杜春曉，再轉回來瞪自己手上的牌。在還剩兩枚籌碼的辰光，俄國漢子已抓了兩張牌在手裡，明牌是梅花四，暗牌不詳，臉上遂浮起氣急敗壞的笑容，大喝一聲，又讓服務生送來兩千元籌碼。

此時，檯面上兩個女人面前的籌碼已堆得山一般高，對俄國漢子孤注一擲的做法難免有些瞧不上，所以叫牌口吻顯得異常輕蔑。半老頭明牌是紅心皇后，杜春曉是方塊十，婦人的是方塊斜鉤。

顯然俄國漢子無論如何都得叫牌，他將面前大半籌碼往桌心一推，氣勢如宏，叫牌聲音尤其響亮，頗有挑釁的意思；半老頭表示不再要牌，但掃了與俄國漢子同等堆頭的籌碼過去；接著，婦人咬脣咬了半晌，遂將籌碼堆出，又叫了一張牌；杜春曉當下很爽氣的將自己那「半壁江山」推了出去，同時叫牌。

事實上，四個人的表情都已略有些僵硬，有鬼無鬼都看不太出，俄國漢子拿到第三張牌時竟也不動聲色起來，只默默將剩下的籌碼悉數推出；杜春曉把第三張牌蓋在另兩張上頭，默默把先前的「戰績」又送了出去；婦人也是一樣，信心十足的押上全部家當。

半老頭先行開牌，十九點，不叫牌確實是周全的做法。

緊接著杜春曉開牌，點數十八，先前的財富毀於一旦，她氣哼哼的敲了敲桌子，縮矮脖頸，生怕被夏冰看到這時而天堂、時而地獄的場景。

輪到那婦人開牌，她姿態曼妙的揭起謎底，暗牌是紅方三，叫牌居然是梅花七，加上先前的方塊斜鉤，總計是二十點，頗有穩操勝券的意思。當下觀戰的幾個人都情緒激奮起來，一個個面色潮紅，嘴邊兜起鄙夷的笑，只想看俄國佬的好戲。

未曾想俄國漢子突然重重拍了一記桌子，將三張牌曝在光天化日之下，兩張暗牌竟是黑桃國王與紅心七，瞬間就挽回了尊嚴！

周圍遂發出長長的嘆息聲，那俄國漢子笑呵呵的俯身向前，欲將籌碼抱過來，一面抱、一面用生硬的中國話嚷嚷：「今天運氣好！可以回去再買十個女人和兩匹馬了！」看情形是想見好就收，要兌錢出場。

孰料笑意還未從臉上褪盡，他已覺身後傳來一股強勁推力，於是整個人順勢倒在牌桌上，

面孔埋進了籌碼堆裡，待回過神來，才發現自己已被按在桌上。兩名面無表情、穿著與荷官不同顏色背心的男子，雖身量不高，手勁卻大得驚人，將俄國佬兩隻珠光寶氣的手直挺挺壓在吊燈下，連指縫都照得煞白。

「幹什麼?你們幹什麼?!」那俄國漢子嚎叫起來，雖人高馬大，卻怎麼也掙不脫。

「嘖嘖嘖……」婦人皺著眉頭站起身。

此時全場鴉雀無聲，都直愣愣盯住出了動靜的那桌。

「賭坊開了十來年，什麼樣的陣勢沒遇過?什麼樣的老千沒見過呢?」

話畢，她撩起對方毛皮豐厚的袖口，內側果然黏了一圈紙牌，周圍遂發出一陣噓聲。

婦人搖了搖頭，原本顯得單薄的形象瞬間高大起來，似背後有某隻手撐住了她，令她威嚴起來：「這種下三濫的把戲，可是來給賭坊丟臉的?」

俄國漢子只得眼睜睜看著兩名打手將鐵釘對住他的手背，用一把雪亮的精鋼錘子「磅磅」砸了兩下，力道精準，扎入指骨間，恰讓他兩隻手掌牢牢釘在檯面上，血流得不多，卻足夠教出千者發出撕心裂肺的嚎叫。

周遭瞬間安靜得可怕，所有人都顫慄到了頭髮尖兒，雖不敢多動彈一下，卻是連呼吸都變得粗重，整個賭場好似未開過鋒的刀刃，舔血之後湧起了一股莫名而殘忍的亢奮。尤其是他們將俄國漢子手上的戒指一一拔下的辰光，他痛得嗚嗚哭了起來，那上百個急促的呼吸因飽蘸淚水而變得越發潮濕堅硬。

婦人將俄國漢子的戒指放在掌心掇了幾下，當即丟在地上，笑道：「果然是玻璃的。欠賭坊的錢，你可怎麼還呢？」

「饒……饒命啊啊啊……」對方已嚇得嚎啕起來，鼻涕黏在毛領子上，嘴巴因劇烈的吐納而顯得又腫又黑。

「我必然是要饒過你命的。」婦人臉上綻放狼一般的魅豔，「若不留著你的命，可怎麼把詐到手的五千元翻十倍還我呢?老規矩了，不會不懂吧。」

這一句，等於已將那老千掏心割肺了，嚇得他連「救命」二字都再說不出口。

「若還不出，又該怎麼辦呢？」杜春曉冷不丁開腔。

婦人瞟了杜春曉一眼，神色突然陰沉下來，整個賭坊隨之也變得烏壓壓的。婦人一字一句道：「潘小月想追的債，沒人敢還不出。」

「妳放過他吧。」

說著，杜春曉也站起來，夏冰方發現她們居然個頭一般高，連眉宇間的霸道與沉著都極其相似。

「放過他，誰還我錢？」

「我。」杜春曉堆出一臉古怪的笑意，「我來還。」

……※……　……※……　……※……

紮肉揭掉臉上的一層皮，內裡真實的毛孔才得以暢快呼吸。風中裹帶的雪子刺在皮肉上，冰硬得發疼。

紮肉有鮮明的黃皮膚和一頭半白髮，但五官很年輕，眼神朝氣蓬勃的，耳垂微捲，人中直長，是菩薩的面相。他坐在一家麵攤上，用腫得像饅頭的兩隻手端起湯麵大口吮吸，發出的聲音像食物在他嘴裡唱《鬧春花》。

麵碗很燙，在寒夜裡冒出乳白的蒸汽，它們化自碗邊上、鍋蓋縫裡伸出一隻霧騰騰的妖手，召喚飢腸轆轆的過客。

然而，杜春曉跟前的麵碗卻是滿的，自抽菸成為她進食的一種方式開始，食物便鮮少能打動她的腸胃。但紮肉樂觀的吃法令她安心，食欲反映一個人的求生意志，吃得下的人往往對未來比較樂觀，哪怕兩隻手都被鋼釘斬傷筋骨，痛過嚎過，也照樣端得起碗，嚼得動肉。

紥肉之所以被喚作「紥肉」，兼因他健壯結實的身軀如一塊被捆了稻草繩的紅燒肉，且胃口驚人，吃多少都不見飽，這在富貴人家是喜事，可紥肉胎沒投準，偏偏是窮苦百姓出身，為一塊蔥油餅都要跟兄弟姐妹打破頭的。

爹娘看他們鬥得狠了，便要挑出一個殺雞儆猴，往往就挑中身材最彪實的孩子，於是紥肉動不動便被爹在臘月天丟進河裡，或者吊在家中前院的榆樹上打。春、秋季還好些，到了夏天，榆樹葉密麻麻長出一頂綠蓋，卻怎麼也遮不住毒日頭，挨一鞭灑層油，再辣出一身汗，苦不堪言。

紥肉離開那天，正值青雲鎮家家戶戶迎蠶吐絲，大家都忙得無暇分身照看孩子，他便掏了娘掖在棉被櫃頭裡的六個銀洋，遠走高飛。

從此紥肉的食量越來越大，但要有得吃就得有錢，所以他獲取錢財的手段亦日漸高明，終於在二十五歲那年第一次嚐到「吃飽」的滋味。他在一個珠寶老闆的院子裡扮鬼嚇到他們雞犬不寧，再冒充高僧入內成功「驅鬼」，拿到一大筆錢，還用所謂的「靈符」燒得滿院子煙薰火燎，蓋過他嘴裡冒出的胃液酸氣。之後紥肉頭一次去廣源樓吃了一頓大餐，醉酒當歌，次日醒來時嘴邊還有五糧液與宮爆雞丁混濁的餘味。

紥肉自此找準方向，幹起了騙子的營生，因有些買賣是要做完就跑的，所以他東遊西蕩，沒個固定居所。他腦子活絡，面相又生得出奇的忠厚，極易讓人信服，所以至今只被抓到過一次。

頭一回，是在詐一個紈褲公子「入股」跟他一道做菸草生意的辰光，竟被某個邋遢懶散的女人戳穿西洋鏡，原以為要被拉去見官，或吃些別的苦頭，孰料她咧嘴一笑，伸出右手，掌心向上勾動了兩下食指，道：「老鄉呀，既賺了這一大筆，也該分些給我不是？」

紮肉理所當然逃過一劫。

第二次被抓，便是這回扮成俄國富商在賭場誆財，孰料又碰上那個叫杜春曉的女人。然而，不管與她的際遇是福是禍，她都是紮肉人生中第一個朋友。

能在這樣蠻荒的地方重逢，兩個人心裡都有些酸酸的，尤其杜春曉的衣裳更是破破爛爛，像直接披了一塊抹布在身上，面色雪白中浮著一抹青氣，像是有什麼隱疾在身卻被刻意掩蓋；紮肉雖下場異常慘烈，行頭到底還在，這意味著體面也都還在。

「姐，妳到底還是逃這裡來了，頭一次碰見妳，就知妳往後得跟我紮肉一般折騰。」紮肉喝完最後一口麵湯，神氣恢復了有七、八分，連紗布上滲出的血絲都顯得不那麼駭人了。他到底年輕一些，肉體上的打擊更扛得住。

杜春曉偏了一下頭，一片細長濃霧自唇間遊出，她也不回答，只說：「再來一碗？」便把自己跟前那碗推到紮肉的一邊。

紮肉欲言又止，攬過碗來，又埋頭吃起來。

夏冰扶了一下眼鏡，忍不住問道：「你們……認識？」

「還記得小時候隔三差五就被老子吊在樹上打得鬼哭狼嚎的沈撲滿嗎？就是他。」

「哦……」夏冰努力探進自己的記憶深處，隱約是從過往歲月裡掏出了一點東西，比如茂密的榆樹，一個圓滾滾的高個子男孩赤裸裸站在鎮河邊撒尿，屁股蛋子上滿是紅痕，「紮……紮肉？」

紮肉自麵碗中抬起頭來，衝夏冰擠出一個沒心沒肺的笑。

夏冰因「他鄉遇故知」，瞬間陷入欣喜之中，先前因無故欠下一身巨債的憂愁也暫時掃空，笑道：「原來這些年，你都躲這兒來啦！」

「你們不是也躲來這兒了？俗話說得好，不躲不相識。」

言談間，紮肉已將第二碗麵裝進了肚子裡，遂向杜春曉抬了抬下巴，似乎還想要，她只得回報他一臉苦笑：「沒錢了，下次再吃吧。」

紮肉了然的放下碗來，方開始琢磨他兩隻厚大的手，然後長嘆一聲，道：「這下完了，大爺我可是靠這雙手吃飯的！」

他剛說完，便被杜春曉重重敲了一下後腦勺，他那又光又大的額頭「咚」一聲磕在桌沿上。一直不聲不響的阿巴看到這一幕，終於指著紮肉尖笑起來。

「少吹了！先說說來這兒幹嘛。」杜春曉將菸屁股往吸了冰水的棉鞋底上摁了摁，隨後拋得老遠。

「還能幹嘛？混飯吃唄。」

「真混假混？」

紮肉一聽便笑了，眼角縫裡全是幸災樂禍的流光：「聽說姐姐在上海險些混出名堂來了，可惜後來鬧得太大，驚動了洪幫大當家，還有日本人！如今看來，果然謠言都是真的！」

「呸！」杜春曉當下啐了他一口，罵道：「如此說來，你那個時候也在上海坑蒙拐騙，不亦樂乎？」

「哪裡敢。」紮肉神色忽然黯淡下來，抬頭望向遠處暗無晚光的夜色，道：「原本是得到些消息，說紅土買賣興盛，便想撈些人家吃剩下的骨頭渣子，後來打聽到裡邊居然有您老人家摻一腳，便不敢再有這個念頭了。」

「得到些消息？哪裡得來的？」夏冰此刻對紮肉充滿興趣。

「小四那裡。」

夏冰驀地憶起那缺了一隻手的包打聽，無論衣裝襤褸或長衫筆挺，眼神裡都不曾輸掉過一點志氣。

「小四現在如何了？」杜春曉對小四也顯得極為關心。

「據說加入了國軍，也不曉得跑哪裡去了。」

「也是，你是只肯與叫花子為伍，那些有出息的最後都和你沒緣分。」

她藉機揶揄，他也不動氣，反而壞笑回敬：「如此說來，怪道我和姐姐有緣，如今姐姐可是英雄落難吶！」

「是啊！」杜春曉惡聲惡氣道：「所以今朝容你跟咱們回去養傷，明天再合計一下怎麼還你的賭債。」

「你們自去住宿的地方休息，我回我那裡去便可。」

「也對。」杜春曉拍拍自己的額頭道：「哪有騙子肯向外人透露睡覺的地方呢？」

道別後，紮肉起身，搖搖晃晃往一個方向去了。

紮肉才走了幾步，杜春曉突然叫住他，遂掏出一枚紅豔豔的寶石戒指來：「這東西你是從哪裡來的？」

紮肉下意識的拍了一下毛皮大衣的右口袋，臉色也跟著緊了，「這不就是剛剛大爺我在賭

場出千時手上戴的假貨嗎？妳要就送妳了，也沒什麼。」

「說得好聽！」

杜春曉一面冷笑，一面果真將戒指放進自己袋裡，紮肉的表情越發難看起來。她道：「你耍詐耍慣了，該曉得『十分騙子一分真』的道理，那賭坊裡來來去去都是有錢人，萬一有個人識破你的西洋鏡就完了，所以身上也總得帶些真東西抬抬氣勢。這玩意兒是幾枚戒指裡唯一的真貨，雖還抵不了賭債，至少一半是能抵了。」

「哎喲！姐姐呀……」紮肉只得回轉身來，跑到杜春曉身邊裝可憐，「是大爺我……哦不，是小弟我錯了！這戒指您要不還給我，我可就真死定了！」

「那我只問你它從哪裡來的，說對了我就還你。」

紮肉張了張嘴，面上掠過一絲狡猾的笑：「姐姐不是會算嗎？算算不就知道它打哪兒來了嗎？」

「也對！」杜春曉遂拿出牌來，在麵攤桌上擺開稜形牌陣。

過去牌：逆位的命運之輪。

「這命運之輪倒轉，可是說我與你手上戒指的來歷有過一段孽緣，因是與它的主人有過一段瓜葛的。」

現狀牌：正位的世界，正位的太陽。

「正位世界，說明它的擁有者已與我在同一地方會合；正位的太陽，可見這光明地方離得可真近吶！」杜春曉拿眼角斜睨紮肉那似笑非笑的表情。

紮肉指著自己的鼻子附和道：「可不是嘛，姐姐這不就與我會合了嘛！」

未來牌：逆位的死神。

杜春曉將牌「啪」一記結結實實搧在紮肉臉上，紮肉只得拿被紗布纏得麻木發紫的手捂著，也不敢爭辯。

「看你再撒這個謊！依牌的意思，這個人明明不是剛剛死裡逃生的，便是手上犯過人命的，如今想躲在這裡將自己洗清白。若真是你，斷無可能在賭場出千，被人逮個正著吧！」

杜春曉氣哼哼的將牌理在一起，冷不防將它插進紮肉下顎處的肉窩窩裡，痛得他又是一陣亂叫。

「快說！四天前這裡可曾來過一個外國人，帶了一批來歷不明的珠寶？金髮、藍眼珠、穿著考究，經常拿一塊帕子出來擦手？」

杜春曉這三兩句話，便讓夏冰生出許多氣悶來，因聽出端倪，那在上海操縱連環血案之後又巧妙逃生的英倫男子斯蒂芬從不曾遠離他們！他宛若坐上一片墨雲，瞬間飄回到門上停著假

鸚鵡的紅石榴餐廳，斯蒂芬溫厚的笑容裡有某種醇酒的特質……

「這……這也算得出來？！」紮肉驚呼。

「少裝蒜，快說！」

紮肉直覺下巴的負擔又重了一些，只得回道：「四天前是有一個外國人到過賭坊，下注特別大方，所以我想著法子讓他輸慘，他那時便將這戒指抵押給我還債。」

「他現在人在哪？」

「不知道……」紮肉生怕杜春曉再下狠手，忙補充道：「但給我些時間，我可以查出來！明天！就明天！明天一定查出來！」

杜春曉將紮肉放走的時候，夏冰一臉沉重道：「這種拆白黨（注二）就那樣放過，也不怕他跑了？」

「放心，咱們縱看不住他，賭坊的老闆娘也會看緊他，斷跑不出這條街！」

「妳怎知斯蒂芬在這裡？」

「那戒指是他在上海訛來的那批珠寶中的其中一件，你沒看到內側的刻印嗎？宮裡的東西啊……」

夏冰腦中遂浮現淪落為舞女的皇族後裔那細巧尊貴的一對眉眼，她原是不貪財的女子，那些珠寶竟要了她的命……

……※……　……※……　……※……

瑪弟亞餓得已近崩潰，只覺胃部在不停燃燒，抽取手腳的養分，十指與大腿都開始麻木，身上每個細胞都張開血盆大口，無望的吞噬著空氣。他只好爬起身，推推對床睡著的猶達，想問他要兩塊冰糖解饞，對方卻無力的搖搖頭。瑪弟亞負氣坐回床上，恨不能把被子裡的棉花胎挖出來吃掉。

事實上，他一直知道冰糖的去向，如果猶達那裡沒有，就一定在那個地方，所以他決定去那兒找一些來。

穿上鞋、走出房門的時候，瑪弟亞心裡只有對食物的渴望，所以他被風颳得通紅的臉孔上，除了乾結的鼻涕渣，就只有一對宛若餓狼發出綠光的眼睛。

因為怕莊士頓神父察覺，瑪弟亞沒有點蠟燭，仗著自己在教堂十年的光陰，以為對一切都熟悉，所以靠的是直覺與摸索來認路。深夜的小徑每踏一步，乾結的雪子就在腳下發出沙沙的足音，雖然沒有下雪，風卻大得恐怖，儘管他將長袍上的連帽緊緊包住面頰，還是被風颳得睜

不開眼睛。

「冰糖，馬上就能吃到冰糖了！只要走到那個地方，冰糖……」

他喃喃自語，用這個鼓勵自己前進。但是，很快他便雙腳懸空，彷彿踏風而行。身體離地的瞬間，他心臟猛地縮緊，想起出門前猶達支起虛弱的上身勸他：「別去，再熬三個小時天就亮了。」

可是他等不及，相形之下，早餐桌上幾年如一日的那塊咬起來頗為廢牙的黑窩頭，他更嚮往入喉的是甜的東西！這執念直到死神的鐮刀在頭頂劃過一道電光時，都不曾徹底打消！

瀕死之際，瑪弟亞希望能看到他生前最畏懼的烏鴉睜著一雙深淵般的渾圓黑眸，抓起他的靈魂撕碎，這樣他就不會再餓了，永遠不會了……

這一天清晨對負責敲鐘的安德勒來講是噩夢，他打著哈欠蹬上鐘樓，手一拉鐘繩便覺得分量不對，這才睜開惺忪的眼睛看著銅鐘底下那一灘深色液體，鐘繩拉了好多下，響聲都是沉悶的咚咚作響，往裡探去，原先吊有銅錘的地方竟掛著一顆人頭！

瑪弟亞的臉看起來從未如此空洞過，他沒有軀幹和眼球，嘴巴擴成正方，兩根草繩自脣邊勒起，穿過鼻腔，繞進眼眶打了一個結，於是面孔如紮起的木偶，陰森、僵硬、端正。

安德勒只得用驚叫代替鐘鳴，聖瑪麗的晨幕便在這樣血淋淋的恐慌中拉開……

少年們陸陸續續跑出來。猶達面朝鐘樓，跪倒在雪地裡，面孔呈豬肝色，晶瑩的頭顱幾乎要與雪地融為一色，嘴裡還在不停叨唸：「我是天寶啊，是你的親生兒子，我是天寶啊，天寶……」

與安德勒同為十三歲的阿耳斐，把握成拳的手狠狠摁進自己的嘴裡，據說他是唯一一位被親生母親抱進教堂的孩子，所以教名之外還有喚作田玉生的本名，以及明確的生辰八字；其他的孩子是莊士頓按在吊橋中央撿到的那一天算作其生辰，年紀也是按那個時候算起的。

很多人認為阿耳斐是俄國妓女喬蘇的私生兒，因為她每次來做禮拜都會摸一摸阿耳斐的頭頂，塞給他一塊芝麻糖或半條嚼過的巧克力，這些微不足道的小事引發了其他孩子的強烈嫉妒，他們絲毫沒有考慮到阿耳斐是他們之中最漂亮的孩子，明眸皓齒、氣質乖巧，有與生俱來的楚楚可憐的腔調，所以莊士頓也小心翼翼的與之保持距離，生怕引發一些不必要的醜聞；但每每有心地慈祥的婦人來做禮拜、施洗、或舉辦葬禮，他都安排阿耳斐走在第一個，那孩子就是有這種魔力，能讓所有人深深著迷。

杜春曉頭一天看到阿耳斐時，便悄悄與夏冰戲言：「這孩子若生在青雲鎮，長大了多半會桃花纏身，受女人恩寵，將他寵笨了，老來必定淒涼；若是生在大上海或京城，多半打小便要

吃苦，因受的是男人的寵，將他寵精了，老來倒未必享不到福。事情怪便怪在他居然活在這樣的地方，人生要少許多的樂趣呀！」

自然，她當時又推說那是塔羅牌解出來的。

顫巍巍走在阿耳斐後頭的是十三歲的祿茂與十四歲的瑪竇，他們是兄弟，被丟在聖瑪麗門口時一個還在襁褓中，另一個已經會爬了，所以哥哥當時險些從吊橋上落下。兩個人都生了同一張秀氣而平庸的臉，舉手投足都透露因貧困練就出的小家子氣，由於缺少疼愛，導致他們生性懦弱，卻又殘忍，私底下都以欺負阿耳斐為樂，搶走他的生日加餐，或者把他摁在廁所的坑位上，好像糞便能把他的容貌變醜似的。

多默與西滿曾經挺身而出，保護過阿耳斐，但情況並未得到改善，久而久之，他們意識到人必須自保，旁人無法從本質上改變誰的命運，於是便放棄了，由善意轉化為冷漠。出於種種原因，多默甚至後來還有些怨恨阿耳斐的軟弱，覺得他妄圖憑一張俏臉處處吃香有些過分，於是反而和那兩兄弟走得更近一些。

今天祿茂和瑪竇之所以要走在阿耳斐後邊，是因為他們想出來看動靜的時候順便在他脖子裡塞一把雪，可從鐘內掉出的頭顱徹底把他們嚇傻，導致阿耳斐逃過一劫。

最後出現的是盆骨變形的雅格伯，十五歲，左腿折成往外側去的一個斜鉤，細如蘆棒，相形之下，穿著厚棉靴的右腿顯得粗壯有力。因拄著的枴杖不如真實的肢體那般牢靠，所以他整個身子都嚴重右傾，使他看起來像一棵長歪的樹。

雅格伯是唯一一位手中抱著聖經出現的門徒，他額頭與下巴俱是尖窄的，眼睛卻充滿慈悲，似是裝了許多的知識在裡頭，像是這裡最有發言權的孩子。

杜春曉卻在背地裡這樣跟夏冰討論雅格伯：「這孩子乍一看倒像是懂事的，只可惜你瞧他啃饅頭的樣子，也沒什麼體面，所以骨子裡就是個俗貨。有些人，讀一世的書，也還是下等人的命，氣韻與風度都不夠。」

誠如杜春曉所講，雅格伯確實是不夠大氣，缺少一點點靈秀，這是讀再多的書、演再多從容的戲都補不起來的東西。如今他正一臉驚慌的自頭頂到胸口畫了好幾個十字，口中唸唸有詞，眼睛雖閉上了，但瑪弟亞斷頭的慘相估計已烙在他腦子裡了，所以唸了一會兒，竟慌慌忙忙轉身往屋裡去了，沿路滴下一串冒煙的黃水，杜春曉、夏冰與阿巴站在鐘樓上往下看，知他已經失禁，所幸場面已夠血腥，三人當下都笑不出來。

「這孩子被毀得面目全非，腦袋捆得像一顆粽子。前一位據說也是這麼死的？」杜春曉回頭問莊士頓，孰料發現他臉色像是被寒冰凍住了，肌肉紋絲不動，只眼圈有些紅紅的。

「而且……他……他是最小的孩子……」莊士頓答非所問，可見已被悲傷澆滅了理性。

「我們來打擾的那天，你們在為另一個叫西滿的孩子舉辦葬禮，他也是這樣死的。如此嚴重的血案，你為什麼不報警？」

此時，幾名門徒已紛紛走上鐘樓，圍在莊士頓身邊。莊士頓的身材非常高䠷，在營養不良的孩子們的襯托下，顯得很偉岸。

「這裡求警察辦事需要花錢，我們沒有錢，而且交了錢也未必能破案。」神父終於調整思路，解答疑惑。

夏冰下意識的靠近擺在地面一條毯子上的頭顱，皺眉道：「奇怪了，聽你的弟子講過，西滿雖然臉上也被捆成這個模樣，屍體則是被綁在禮拜堂的十字架上，可為什麼這孩子卻是被斬頭呢？」

「在耶穌十二宗徒的故事裡，瑪弟亞是眾宗徒選出來取代叛徒猶達的位子的，他在耶路撒冷殉道時，被人用石頭砸倒在地，然後承受斬首之刑。」杜春曉講這話的時候，眼睛牢牢盯住莊士頓，因知道他也會有同一方向的聯想。

「那……西滿呢？」

「傳說中的西滿也是殉道者之一，晚年在羅馬宣播福音，受到當時的暴君尼祿的迫害，最後被倒釘的十字架上流血致死。」莊士頓艱難的開了口。

「如此說來，凶手完全是根據教義中的故事在殺人？」夏冰不由得聯想到其他幾位教徒的名字，他們在聖經裡又是什麼樣的身分？會迎來怎樣的死亡？！

「也可能是巧合，不過……咱們先找到瑪弟亞的屍身再說。」

杜春曉一語驚醒夢中人，於是將頭顱安置好之後，大家開始分頭尋找屍身。因為清早受了這樣的刺激，所以每個孩子都忘記了空腹的折磨，沒有人想到要去煮燕麥粥，都兩人結成一組四處行動，唯獨腿腳不便的雅格伯與身體欠佳的猶達待在屋裡。

杜春曉與夏冰穿過住所，看到那片橫七豎八的雜亂墓地，不由得感慨，這裡埋下的多半都是幼小冤魂，不知為何出生，更不知為何死去。

「咱們晚上再來這裡一趟。」她指著西滿那座嶄新的十字碑道：「把西滿的屍體挖出來瞧瞧。」

「啊？」夏冰心裡一陣打鼓，然而還是沒有反對，只說：「那還賭債的事情怎麼辦？那騙子沒準兒已經逃出遜克縣了。」

「不會。」

杜春曉抽出一張牌，正色道：「牌告訴我，幽冥街近期要出一件大事，咱們倆和紮肉都逃不過的大事，所以你且安下心來，暫且無性命之憂，雖然也出不去這條街。」

她手上的牌，正是那張信心滿滿、烈焰怒焚的戰車牌。

……※……　……※……　……※……

「趁早說了，還有活路，這點錢我也不見得放在眼裡，只遠遠抵不過心裡那一口氣。」

潘小月又往綮肉的肚皮上劃了一道小口子，他已累得叫喚不動了，只眼睜睜看著腹部的血洞越開越大，足夠鑽得進兩、三隻老鼠！

「姐姐呀……哦不，奶奶呀！我真的什麼都不知道啊啊啊……這不昨兒在您地盤上多有不敬，今兒正想著怎麼補償呢，總不該這筆錢都讓我老鄉去還，對不對？咱好歹也是男人！可……您現在這麼幹，可就讓我摸不著頭腦了，這是？」

綮肉雖身上劇痛，思路還是清楚的，何況他確實不曉得為何被潘小月折磨到這般田地。

「既然小哥如此講義氣，那便義氣到底，告訴我五爺怎麼得罪你了，要這樣的死法？」

潘小月臉上的脂粉被因興奮而泛起的油光剝落了大半，露出灰黃的鼻翼和下巴，她雖穿著駝毛大衣內配對襟蜻蜓扣收腰棉襖，卻反而將纖薄的身板填出了肉，曲線顯得妖嬈起來。離她數尺的一張方桌上擺著一個兩頭掏空的圓木桶，並有一只捕鼠的鐵籠，籠子裡放著五隻黑油油的耗子——那都是為受刑者準備的「厚禮」。

「五爺是誰？」紮肉剛問出口，腹部又是一陣灼熱，痛得他險些背過氣去，但他心裡明白，好戲還沒開場。待那一籠老鼠爬過木桶鑽進他傷口裡去咬爛腸子時，才是地獄。

「少來這套，說！」

那日釘過他手掌的兩名小廝，一人已拿起木桶，另一人拎了鼠籠，正往他這裡走，嚇得紮肉冷汗直冒。

「奶奶，那您告訴我五爺是誰，我再想想知道些什麼，成不成？」

討價還價也是騙子的長處之一。

「你們坐過同一張桌子，怎麼還想裝糊塗？不如你先講講，替你扛債的女人是誰？」

經潘小月醍醐灌頂，紮肉瞬息憶起當日和他們同桌玩二十一點的那個不起眼的半老頭子，原來他是五爺！於是忙道：「那女人叫杜春曉，是我一個同鄉，腦子極聰明，也留過洋，不知為什麼回到鎮上開了個舊書鋪。後來去了上海，得罪了大人物，只好一路逃到了這裡，想是要越過邊界去英倫。」

「她身邊還有一男一女，又是誰？」

「那長得挺俊的男人叫夏冰，是她的未婚夫。另一個女人我不認得，據說是路上撿來的，

想是逃難到這裡的俄國女人，還是個啞巴。」紮肉越說越放鬆，只求這時候能天降神兵，救他於水火。

「你還沒講到五爺呢。」

見騙子如此「老實」，潘小月神色也緩和了不少。

「哦！對對對對對！五爺……那個五爺……」紮肉腦筋轉得飛快，卻怎麼也掰不出「五爺」的來歷，只得帶著哭腔求道：「奶奶，求您了！您就提點提點我，讓我知道怎麼得罪五爺了成不？」

「還裝呀？」潘小月因心裡有些喜歡這小騙子，眼角的皺紋已浪到出水，「把他放下來。」

話畢，兩名小廝動作利索的為紮肉鬆了綁，用浸過金創藥的紗布迅速裹住他流血的肚子，遂將他反剪了手押到賭坊後邊。

那塗了泥牆的磚房後頭也是潘小月的地盤，雖是矮矮打了一圈石圍，抬腿便能越過，卻無人敢往裡跨半步。因石圈內豎著幾根十多米高的尖木樁子，是專為出千者、欠賭債不還者準備的，早些年的時候那裡隔三差五會掛出些賭客來，均是自屁眼直插入心肺的，在上頭殘喘到油盡燈枯為止。

古代那玩意兒叫「人刺」，而越是古老，刑罰便越是複雜殘忍，所以賭坊用它來警告那些想要花腔的賭徒。不過近年來，聽聞潘小月已對欠錢不還的賭徒施了另一種刑罰，人刺基本上不用了，但那些樁子還是怵目驚心的杵在那裡，上頭沾滿風乾的褐色血跡。

蹊蹺的是，紮肉看到的樁子上居然有了新的人刺，渾身赤裸，稀薄的灰白頭髮被風撥成亂雞窩，鬆垮垮的皮肉像渾身插滿了旗幟，不停抖動，肚臍下方的陰莖被毛髮掩蓋了大半，死沉沉的掛在腿間。

由於木樁太高，紮肉看不清上頭那死人的表情。當然，他也不想看清楚，於是別過頭去，對潘小月擠出一個狼狽的笑：「死得夠慘的啊！」

雖腹傷難忍，卻阻止不住紮肉對潘小月的眉來眼去。

有些事體不用講穿，各自心裡都懂，想到同一處了，也便有了某種默契。事實上，紮肉想到的那一層遠比情慾要冷酷得多，潘小月想到的一層，也比情慾要複雜得多。兩人只在某一個點上有契合，其餘都是南轅北轍，然而男歡女愛上頭，只那一個點搭上，便也夠了。

「不曉得如何能死成這樣。」潘小月語氣裡有驚訝，甚至惶恐。

「您把人放下來瞧瞧不就清楚了？」紮肉硬著頭皮提了這個建議。

五爺被放下之後，才看到他脖子上那一圈致命的勒痕，舌頭略略探出唇間一角，有些扮鬼臉的意思。桿子上只流下很少的血，多半都被低氣溫凝固在體內了。

紮肉恍悟，緣何潘小月要打聽關於杜春曉他們三人的事，因把一個死人做成人刺示眾，絕對不是一個人就能幹得了的，從把屍體插上桿子，到將桿子豎起固定在石基上，起碼也得兩到三個人才可成事，還得神不知鬼不覺，怎麼可能？！

賭坊之所以選擇這樣的刑罰，就是因為把人戳穿時的慘烈境況足以教旁觀者終生難忘，越是這樣招搖的殺人，便越是有效。

「要辦成這件事，得有兩、三個人手，還得不讓你們發現，我紮肉哪裡有這本事？」紮肉知道大約暫時不會吃到餵老鼠的苦頭，人也放鬆了不少。

潘小月卻還是背部緊繃，語氣沉重道：「可是，死在我地盤上，來來往往的人又那麼多，許多客人都是賭通宵的，如何能把人這樣掛在上頭而不驚動咱們？」

紮肉也苦笑道：「這也是我覺得奇怪的地方，但我拿人頭擔保，這件事絕對與我和我那兩個老鄉無關，咱們昨晚要真愁什麼事兒，那也是還債的事兒。何必要去找一個陌生人的麻煩？即便因要謀他的錢財去找了，也不見得非得將他掛在這兒惹奶奶您生氣呀。可是這個道理？」

「那你說，會是誰幹的？」

「這就不知道了。不過奶奶您這樣的能人，相信不出三日，必能找出真凶！這樣吧，三日之後，我拿著錢過來見您，奶奶您多保重！告辭了！」

話未講完，紮肉已被巴巴兒摁住頭跪倒，額頭結結實實貼住了潘小月的鞋背。

「紮肉，你也忒小看我了，這樣就想走？這死人既然我都讓你見識了，自然與你脫不了干係，你一要還債，二還得給我把那殺人犯找出來。要不然，這輩子你都甭想踏出幽冥街。」

潘小月身上的一股蜜香幽幽鑽入紮肉兩個鼻孔，他瞬間意亂情迷起來。

「成！」他奮力從鞋面上抬起腦袋，直勾勾盯著她，他深信自己的眼神有某種神奇的殺傷力，當年青雲鎮上開胭脂鋪的寡婦、上海灘菸草大王的六姨太，都被他施過同樣的咒，自己才能成為她們床上的心肝寶貝。

「不過，我再向您推薦一個人，一定要她來助我，才能把事兒辦成！」

潘小月笑了：「說的可是杜春曉？嗯，我看那姑娘像是有兩把刷子的主，把她找來。」

沒錯，紮肉拖人下水的本領也是一流的，可他轉念一想，又覺得這樣對待恩人實在過意不去，便忙不迭補充道：「不過我們事先得說好了，最後結果甭管能否讓奶奶您如意，都與杜春曉無關，到了時候，她還是走她的，我也隨您處置。如何？」

這一句，將潘小月臉上的笑意徹底抹滅了。

她彎下腰，掰起紮肉的下巴，眼睛裡不再豔光流轉，已倒去淫意，注了兩汪冰湖，陰暗、

鬼魅、蒼涼。

「聽好了，幽冥街是我潘小月的地方，很多人能不能活，得看我的意思，能不能死，還得按我的意思。所以，你和那個杜春曉，能不能走出這條街，要看我高興，能不能待在這條街，也要憑我的高興。沒有人可以跟我講條件。明白了？」

「明……明白了。」紮肉緊張得渾身刺痛，直覺眼前的女人是由殺氣堆積出一個婦人的形狀，隨時都有幻化成刀的可能。

「明白了，就重複一遍我聽聽？」

「幽冥街是您潘奶奶的，能不能活，能不能死，都得看您的意思。我和杜春曉能不能留在這兒，能不能離開，也得看您高不高興。沒有人可以跟您談條件。」紮肉艱難的吐出那幾句話來。

潘小月方才收了先前的陰森，換了一張祥和的面孔，點頭道：「雖重複得不算圓滿，大概意思也差不多。得，放過你吧，趕緊去把那姓杜的姑娘叫來。」

紮肉奔向聖瑪麗教堂的路上，頭皮都快要炸開了。

……※……　……※……　……※……

聖瑪麗的夜晚要較白天更熱鬧一些，因白天外頭各色噪音蜂擁而入，教堂內死氣沉沉的動靜便在不知不覺中被淹沒了；反而夜裡，四下悄然，一些原本不會注意到的聲響便突顯了，譬如風颳過房頂的沙沙聲、垂掛過瑪弟亞人頭的銅鐘上綠鏽剝落的聲音，還有莊士頓鞭韃猶達的聲音……

「為什麼當時不阻止瑪弟亞出門？」

莊士頓手中的皮鞭很長，繞了兩圈才變成適宜在室內揮動的長度，但抽一鞭等於抽兩、三鞭，對受刑者來說是一場耐力的磨練。

「我……阻止了……他不聽……」猶達努力貼近房內的暖爐，只有莊士頓的房間裡爐子才是熱的，且散發出木炭的香味，所以他們都很願意在神父那裡多待一會兒，藉故去送一杯茶，或者借本書。

猶達直覺鞭子下力並不重，但他趴在書桌上的姿勢已經扭曲了，每捱一下，背部便不自覺的拱起，再重新挺直，胸腔發出風穿越山谷的回音。

「為什麼當時不來向我報告？」

莊士頓每講一句，鞭子的力道便稍稍重一些，反而不講話的時候下手比較輕，他看著猶達

一片狼籍的肩背，那對似要破皮而出的蝴蝶骨紅彤彤的。

整整十鞭，莊士頓心裡數得很明白，抽完之後，他將鞭子丟到猶達腳下，那孩子迅速將它拾起。猶達不敢把衣服穿起來，因麻布料子與皮膚摩擦產生的後果不堪設想，只得裸著上身，恭敬的將鞭子擺到桌子上。

莊士頓用手輕輕按了一下背上的鞭痕，猶達隨之抽搐，他眼中遂泛起痛楚的淚光，拿起洗漱臺上的一瓶橄欖油，塗抹猶達背上的傷痕。猶達嘴裡發出的「嘶」音很重，像是在吹一碗熱湯，事實上，莊士頓已經記不起孩子們上次喝到熱湯是什麼時候了，他們的胃裡如今裝下的只有粗麵團和糙米。

「記住，假如下次再有這樣的事，所有人都要受到嚴懲，聽明白了沒有？」

莊士頓轉身走到暖爐的另一邊，少年們擠作一團，垂著腦袋，頭髮幾乎快要碰到薰黑的洋錦皮管壁。

「聽明白了。」

他們齊聲允諾，心裡大抵想的又是另一回事。莊士頓能從他們迴避的眼神裡看出背叛的端倪，卻懶得拆穿，他只想竭力維護外在的尊嚴。

⋯⋯※⋯⋯　⋯⋯※⋯⋯　⋯⋯※⋯⋯

阿巴似乎不喜歡紮肉，總用藍瑩瑩的眼珠子盯著他，不是對他動了什麼情，只屬於警惕的監視，生怕他有一點點舉動對自己的救命恩人不利。

杜春曉倒是對紮肉主動跑來教堂尋她並未表現出驚訝，只檢查了他的傷口，叼在嘴邊的香菸幾次都險些燙到肚皮。

「下手挺輕，沒想要你的命嘛。」

她雖對紮肉身上不下百條的傷疤心有餘悸，可卻竭力沒有表現在臉上，只在心裡驚嘆，得吃多少的苦才會換來這一身「紀念」？！尤其胸口那一處凸起的一片粉黃晶瑩的半透明疤痕，竟拼出一隻蝴蝶的形態，再看仔細了，是特意用刀一片片將皮膚剮下來，待傷口癒合之後才有的「神蹟」。

杜春曉忍不住道：「虧你想得出來，人家是拿刺青掩痣掩胎跡，你倒好，把皮肉當泥胎來雕，沒疼死嗎？」

「疼總比難看要好，實在是怕脫衣服嚇著人家，索性就想了點辦法。」

她聽了這話，心便一直往下沉，有些替紮肉難過，卻又不肯輕易表露，只默默清理了他腹

部的血漬，方開口道：「今晚與我們一同去挖墳。」

紮肉點了點頭，一臉欲言又止的表情。

「出發吧！」

夏冰與阿巴不知從哪裡弄來兩把鐵鍬，登登登跑進屋裡，又興奮又害怕。

四個人於是偷偷向墓地潛行，期間紮肉壓低嗓子求了杜春曉三五次：「姐姐，等火車一來你們就趕緊走吧，別在這兒惹事了。」

然而杜春曉只是回頭瞪他一眼，沒有一點聽勸的意思。

反而是夏冰從旁提點：「你怎麼越大越不知你姐姐的個性了？這邊出了兩樁血案，你又說賭坊委託她調查死人的事兒，她怎麼可能在破案之前走得出這條街？不如豁出去了，一查到底，還真相於大白，豈不快哉！」

紮肉一時語塞。

倒是杜春曉笑起來：「未曾想你我相識多年，如今我才知道你也開竅了！」

三人相視片刻，突然都「嗤嗤」笑起來，唯獨阿巴一臉的莫名其妙。

墓地的地皮很硬，每一寸土壤都被寒霜封鎖住了，夏冰在幽暗中摸索墓碑上的刻字，他視力不太好，在煤油燈的微光照射下，他徹底成了「半瞎子」。還是杜春曉最先摸到刻有「西滿」英文字母的十字架，緊接著便是紮肉掘了第一塊土。阿巴不知為什麼，突然站在一邊不動了，只怔怔看著他們挖墓。

杜春曉皺眉站在一邊，這樣的場合她更喜歡旁觀，彷彿一參與，某種規則便被破壞了。

挖了不到三十分鐘，紮肉直覺鏟到一個軟中帶硬的東西，忙將燈靠近去看，卻是一隻被他不小心切掉一半的手，於是顫聲道：「怎麼不告訴我這裡的死人都是裸葬的，也沒個棺材裝？！」

他遂與夏冰二人赤手將土撥開，方才露出完整的屍身。

「西滿幾歲？」杜春曉突然啞著嗓子發問。

「聽那幾個孩子說，大抵有十二、三歲了。」夏冰答道。

她圍繞屍首轉了兩圈，煤油燈的昏光將其面容照得魑魅魍魎，半晌她方道：「瑪弟亞的身子總算是找到了呀……」

掘出的死屍果然是沒了腦袋的，胸口掛有的一枚十字架，將掛繩繫在衣領上的。

「跟我來。」

杜春曉似是想到了什麼，猛地拎起燈，疾步走出墓地，夏冰與紮肉只得跟著，阿巴也忙不迭跑在後頭。

走到鐘樓處，杜春曉突然轉頭對阿巴指指上頭，將煤油燈遞給她，又揮了兩下手，阿巴明白了她的意思，便提了燈以小跑的姿態往鐘樓上去了。他們三人便站在鐘樓與宿舍樓之間的小徑上，抬頭望著那個被夜幕遮蓋得只露出一個模糊形狀的大鐘，阿巴手中的燈火隨著她的跑動在每一層的窗口忽隱忽現，直至那一團黃光出現在大鐘旁。

「這……這是要幹什麼？」夏冰心裡突然有些惶惶的，因想到上頭吊過一顆人頭；相形之下，阿巴的膽子倒是異常之大。

「虧你還在保警隊待過，居然這都看不出來？」杜春曉看著被鐘樓上的紅磚扶欄擋住大半個身子的阿巴，笑道：「明日我們去買些蔥油餅，趁莊士頓午休的時候，用吃的把那些孩子引到禮拜堂來，讓本姑奶奶再顯顯塔羅的神通！」

「這麼快就破案了？」夏冰模糊記起，唯有即將揭曉謎底之前，她才會用這般篤定的聲氣對他講話。

…※…… …※…… …※……

蔥油餅的香氣讓每個少年的嘴裡都積滿口水，被飢餓磨損掉意志的表情在夏冰看來有些可憐巴巴，信仰本該是賜予人尊嚴的，然而這裡的信徒為了口腹之快可以連性命都不要！夏冰有些難過，連忙將放餅的籃子高舉，叫道：「來，一人兩塊，不要多拿。」

「且慢！」杜春曉高聲大氣的阻住他，口吻頗為刁鑽，「這些東西也是咱們花錢買的，不是偷來搶來的，想吃可以，但得先讓我拿這個算一卦。」

她舉起塔羅牌，夏冰手裡的籃子卻在慢慢往下沉，少年的眼神亦隨之絕望起來。

「誰先來？」杜春曉吐字一板一眼，絲毫沒有妥協的餘地。

來禮拜堂的照例只有九個人，若望沒有參與。當九名少年並肩站在禮拜堂的布道臺前時，他們的教袍似在室內凝聚成一團烏雲。

安德勒猶猶豫豫的舉起手，其餘八個少年看著他，沒有表現出任何的鄙夷，他們甚至有些羨慕他的勇氣，於是不自覺的挪開幾步，好讓他上前領取食物。

「請洗牌。」

杜春曉將牌遞到安德勒眼前，他接牌的十指每一根都在神經質的跳躍，然後胡亂的交疊了幾把，又還給她。

「要算什麼？」

「算……算我的罪能不能得到寬恕……」安德勒結結巴巴的講出一句來。

杜春曉拿牌輕輕拍了他的頭頂，嗔道：「說得太假，再說！要算什麼？」

「算……算我什麼時候才能離開這個鬼地方！」

這句怒言像是直接從安德勒的喉嚨裡衝出來，並未經他的同意，所以剛說出口便拚命捂住嘴巴，也不敢看身後那八個人。

杜春曉大笑幾聲，迅速將牌擺上布道臺。

過去牌：逆位的戀人。

「父母早亡，天生命薄，才被丟在這樣的地方，怨就怨時運不濟吧。」

說這樣嚼爛舌根的話，杜春曉素來是不怕的，反正被放在聖瑪麗的孩子，多半爹娘是永世都不會與他相認的了，與死何異？

現狀牌：正位的愚者，正位的國王。

「安排你做現在這個活兒，可是難為你了。日日起得最早，花的力氣最大，吃的量卻是和別人一樣的，可把你當猴兒耍呢。尤其昨兒出的人命官司，可又是讓你頭一個受驚嚇，這許多的事，都還瞞著。」

安德勒聽罷，面容已經慘白。

未來牌：正位的星星。

「嘖嘖！」杜春曉一面搖頭，一面從籃裡拿了兩塊蔥油餅出來，拿油紙包了送到安德勒手裡，喃喃自語道：「將來離開這個地方並不是沒有可能，只要多長點腦子，看得長遠一些。」

她實際有些安慰安德勒的意思，因這幾個人裡，他想法最單純，可能身家也最清白，於是不免給出了一些鼓勵；可她轉念一想，又覺得這樣笨的孩子將來恐怕空長蠻力，難有出息，所以不如就待在這裡修心，保不齊反是條明道。

只今天要做的事情有些太急，便也懶得囉嗦，她捏起嗓子又喚：「下一位？」

這些少年卻下意識的退了一步，但安德勒已大口吃起餅來，撕破的餅皮裡流出酥油勾人的香氣，混有鮮鹹的蘿蔔絲味，令他們百爪撓心。

「下一位？」

還是沒有人動。

杜春曉也不著急，將手懶懶抬起，往人堆裡一指，咧嘴道：「就是你吧，過來！」

被她指著的是雅格伯。

雅格伯剛剛還閉著眼，妄圖用黑暗抵擋食物的誘惑，然而直覺還是在的，即使看不見，也能知道有人指著自己，於是彷彿認命一般艱難的往那籃蔥油餅的方向移動。

事實上，杜春曉能看清他臉上每一條竊喜的紋路，有些人自以為聰明，卻忽略了對手的智

慧，於是經常一敗塗地。

雅格伯洗了牌，平靜的畫過十字，說道：「我想算一算將來能不能重修一下這裡的圖書室。」

一個正當而虛偽的願望。

杜春曉也不拆穿他，在布道臺上擺開了陣。

過去牌：逆位的死神。

「這位小哥倒是可惜了，天資不差，只恨上帝不長眼，讓你生下來就得了一場病，落下頑疾，險些沒了命，所幸當時有貴人相助，倒是起死回生了！」她看他腿腳至盆骨扭曲的形狀，便知是先天小兒痲痺的症狀。

現狀牌：逆位的國王，正位的星星。

「小哥兒如今碰上的事兒，跟大家一樣，與死有關……」她沉吟片刻，突然將臉直逼到雅格伯眼前，問道：「人可是你殺的？」

這一句問得雅格伯往後退了好幾步，他面色發白，嘴上龜裂的脣皮擠成難看的造型：「我沒有！我沒殺人！不是我！不是……」

杜春曉也不搭理他的辯白，氣定神閒的翻起未來牌——正位的魔術師。

「很多事情總是變幻莫測，你未必殺了這個人，卻與他的死有極大的關聯。」她有些心軟，說話卻還是帶鋒芒的，「你比安德勒更早發現屍體吧？」

雅格伯垂下頭顱，一隻手緊緊握住根結粗大無序的木楊杖。

「不只你，還有祿茂、瑪竇，你們也比安德勒更早看到屍體，不，也許你們所有人都是在我們之前就已經知道瑪弟亞死了！」

杜春曉乾脆將牌放下，逕自指向剛剛還縮在一起、如今漸漸互相疏離的教徒們，他們臉上的虔誠不見了，卻正互相用狐疑的目光審視，試圖找出其中的叛徒。

「不用找了，這裡所有的人都是叛徒，而且背叛的是你們自己。你們從宿舍走出來，直奔鐘樓的那一刻，就已經把秘密出賣了！」

杜春曉輕快跳起，屁股坐在布道臺上。

講她是在破謎，不如說是享受，享受這些人的忐忑，聆聽他們原本自以為牢固的防線逐漸崩壞的聲音。

「昨兒安德勒大叫之後，我和夏冰、阿巴跑得最快，頭一個發現鐘樓上出了事，然後直奔樓上查探究竟，緊接著上來的是莊士頓神父，然後才是你們這些人，一個一個陸續出來。讓我感覺奇怪的就是你們這位行動不便的『老大哥』，他只走出寢樓幾步，還沒搞清楚狀況便嚇得

小便失禁，半途折回。我們昨晚試過了，走在那個角度，根本就看不見樓上垂吊的死人頭，怎麼就嚇成那樣了？若非前一晚已見過瑪弟亞的屍體了，今早存心要演一場戲把自己脫離乾淨？無奈戲演過頭了。」

「其他幾位也是，你們住在樓下，且是早就習慣了這個鐘點起床的，怎麼聽到尖叫後，走出來反而比我們還晚一些？而且個個神情緊張多過好奇，難不成心裡真的沒有鬼？剛剛我指雅格伯是凶手的時候，你們誰都沒有好奇上來問一聲『為什麼』，卻把頭埋得更低，像是知道他被冤枉了，又不好講出來。」

「你們都怎麼了？瑪弟亞死的那一晚，到底發生過什麼事？說出來的，便有餅吃，不肯講，我便去向莊士頓神父那裡告狀，讓他把你們餓上幾天幾夜，每人再加幾頓鞭子，看你們招不招！」

「想知道什麼？我來招。」

禮拜堂的門發出啞啞的響動，越開越大的縫隙裡飄入濃郁的花蜜香氣，若望站在門口，粉紅色皮膚與銀髮在風裡飄揚，一對淡若蘭花的枯眸凝結成冰。

若望進來的時候，少年們像是見到了救星，又懼又高興，安德勒將手裡咬掉半塊的蔥油餅偷偷藏進袖子裡。他們自動站成兩排，讓若望與杜春曉面對面站著。

若望細長的身體在寒酸的棉袍下透出尖刀一般的銳氣，這是在他身上不曾見過的。若望像是瞬間長大，成了五十歲甚至更老的男子，閱盡滄桑，看透紅塵，然而沒有去點破它，斑白的嘴唇上反而塗了一層欣然接受的淺笑。

「如此說來，這位第一天就認我做娘的小哥兒，還知道不少事兒嘛！」杜春曉臉上笑得更開了，心裡卻在打鼓，因她早有些疑他，一個腦瓜子有些問題的孩子，居然沒有簡單的食欲，不是抵制力強，便是他不缺吃的。

「妳剛剛講的，分明也有說不通的地方。」若望自安德勒身邊走過時，後者袖子裡的餅掉到了腳邊，「既然妳講這裡的所有人都早已曉得瑪弟亞死了，除了第一個早起敲鐘的安德勒，就不興安德勒只是假裝次日清晨上來的時候發現屍體，再表演驚恐尖叫嗎？」

「沒錯。」杜春曉神色也嚴肅起來，「所以你們在瑪弟亞死的那一晚幹了些什麼？」

「妳呢？妳在瑪弟亞死了之後的那一晚又幹了什麼？為什麼墓地被挖得亂七八糟？埋西滿的地方被徹底翻過，雪地裡全是你們幾個大人踏過的泥印子，這又是幹什麼？我剛剛已帶莊士頓神父去看過那裡了，瑪弟亞的屍體也在那兒找到了。莫不是你們殺了瑪弟亞之後進行分屍，把頭顱掛在鐘樓上嚇我們，然後又將屍體埋在墓地掩人耳目？」

若望反擊的時候，雪白色眉尖一跳一跳的，煞是動人。

「荒唐！我們為什麼要殺人？」夏冰到底忍不得，跳了出來。

「為什麼？算一卦不就知道了？」若望笑了，露出幾顆米黃色的牙。

他手中，亦有一副鮮豔整潔的塔羅牌。

若望算塔羅牌，用的是極為古老的六芒星預測法，從前唯有最瘋狂的吉卜賽女巫才會布下召魔的陣形來算卦。他在上下兩方各擺一張牌，左右各擺兩張，正中間擺一張，設成六角星形牌陣，遂抬頭對杜春曉笑道：「希望一切都如妳所願。」

過去牌：正位的女祭司。

「恐怕這位杜小姐，是一直裝神弄鬼過來的，也不知唬了多少人。雖然冰雪聰明，無奈命運不濟，到頭來還是替他人做嫁衣裳，才輾轉淪落到不毛之地來。」

現狀牌：正位的國王。

「杜小姐雖來幽冥街短短三日，大抵也該知道一文不名者在這裡靠什麼撈錢，一是到西街頭的賭坊碰運氣，二是為娼，三是賣孩子。你們連住旅館的錢都沒有，只得窩在這兒，顯然手頭緊得可以，賭坊的運氣應該也碰過了……」說到這裡，若望瞟了棨內一眼，接著道：「為娼，好似姿色也不太夠，只能裝神弄鬼嚇唬人了。」

這一句將杜春曉說得無地自容。

未來牌：正位的惡魔。

「販賣兒童，做傷天害理之事，果真是你們這幫騙子的出路。都是天降的煞星，惡魔轉世！」

若望邊講邊揭開對應牌——正位的倒吊男。

「賣孩子，自然得挑那小的，容易帶走的。於是你們暗中算計好了，先用菜包子引大家過來給你們『驗貨』，挑中了瑪弟亞，隨後半夜用吃的東西把他騙出來，可惜瑪弟亞劇烈反抗，你們不小心把他弄死了。事後為了掩蓋罪行，便按照之前瞭解到的情況，把他的死偽裝成與西滿一樣，掏空眼球，紮上草繩，掛在鐘樓上嚇唬咱們。何況，妳又瞭解天主教門徒的故事，知道瑪弟亞的結局是被砍頭，所以做出如此殘忍的舉動。嘖嘖嘖……」

他輕輕搖頭，身後的少年也跟著露出悽楚的表情。夏冰發覺這位被頑症染成通體雪白的病人，竟具備控制他人意志的力量。

環境牌：正位的節制。

「杜小姐原本以為拿咱們提早知道瑪弟亞死亡的事情要脅，便可以再騙一個出來，卻忘記了神父大人和天主對我們的庇佑，我相信妳下一步便是要蠱惑大家替妳去偷神父大人的錢，好

助你們離開此地，對不對？」

他說話滴水不漏，語氣平和，像是預先演練過千百遍了。

態度牌：正位的力量。

「我始終相信撒旦的力量是有限的，它靠汲取人內心的貪欲才能存活；唯有耶穌的力量才是無限的，因為每個人都有贖罪的本能。所以……」若望刻意停頓了一秒，空氣隨之也凝固了一秒，「現在三位必須贖罪！」

話畢，其他少年們突然高喊「贖罪」，聲音尖細而響亮，此起彼伏，似要將杜春曉他們的耳膜震破。

「贖罪！」

「贖罪！」

「贖罪！」

「贖罪……」

他們慢慢向杜春曉等人靠近，眼神虔誠而無辜，彷彿已忘記先前被飢餓纏身的痛苦，高抬兩手，紛紛觸摸「罪人」的頭頂。

杜春曉和夏冰不由得往後退去，紮肉眼睛瞪得大大的，驚道：「這……他們這是要幹什麼？」

「恐怕他們要咬咱們了，用食我血、啖我肉的方式替天主祈求寬恕。」杜春曉一面往後躲，一面將夏冰推到前頭擋駕。

「什麼？！」紮肉直覺一陣刺痛，垂頭竟發現祿茂抓起他的手背緊緊咬住，他下意識的掙扎，兩排牙齒卻透過紗布越扣越緊，於是只能用力敲擊祿茂的頭頂，將他擊開。

紮肉瞠目結舌的看著他們，怎麼也不信這些孩子瞬間變成了「食人妖怪」，然而看著他們空洞憤怒的眼神，他還是有些後怕，此起彼伏的「贖罪」聲鑽進他的意志裡，化作蜂鳥在腦中胡衝亂撞……

突然，鐘聲刺破詛咒，貫穿禮拜堂，少年們紛紛轉頭望向右側那扇通天落地的彩色玻璃大窗，透過那裡可隱約望見鐘樓。

誰在敲鐘？！

若望對行動最靈活的阿耳斐抬了抬下巴。

阿耳斐即刻跑出去了，不消一刻又跑回，眼神清亮，語氣平和：「是神父。」

「嗯。」若望面上浮過一絲悲涼，對杜春曉道：「請你們馬上離開教堂，否則還會有更多不幸。復仇的火種將在這裡每一位兄弟心中燃燒，怒焰會毀滅一切。不想被燒死，就快走！」

杜春曉沉吟片刻，遂抬頭對夏冰道：「我們走吧。」

教堂大門推開時，那吊橋卻並未降下，三人站在鴻溝前面面相覷，風中每一顆雪子砸在緊繃的面孔上都是疼的。

紮肉驚魂未定的捂住手背，道：「難不成……要把咱們丟溝裡去？」

「未必。」杜春曉皺起眉頭，從夏冰的籃子裡拿出一塊蔥油餅來，邊吃邊道：「興許是那孩子不想讓咱們走。」

「那為什麼要誣陷我們殺人？」夏冰見她吃得滿嘴流油，竟也有些餓了。

「這孩子不見得是真把咱們當成殺人犯，只是用這種方式轉移咱們的注意力，他們背地裡也不知幹了些什麼不消停的事。」她雖是鎖了眉的，卻顯得極高興，彷彿撿到了什麼寶物。

「姐姐，妳手裡那副牌，可有算錯的時候？」紮肉忽然問道。

「有，時常蒙錯。」

「蒙錯了怎麼辦？圓得回來嗎？」

「算對了，人家自然奉你為神，什麼都講了；算錯了，他會自動告訴你哪裡錯了，你又多打聽到幾樁隱私，也沒有什麼不好。」

她正奇怪紮肉緣何問這樣的話，卻見阿耳斐走出來，細皮白肉的一張臉顯得極無辜，像是剛剛意欲吮血啖肉的窮凶極惡相只是他們做的一場空夢，他仍是金玉其外的妙人兒，骨架玲瓏且靈秀逼人的田玉生，時常被莊士頓亮出來搏取信徒同情的那張王牌。

田玉生姿態安靜而匆忙，嘴裡呼出的白氣使得他略有了些仙姿，他只說：「吊橋的滑輪有些損壞，勞煩你們等一等，很快就好。」

「不急。」紮肉笑道：「你們若一時半會修不好，咱們少不得還得打擾一夜。」

「那個女人呢？」阿耳斐抬眼胡亂掃了一下，表情又緊張起來。

「誰？」杜春曉明知故問。

「不會說話的那一位。」

沒錯，阿巴已不見蹤影。

「這個咱們就不清楚了，你也知道那女人有點兒……」紮肉抬起右手，伸出食指在自己腦瓜子上繞了幾圈。

阿耳斐嘴角突然浮起一絲冷笑，似是看穿了這其中的把戲，淡然道：「沒關係，你們先走，等找到那女人以後，我們會送她出去。」

話畢，只聽得「吱啞」一聲，門外吊橋隨之落下，代替了一切堅決果斷的送客儀式，三人只得悻悻然走出聖瑪麗。

去哪裡？如何逃出幽冥街，逃出遜克縣？

這是三個人目前最心焦的難題。

倒還是夏冰有些木然的問道：「如今要去哪裡？還有阿巴又在哪裡？」

「這不是為了咱們能逃命，暫時把阿巴安插在教堂裡頭，來個裡應外合，時機一到，咱們就把那些天殺的小祖宗，一個個捆出來賣掉！」杜春曉語氣凶巴巴的，含有許多的怒氣。

夏冰自然知道她的心思，縱橫江湖十多年，她一把塔羅騙過太多人，如今被一個毛頭少年以其人之道還治其人之身，令她顏面盡失，確實窩火。這大抵亦是她肯心甘情願離開聖瑪麗的原因，敗將最怕待在傷心地，時不時觸痛自己。

然而天寒地凍，眼看快要入夜，卻是捉襟見肘、無家可歸的三個人，去哪裡都是死路。想到這一層，他又有些怨她不夠死皮賴臉。

「那……咱們今晚去哪裡落腳？」紮肉很不識相的將他們心中的憂患挑明。

杜春曉瞪了他一眼，罵道：「去哪裡我們暫且不知，怎麼你一個整天靠捲東西走人為生的騙子，也不知嗎？」

紮肉見杜春曉對他如此不屑，彷彿也動了氣，紅著臉道：「好！我自然知道該去哪裡過夜，你們若是敢去，便跟著我走！」

話音落地，紮肉抬腿便走，也不管那兩個人是否跟上，只因他心裡明白，他們也唯有跟住他了。

注二：拆白黨，指騙人財物的人。

第三章 蝴蝶的逆位之戀

喬蘇渾身痠軟，卻還假裝自己生龍活虎，站在巷子一角，夾在指間的半根殘菸已被風吹滅了兩次，於是四處借火，甚至湊到時常搶她生意的蘇珊娜那裡去。在轉來轉去的當口，她又看到兩個新面孔，均是胸脯高聳的俄國女子，穿著縫製粗糙的灰兔皮外套，裡頭只一件麻布裙子，從乳溝到脖子都裸在外頭，用斑駁的蜜粉蓋著，粗大細密的紅色毛孔被風颳到突起。

從那邊過來的婊子越來越多了，生意不好做！

她默默嘆了一口氣，把香菸含在嘴裡，向剛剛貼於牆根處做完今夜第一筆生意的蘇珊娜示意，對方因有了收入，心情極好，便掏出火柴劃燃，親自為她點上，暖融融的火光照出喬蘇油膩變形的五官。劣質菸絲把她身上的每個細胞都封閉在隆冬之外，她渾身怪臭，一頭紅髮了無生氣，只隨便披在肩上，末梢還沾有昨天某個客人的體液。

然而，焦慮令她無暇顧及體面，尤其是紊亂的經期，讓她完全不知道自己的身體究竟是處於何種狀況，她已經付不起墮胎費了，再有便只得買藥，可是幽冥街上唯一的一家中藥鋪因一年內吃死過三個同行，已不值得信任。想到這一層，喬蘇已是絕望透頂，因已有一個月半不見紅，此後每過一日，內裡的恐懼便又添一層。

黯然神傷時，巷口麵攤的燈火逕自隱了一下，喬蘇站著的地界陡然變暗，她驀地抬頭，卻見是被一人影擋住，於是心底的憂鬱再度加重。然而，她很快又高興起來，因走進巷子的是個

男人。

她生怕被蘇珊娜看見，便急忙上前來拉住對方的袖口，將他拖在原地不動，眯著眼媚聲媚氣道：「五十元，不貴的。」

「妳叫什麼？」

對方個子很高，身上套著一件與夜同色的駝毛大衣，散發新鮮的、有品質的氣息，壓在右眉上方的帽簷微捲，恰能漏一點亮進來，勾勒出他刀削斧鑿般明晰的面部。喬蘇看清楚以後，不免有些失落，繼而帶出一股莫名的恐懼來，因這樣的男子斷不可能會缺少女人，飢渴到要來這裡尋歡。

「叫什麼不重要，既然是個俊哥兒，收四十好了。」喬蘇還是心懷僥倖的強笑，將他緊緊拉住。

他捏起她的下巴仔細窺視，如星的眼眸有銷魂蝕骨的蠱惑力，於是她又重燃希望之火，兀自抬起一條腿，拿膝蓋挑開大衣門襟，迅速找到「根源」摩挲起來……

「多少錢也不重要，但我喜歡做的時候叫人家名字，顯得親。」他聲音啞啞的，像被扎刺破了洞的風箱，腔調有一點哀。

她模糊知道他在說謊，因拿腿蹭住的胯下雖有一些反應，卻仍是懶洋洋的，似在竭力壓抑，這是一個正常男子單純生理上的堅挺，並沒有擦出真正的慾望火花。但有一點可以肯定，她絕無可能透露自己的真名，於是貼住他的耳根，喃喃道：「我叫蘇珊娜。」

話音剛落，他便抱住她，往更幽暗的巷尾潛行，她起初是欣喜，漸漸又覺得不堪重負，整個身子都被疾行中的客人拖拽住，期間有一縷頭髮勾到他的衣鈕，痛得她尖叫起來，卻被他捂住了嘴，那陰綿且悲涼的聲音再度響起：「妳是喬蘇？老闆要見妳。」

不知為什麼，聽到「老闆要見妳」這句時，喬蘇竟鬆了一口氣，剛剛膀胱內越積越滿的尿意居然也隨之消失了。

她很怕，但在他懷裡也頗擋風，並不怎麼冷。

要見喬蘇的老闆是潘小月。

兩個年齡、身分、穿著均天差地別的女人，碰面之後自然是一個尷尬、一個得意。

潘小月給喬蘇一張擺了天鵝絨墊子的矮椅坐，自己則站在乾淨透亮的穿衣鏡前，把那件綠色滾金線硬綢長袖旗袍貼在胸前比來比去，她身材如此之瘦、之挺直，兩條腿因過細而顯得有些毛骨悚然。

喬蘇總是思忖這樣的身板被男人騎著，是否隨時都有折斷的危險，繼而又暗自嗟嘆，世上

有些女子天生就不是用來服侍男人的，卻是讓男人都來服侍她。想到這一層，喬蘇總是對潘小月流露出無比的敬佩。

「喬蘇呀，生意可好？」潘小月聲音薄薄的，像凌遲某人之前一件件往外擺放的刑具。「好什麼呀？好就來還債了！哪還能勞煩這樣俊俏的小哥跑一趟咧？」她邊講邊瞟了站在後頭的男人一眼。

他押著她直到賭坊內潘小月獨住的房間時，她才完全看清楚他的長相，順便聽到他的名字叫貴生，是個純正的中國男子，生著整齊標緻柔軟的黃皮膚，嘴形是薄的、細的，板著面孔也會自兩頭翹出笑意來。

貴生一動不動，凍僵了一般，又像在與誰賭氣，帽簷仍壓得極低，將脾氣都鎖在陰影下。

「三千元呀，喬蘇。」潘小月終於孄孄婷婷的離開穿衣鏡，向她行來，「我在妳那個時候，三千元可是一個月便掙得回來的。」

「那是妳皮肉硬，禁得起操。」

話音未落，喬蘇已挨了一掌，是貴生打的。

不曉得為什麼，她一點沒有動氣，反而笑了，貴生用力真狠，她口裡都湧出了鐵鏽味，想是側牙磕到了腮幫的嫩肉。

「原本只想找妳聊聊天兒，說說笑話，這筆債拖到月底來還也是可以的，但既然妳這麼有底氣，不如再給十天也罷，到時還不出來，生意就不用做了，賭坊外頭掛過的那些人便是榜樣。」

潘小月即便惱了，也惱得有風度，只扎人七寸，不做多餘的動作。

喬蘇想的卻是先離開這個地方再說，無奈肩膀被貴生按著，在椅子上動彈不得，偏生她最近還痔瘡發作，坐著不如站著，所以苦不堪言，又無法表露。她只得笑咪咪道：「潘老闆說得是，我這十天之內必定還錢！那我……我現在做生意去了……」

貴生亦不自覺鬆了手，喬蘇剛要站起，卻又被潘小月按住，道：「妳做生意用的是底下那東西，其他地方想是多餘的吧？還是給妳長點記性得好，免得十天之後我又吃個空心湯糰。」

話畢，喬蘇還未反應過來，左手已被強行拉高，涼意自頭頂劃過，手落下的辰光，原本生有大拇指的地方已經空了，只餘一塊石卵狀的血斑。她還未覺出痛來，貴生已麻利的為斷口搽上消毒藥水，此刻她才撕心裂肺、痛不欲生，癱在地上嚎啕起來，痔瘡的折磨瞬間被更嚴重的痛楚取代。

「十天後回來，要不就交錢，要不就交命。」潘小月揮了揮手，皺眉道：「我是最不喜瞅著別人在眼前鬼哭狼嚎的，鬧心。這十天裡，我自會派人關照於妳，免得到時出岔子。」

潘小月派出的人，便是貴生。

喬蘇回到巷子裡的辰光，滿心惱怒，卻未曾掉一滴淚，若換了平素，她必是將可憐一裝到底，為搏同情，在男人跟前梨花帶雨一番。可是不曉得為什麼，她就是不願在那個切掉她手指的「仇人」跟前表露出軟弱的一面。

事實上，喬蘇也明白，貴生不是她該恨的人，要恨也得恨潘小月，但她潛意識裡卻早已將貴生當成自己人，所以被他傷害之後，便視其為叛徒，有了這樣微妙荒唐的心思，怨氣便隨之加重。

貴生跟在後頭，一言不發，直到她走進巷底一間酸氣薰天，陰溝邊全是凍結的尿液與洗腳水的住所時，方才停住腳步。

「今晚老娘這個樣子，做不了生意的，你也不用看著了，要逃跑都不是這個時候，總得等傷好了以後。」

說罷，她氣呼呼踏進去，剛要關門，卻被他抓住門沿，兩人瞬間有了僵持。他一聲不響，自兜裡拿出兩件東西，放進她那隻完好的手掌心裡，遂轉身離去。

她捏著那東西急急進屋，點燈看了，是金創藥與熊膽油，俱是拿米黃色的陶瓷盒子裝了的。她一屁股坐在瀰漫臭味的空氣裡，痔瘡的痛楚竟也煙消雲散了，只斷指處一陣陣椎心。

逃，是必然的選擇。

喬蘇將兩個瓷盒放進毛衣下襬，隨後掀起床上那條潮冷的被鋪，露出底下堅硬的木板，她用力摳出其中一塊，掰下裡頭用絹帕包成的一團東西，迅速塞進胸衣裡頭，並且將能裹在身上的衣裳全部裹了，她曉得之後的路會很長，且冷。

出逃的辰光，已是凌晨，喬蘇聽見蘇珊娜的大腳踏著有氣無力的步子回家，精液令她腳步疲憊。喬蘇已顧不得老同行的行跡，遂將後窗打開，冷風撲面而來，並未覺出環境有哪裡不一樣，屋內屋外一樣令人窒息，於是她深吸一口氣，爬上窗臺，往下跳時聽得「嘶」的一記斷裂之音，覺出是裙子被窗上的鐵鉤勾破了，風即刻灌進只穿一雙薄襪的兩腿間，她咬一咬牙，只得將一塊較厚的麻黃手織披肩繫在腰間擋風，內心不由得絕望起來：這樣跑起步來更吃力了！

逃出幽冥街，從地理角度來講並不難，喬蘇只須溜出巷子，自李郎中開設的中藥鋪後頭繞一下，便可到另外一條街，沿街再走上三、五里可出縣，屆時便要找地方捱到天光，再雇一個車夫將她送至車站，由此遠走高飛。

事實上，她並不曉得該去哪裡，只從前聽一個客人講，有個地方叫廣州，四季如春，從不見下雪，所以那邊的女子皮膚均是被水霧潤出來的，粉白輕紅，美不勝收。她聽著聽著便信

了。

出巷子很容易，她猜想那個貴生必定料不到自己身受重傷還能逃，此刻應該不知找了哪個地方睡覺去了，於是這一興奮，步子也踏得更急了，剛走到中藥鋪前便打了個踉蹌，跌倒在地，回頭看去，原是一隻腳踩在披肩上，便忙去拾那披肩。

「這婆娘生意做得倒是勤快！」

剛爬起身，便聞到熱烘烘的酒氣，原是三名醉漢正盯住她被手絹包塞得鼓鼓的胸部，她認出其中一個是光顧過的熟客，膽子便大起來，罵道：「老娘現在不做生意，讓開！」

那熟客顯然對她的翻臉無情感到不快，於是蠻橫的往她臉上掐了一把，道：「給妳五十，服侍咱們仨兒，這生意可好？」

喬蘇心急火燎的啐了他一口，意欲繼續往前趕路，無奈人已被團團圍住。

「喲！有生意還不做呀？替爺省錢。好！」熟客兩眼通紅，形同魔煞，「那就讓爺幾個伺候妳如何？」

話畢，另外兩個人上前將喬蘇的兩隻手臂鉗住，她努力掙脫不得，又怕拉扯間胸衣內的東西不小心現眼，只得賠笑道：「三位爺呀，你們行行好，今天我是有急事兒要出去一趟，要不然明兒你們三位一道來，我專門招待，可好？」

「我說喬蘇呀……」熟客冷笑，指著她的斷指道：「妳是真當爺喝酒喝糊塗了，沒看出來妳是欠了潘老闆的賭債，忙著逃命呀？」

「老娘我逃命也不關你屁事兒，快讓開！」她終於急了。

「逃命是斷逃不過了，不過在被捅了屁眼掛賭坊的桿子上之前，爺幾個賜妳快活一把，可好？」

話畢，他突然出手，扯開她裹得密密麻麻的衣衫，一對垂作絲瓜狀的大乳房暴露在街燈下，乳頭出人意料的挺拔。喬蘇已急得渾身冒汗，每個細胞都在吶喊救命，她並不怕被他們輪汙，只怕完事之後這三隻禽獸會將她抓去潘小月那裡討賞。

孰料她剛在地獄邊緣徘徊，卻被一雙用力的大手拉了回來，那雙手不僅將兩個鉗住她的淫棍甩出尺把遠，摔在地上呻吟，還將熟客兩隻剛剛拉開她胸衣的臂膀反扭到背後，他最後只得忍著脫臼的痛楚奔逃。

「你一直跟著我？」

她任憑兩隻乳房袒在外頭，這早已算不得羞辱。他卻別過頭去，用披肩為她遮擋，然後點一點頭，彷彿不願與一隻流鶯講話。

「那你為什麼剛剛不殺了我？為什麼不殺了我？啊？為什麼？！」

她突然爆發，記憶中那個憤怒的閘門兀自開啟，傾瀉而出的均是恨……生母在她未滿十二歲時便拿她的處女身做交易的恨、墮了三次胎之後一到雨天便腰痠難忍的恨、被嫖客在身上撒尿的恨、原想在賭桌上贏回人生卻反倒一敗塗地的恨……還有一些莫名的恨，是看到貴生之後才生出來的。

「回家吧。」

貴生沒有理會她的失控，將她整個抱起，往回走去。

「等一等！」她突然想起那個扯落的手絹包來，結結巴巴道：「有……有東西掉了。」

「是這個？」他手裡正拿著它。

她不敢要回，只怔怔望著，彷彿在與它告別。

他看了她一會兒，便將那東西還到她手中。

在喬蘇籌錢的數天裡，貴生對她的看管也越發嚴格，他替她趕走了附近搶生意的幾個女人，蘇珊娜走的時候居然滿面笑意，像是得了許多的好處。每每喬蘇問及他是否用錢打發她們，他都只冷冷回一句：「賺錢要緊。」

只可惜，那幾天她卻天天吃「陽春麵」。

因貴生管得多了些，每每有人來議完價，剛將喬蘇壓到牆上，他便走過來將對方清出去，理由是：「那個人可能會讓妳受傷做不了生意，妳盡可挑安分一些的客人。」

殊不知，選擇喬蘇的男人都不可能安分，更不可能有錢。蹊蹺的是，喬蘇也不捅破。沒有飯吃的時候，貴生自會在她住所的窗口放一碗麵疙瘩，並一些大煙。兩人話也不多，甚至時常是一人站在巷口拉客，另一人則在巷尾蹲守，有兩兩相望卻無言的意思。她後來乾脆連生意也不要了，轉去巷尾找他，他坐在燈下，將大衣領子拉直，封住脖頸，眼睛很疲倦。

「你這樣，我到死也做不成生意！」她點上一根菸，一副認命的消極模樣，不知為什麼，心裡竟不覺得苦，反而有一縷蜜意絲絲絆絆的溢出來。

「那……就不要做了。」

貴生話裡有話，她也聽出來了，於是苦笑兩聲，掏出當日被他拾起過的手絹包，打開，裡頭是一片黃燦燦的金鎖，上頭刻了「長命百歲」的字樣，周邊凸浮出細巧的蓮花。

「你那天便覺出分量來了吧？」她將鎖遞到他眼前，一點也不防備，「知道為什麼不拿這個還債嗎？因為這是我娘留下的，說有了這個，就可以找到我爹。」

「妳爹在哪兒？」貴生的聲音還是細沙墜落式的陰綿。

「我怎麼知道我爹在哪兒？說不準，我將來生下的孩子，也不知道他爹在哪兒咧！」她仰

面大笑了幾聲，又轉回落寞裡去。

貴生清了清嗓子，又問：「妳這兩天，一個生意都沒做成。可要怎麼交代？」

「罷了，爛命一條，愛拿，拿去便是！」她神色出奇的坦然。

「可是做人刺很難受的，要把妳綁著，木頭椅子從屁眼裡捅入，拿錘子一記記敲打，每敲深一截，妳會不自覺的弓起背來，有人會把妳的身子強行掰直，再敲……」

「別說了！」

她終於怕了，眼眶裡有了一點淚的漣漪，心裡已下了決心，那片鎖是她對未來唯一的追求，將這個東西送出去了，人生便也送出去了，能挽回自尊的希望也隨之蕩然無存。

「那個……」他又輕咳一聲，顯得有些緊張，帽子也脫掉了，才發現他右半邊是一道斷眉，令那張端正的面孔透露一抹涼薄，「我……那個……什麼價？」

她聽出他的意思來，想笑出來，鼻子反有些酸，眼睛亦灼熱起來，少不得回道：「跟你算起來，可是盡量要貴一些的。」

他打開錢夾，拿出一疊紙鈔遞來，她接過，裝模作樣數一數，整整兩百元。

「我不要在這裡，去妳家。」

「跟我來。」她的嗓音因激動而黯啞。

這是喬蘇頭一次看到貴生的身體，健壯得像一片澎湃海洋，能將她整個人隨意翻捲，然而他壓上來的瞬間卻又是羞澀的，動作生硬，沒有一處做到位。她直覺他碰過的女人太少，於是在不傷及他自尊的情況下，巧妙的為其調整方向。他是如此努力摸索她慾望的源頭，卻總是偏離軌道，每一記喘息都宛若獸泣；她只得一手抱住他精緻的頭顱，一頭握住他的「刺刀」，抵進自己深處……

釋放的瞬間，喬蘇聽見貴生喉嚨裡苦苦壓抑的嗚咽。

十天之後，到還債的日子，貴生帶著喬蘇走進潘小月的房間。交上的錢只得一千，那是貴生的全部家當。

「喲！」潘小月還是慈眉善目的坐在桌前，只瞟了一眼鈔票，彷彿就嗅出它的內幕來了，道：「看來，妳最近倒是攀上高枝兒了，只可惜數目有些不對。」

「哎呀！潘老闆您就多寬限幾日，容我把錢攢夠了？」喬蘇講話也有了些底氣。

潘小月突然挨近她，兩隻眼睛刷子一般在喬蘇臉上掃蕩，遂笑道：「嘖嘖……眼含秋水，面帶桃花，可是遇上什麼好事啦？」

接著，她突然轉過頭來，對貴生冷冷道：「人沒看好，怕是心倒交出去了吧？早知你飢不

擇食，那麼醜的娘兒們也要，不如我改天帶你出去逛逛窯子，比睡這樣的貨色不知要好出多少倍來！」

貴生神色凝重，雙脣緊閉。

潘小月似乎也不計較，反而面色一緩，笑道：「貴生呀，饒這麼著，還欠著兩千元呢，你打算怎麼替她還呀？」

「不知道。」貴生直通通答道：「請再寬限兩日。」

「嗯，看在你跟了我三年的分上，也別說我潘小月不通情理。可再限一個月，不過規矩還是不能破的。」

潘小月這一「通融」，喬蘇便留下另一根拇指，和貴生雙雙走出去了，身無分文，只身邊那個人是最大的財產。

不知為什麼，兩人竟也不曾慌亂，反倒因能同甘共苦而倍感愉悅。

一個月，他們可以做很多事，除了逃亡。貴生講，只要在潘小月的監視之下，想逃跑幾乎是不可能的，即便逃到車站，也會被捉回，受難以想像的酷刑。

喬蘇是一萬分的信任這個男人，信任到可以拿任何謊言來搪塞他，她終歸還是有些私心，因擁有純正白皮膚的俄羅斯母親曾跟她講過：「女人最好還是依靠男人，把他們當成命裡的枴杖使，才不會倒下。」

於是她什麼也不做，只等貴生想辦法。他四處借錢，卻因走不出幽冥街而未能如願。期間，他們幹過一些見不得人的營生，由喬蘇站在巷口處色誘路人，待對方上鉤之後，貴生再衝出來剝光對方的財物，揚長而去。

如此幹了一些時候，到手的錢還不滿五百元，某天貴生頭腦有些發熱，還去賭場試了一把命運，於是這些「辛苦錢」便都賠出去了，彷彿命中註定，不是自己的就不是。

老天爺對待這兩個人，是既公平又不公平的。

在離還債日還差兩天的時候，喬蘇憂心忡忡的抱住貴生，兩隻殘手都在發抖。

「怎麼了？」貴生捧起她那張尖細古怪的面孔，它在他手裡像是隨時可以捏碎一般。

「我……我有了……而且，這兩個月，我都沒有……接過別的客。」

她的忐忑裡蕩漾著些許純真，令他難以自拔。

「那不好嗎？我可以當爹了。」貴生笑得很悽楚。

看見他高興，她心裡卻在打鼓。

兩個月沒有來紅確實是真的，但那對她來講並非一定是懷孕的徵兆，更何況之前替她墮胎

的郎中已警告過：「再來個幾次，恐怕今後就再不用來了。」

但這個謊還是要說的，她得為自己的性命留個保障，儘管也不曉得未來找不找得到親爹，能否幸福。而貴生這根「枴杖」，她無論如何都要用起來，用到斷裂為止。

還債的前一晚，貴生燉了一鍋雞湯給她補身，手上還剩最後的兩塊錢，亦交予她，臉上掛著淡笑，彷彿將幸福放在口中偷偷品嚼。她覺出他要做的事，卻假裝不知道，不停講些下流的笑話，無論講得是否精彩，他都會把嘴咧得更開一些。

次日清晨，貴生不見了，桌子上放了一件簇新的狐皮大衣，拿柔白的棉紙包著，用細繩紮住的，有滑溜溜的白長毛領子與袖口，展開來能將她整個包起，托送雲端，房內瞬間有了獸皮的刺鼻香氣。

喬蘇一如往常，在巷口的包子鋪吃過早飯，便抬頭望住天空，腦中空白一片。並非是自然而然的空白，是她竭力將所有思緒都從腦子裡清空出去，做到完全不受困擾。

到了晌午時分，餓意令胃酸不停的湧上喉管，她自覺要被酸液灼傷，少不得掏錢再去買碗麵疙瘩，卻看到麵攤老闆正在收拾東西。

「哎哎！生意不做啦！」她因煩躁而變得惡聲惡氣。

「妳等晚上來吧。」老闆正將一鍋麵湯水拿木蓋蓋了，將火封進爐灶內關好。

「怎麼了？趕去投胎？」

「比投胎還急些。」老闆臉上有種殘忍的興奮，「賭坊又要做人剌了，大夥兒都去瞧了。」

她似被閃電擊中，兩隻眼睛裡擠滿了貴生的笑，唇形薄長且漂亮。她隱約記得母親曾講過：「薄唇的男人比較薄情。」

於是，她用最快的速度向西街頭狂奔，熙攘人潮自動為她的瘋狂讓道。

「貴生！貴生！貴生吶！」

一路上，她驚覺那呼喊只在腦子裡出現過，嗓子眼卻發不出來，於是她只是幽冥街上一個下等娼妓，負債累累的賭棍，將自己的男人親手推上死路的惡毒婊子！

背負著這樣的包袱，她跑至賭坊後方的石圈牆外，奮力撥開人群，亂髮蓋住她的雙眼，然而她不需要看清楚什麼，也不敢看清楚什麼，卻是沒頭沒臉的跪下，將一枚金鎖高高舉過頭頂，大聲吼道：「潘老闆！潘老闆！我是喬蘇！欠妳錢的喬蘇！我來還債了！來還債了！妳放過他吧！求求妳放過他吧！」

回應她的不是潘小月，卻是周邊那些刺耳的噓聲，她只得抬眼，臉上每一寸肌肉都在抽搐。石牆內，一根高高豎起的木樁上掛著一個身板挺直的男子，渾身赤裸，血水不停從股處順

悍流下，他努力移動頭顱，彷彿在拚盡最後一絲氣力尋覓她的影蹤。

「貴生！貴生呀！貴生！我來還錢了！你不必死了！貴生呀！貴生呀！你不必死了！貴生——」

她聽見體內某個真正金貴的器皿碎了，是幸福，是希望，是將來……她的愛情與肉身在這一剎那雙雙轟然倒地。

喬蘇醒來的辰光，身上蓋著狐皮大衣，她睜眼看見的是一張似曾相識的面孔，黃皮膚、深褐眼珠，法令紋悠長，穿一身玄色長袍，頭髮修剪得極為乾淨齊整。她想起那是東街頭聖瑪麗教堂的神父，他時常在這條街上布道，還好幾次勸她信仰天主，因此而受過她的嘲笑謾罵，甚至還從這窮男人身上討到過幾毛錢。

「妳懷孕了。」

這是貴生死的那天，莊士頓對她講的第一句話。

……※……　……※……　……※……

杜春曉與夏冰站在潘小月跟前時，二人都恨不能將紮肉碎屍萬段。可恨紮肉不是真的紮肉，否則怕是早已被嚼爛。

他們斷想不到，紮肉那個「過夜的地方」竟是賭坊，且是三人行到街當中，便有五條壯漢橫路殺出，也不亮傢伙，只笑嘻嘻的拍拍紮肉的肩道：「老兄辛苦了。」遂一路被押至潘小月處。

走進潘小月的房間，三人的腳骨都不自覺軟了一半，因踩著花紋斑斕的厚羊毛地毯，令整只鞋都埋進裡頭去了。

房裡，壁爐內收拾得很乾淨，堆有色澤光亮的冷炭，上方掛了一幅濃墨重彩的西洋油畫，畫中一長著鬼頭的半裸男子，在林中追逐倉皇奔逃的少女；一張紫檀木桌子放在正中央靠窗的地方，蠢笨而奢華，色澤明豔逼人；右側一個衣裳架子細細長長，佇立在銀色海鷗飛翔於金色天空裡的花壁紙前方，壁紙圖案看久了會教人暈眩；衣架旁的腰圓落地穿衣鏡映照出女主人修長的側影。

難得的是，左側竟是滿滿一牆的書架，上邊擠擠挨挨擺放了好些精裝本，鑲金線的硬皮書脊冷冷的釋放著尊貴。

「喲！未曾想潘老闆還有些雅性，只那個東西有些煞風景。」杜春曉拿嘴撇了撇那又長又奢華的穿衣鏡。

潘小月只當看不見，繼續笑吟吟吃茶，本該辦公文、奮筆疾書的檯子上相當突兀的擺著四色果子並一碟蒸糕，灑在上頭的紅綠絲分外惹眼。

「杜小姐不必焦慮，今兒找你們來，也是紮肉的主意。」

只這一句便再度將紮肉置於死地，他恨得心肝發顫，卻不敢表露半分，只得衝杜春曉與夏冰乾笑了兩聲，道：「沒什麼大事兒，只是潘老闆……有個小忙，讓咱們幫一幫……」

「幫了有好處嗎？」

聽到「幫忙」二字，杜春曉表現得釋懷，像是知道這一來既不用吃苦頭，也不會被追債，於是整個人鬆懈下來。

「好處便是先前的債務一筆勾銷。」

杜春曉聽了反而鎖起眉來，長嘆一聲，掏出懷裡的塔羅牌拋在地上，只一張死神牌正面朝上，她拿起「死神」，臉色煞白道：「我倒是寧願背債，也不想攤上那些事兒。」

聽到這一句，潘小月面孔微微變色：「難不成妳已知道是什麼事？」

「這不是我的牌剛剛告的密，說妳這裡出了人命嘛！」

她心裡不由得冷笑，這一路走到西街頭也要些時間，早已零敲碎打從紮肉嘴裡掏出不少資訊來，如今裝模作樣一番，只是希望能唬住對方。

孰料潘小月竟面不改色，慢吞吞呷了一口茶，笑道：「可是紮肉半路上已跟妳講了吧！」

雖被當場拆穿，杜春曉也不覺得窘迫，只將牌收好，直起身來，用誇張的姿態伸了個懶腰，死氣沉沉道：「講了些。我還想再瞧瞧屍首，可以嗎？」

託惡寒天氣的福，五爺的屍首分毫不爛，在地下室內擺放完好，因脊椎被戳碎的緣故，整個人像肉蟲一般癱在水泥板上。

一中年男子陰惻惻的站在旁邊，打量杜春曉、夏冰與紮肉三人，眼睛裡並無敵意，卻堆有某種麻木的殘忍。他身量不高，背部微駝，髮長過肩，拿黑頭繩胡亂紮住，右半邊臉藏在陰暗裡，灰色大衣處處沾有白色菸灰，周身冒出清冷的殘煙味。

這味道勾起了杜春曉的菸癮，她只得巴巴兒跑過去跟對方要菸，男子瞟了她一眼，聳肩搖頭，表示不屑。

「小氣！」杜春曉討了個沒趣，回轉身繼續檢驗屍體。

確實如紮肉路上所言，這個五爺是被人勒斃後再串成人刺的，手指甲完好無缺，舌苔泛白，無掙扎或中毒跡象。股溝處血洞大開，一小截粉嘟嘟的腸子落在外頭，夏冰不由得轉過臉

去作嘔，杜春曉倒是仔細看了看，包括手臂與大腳內側的屍斑，邊看邊自言自語道：「這屍體原也沒甚好查的，我又不是仵作，看不出什麼名堂。」

「看不出也要看，這具看完了，還有一具。」男子突然開口。

若非他發出聲音，這時現場已無人還記得他的存在。

「還有？」紮肉眼睛睜大，望向五爺旁邊一個白布蓋住的突起物，不免有些吃驚。

男子終於從陰影裡走出來，這才見識到他怵目驚心的右側臉，坑坑窪窪，似被太多厲鬼啃咬過，傷疤厚厚層疊起來，雜亂布在臉上，眼眶縮小變形，比正常那隻要小近一半；雖然恐怖，卻令他看上去有了威嚴。

另一具屍體同樣與肉蟲無異，但體型較五爺要勻稱許多，骨骼精巧，從陰部、胸腔和頭顱來識別，是一位年輕男子，二十來歲的模樣，雙目暴睜，似是有訴不盡的憤怒；不僅如此，其手臂與小腿處有數塊瘀痕，深深淺淺灑落，頸部勒痕同樣惹眼。

「他是誰？」

「他叫沈浩天，是我們這裡的荷官。」男子看屍體的眼神也是麻木的，與逛菜場時瞟過一塊豬肉無異。

「你又是誰？」

男子怔了一下，回道：「小人姓章，章春富，大家都叫我老章。」

「沈浩天是什麼時候被發現的？」

「昨天後半夜。」

「誰看見的？」

「我們這裡一個女招待，她因身子不舒服，便躲到外頭去透風，就看見了，當場尿了褲子。」

「在賭坊後頭掛一個人吶，得多大動靜呀？怎的你門口安排的那些叫花子都沒發覺？」

「這……」老章像是被問住了，愣了數秒方回道：「問過他們，都說沒有聽見。妳去那邊站一站便知道了，隔著一幢房的距離，後邊有什麼動靜確實是聽不見的。」

「那就怪了，這個人明顯死前有過掙扎跡象……」

「一點兒也不奇怪。」

杜春曉正欲好好發揮，卻被紮肉打斷，他正色道：「賭坊內部牆壁上均鋪了吸音的棉胎布，為的是防止聲音太吵，掃了客人雅興，所以外頭有天大的動靜都是聽不見的。」

「那個發現屍首的女招待叫什麼？」

「好像叫譚麗珍。」

「我說老章，你真只是在這兒守屍的?知道的可有點兒太多。」杜春曉藉機揶揄了他一把，算是報剛剛不給菸抽的一箭之仇。

「哼！」對方卻冷笑道：「已經算少的啦！」

說畢，老章便替屍首蓋上白布，縮回黑暗裡去了。

譚麗珍從哪裡看都是肉進肉出的，鵝蛋臉施了最薄的粉妝，唇上只潦草的抹了些口紅，鮮濃芬芳，因過於豐滿的緣故，兩條大腿並得再攏亦將旗袍下襬繃得緊緊的，一對豪乳更是動若脫兔，一舉一動都牽掛著，男人想不看都不行。這樣的俏佳麗，雖面目魯鈍，卻不會讓男人有壓力，一對桃花眼更是洩露了興旺的情運。

於是杜春曉興沖沖拿出塔羅牌來，為譚麗珍算了一卦。

過去牌：正位的星星。

「嘖嘖……小妹天生麗質，男人都排著隊要娶妳過門，也不知道挑哪個好，可是把妳愁壞了吧？」

譚麗珍也不言語，只拿一對圓眼睛盯住牌面。

這是典型的算命者，求卦的事體做得多了，已養成「高深莫測」的習慣，在算命師沒有講完之前，準與不準都不發表意見，用近乎狡猾的虔誠算計前途。而時常算命的人分兩類，一類是命運多舛，需要買指引、買安心的；另一類則屬本性貪婪，永遠不會滿足現狀。

譚麗珍顯然屬於後者，然而杜春曉也體諒她的心思，一個美女若只甘心做伺候人的活，那也太不長腦子了。

現狀牌：逆位的惡魔，正位的戰車。

原是「改邪歸正」的意思，為了套出實話來，杜春曉少不得要歪曲一下，於是道：「唉呀呀！這兩張牌可不太好，說的是譚姑娘妳近期情運不佳，碰上了橫禍呀……瞧瞧，被馬車輾過身子的滋味可不好受。」

譚麗珍眉頭一挑，也不爭辯，只道：「接著講。」

見她如此沉著，杜春曉不免有些動氣，於是加大了暗示力度，道：「倒轉的惡魔牌，便是魔煞纏身的意思，譚姑娘近期定是被什麼不好的東西魔住了。據說妳還在賭坊後院碰上了死人？」

「啊？嗯。」不知為什麼，譚麗珍臉上浮過哀怨之色。

「那個叫沈浩天的小哥可惜了呀，長得那麼俊俏，應該被不少姑娘看上了吧？跟妳一道在賭坊幹活的幾個姑娘都是沉魚落雁，這樣的小哥活在絕色佳麗中間，可是如魚得水呀！」

這一句果然讓譚麗珍有些按捺不住，鼻子裡輕輕「哼」了一聲，道：「那天可嚇死我了，小天也不知得罪誰了……」

「他得罪了誰，可是譚姑娘妳心裡最清楚了？」

幾番誘供之後，杜春曉決心鋌而走險，因已從對方的表情裡讀出一些區別於凶案的資訊。

「啊？」

「當晚妳說是身子不舒服，出來透風。這賭場內因怕賭通宵的客人待久了會打瞌睡，將通風設施做得極好，空氣流通不講，還四處都擺放了提神的嗅煙。倒是外頭天寒地凍，吸一口氣都涼透全身，妳們又穿得少，別說出去『透氣』，就算偷情也最好待在屋子裡呀！這假話說得也有點兒過了吧！」

杜春曉翻開未來牌——正位的高塔。

「瞧瞧！」她嗓音尖聲尖氣起來，「高塔牌，說的是愛情前程毀於一旦，因那魔煞未除，妳恐怕這一世都不得安生呀。」

「那……那要怎麼除？」譚麗珍到底坐不住了。

「嘿嘿……」杜春曉回復那一臉壞笑，道：「告訴我那一晚究竟發生了什麼，我替妳除。」

……※…… ……※…… ……※……

譚麗珍嗜吃如命。

她的腸胃似乎永遠處於索取狀態，用翻江倒海的灼熱餓感來折磨她。所以她不停的吃，煎餅果子、油淋雞、鹹魚乾、酸菜燉肉、烤串條、刀削麵……日食多餐，身上還得帶些花生糖、香瓜子之類的零嘴，隨時伺候那座貪婪的「五臟廟」。

食物可促進她排除被賭客揩油的不滿，令她的面頰始終維持迷人的桃紅，縱然身上的行頭也是一改再改，雙下巴拖得越來越寬，每每多吃一些，便要被幾個荷官恥笑：「我們譚姑娘越來越漂亮啦！」

她曉得那些人是一面欣賞她的大胸脯，一面調侃她日漸鼓脹的腰身，於是總有些忿忿的，走到哪裡都板著一張臉。女同事倒是不大笑話她，只在更衣室內換裝的辰光，會被她們無緣無故捏一把肚皮；胖女人總會無端讓人覺得親切，實際上她不是個心胸開闊的人，起碼遠比她真實的胸部狹窄許多。賭客更是陰險，紛紛要她彎腰遞酒，遂瞄準她鼓鼓的部位藉機摸一下，把她氣得險些暈倒。

只有沈浩天不笑她，事實上他誰也不嘲笑，只過好自己的日子。荷官裡頭，就屬沈浩天最為低調，話不多，笑起來有兩只淺酒窩，皮膚與譚麗珍一樣水白剔透，嘴唇光潔，下巴長而尖細，一對玲瓏腕骨時常在牌桌上飄移，指甲渾圓，據說擁有這樣指甲形狀的男子女人緣都極好。所以譚麗珍每晚收穫多少猥瑣，沈浩天便收穫多少愛慕。

「妳吃這個，再喝點兒水，身材還會好些。」

譚麗珍永遠記得沈浩天那日對她講的話。那天，她身上的旗袍終於被肥肉勒脫了線，腰眼裡春光乍現，起初還不自覺，繼續托著盤子四處走動，孰料走到哪裡都能撞上幸災樂禍的淫穢目光。

唯沈浩天對她輕咳兩聲，拿眼神示意，她方才意識到鬧出了多大的笑話，於是又氣又急跑回更衣室去換，換到一半，那件備用旗袍亦有些緊了，每顆釦子都扣得很吃力，於是穿到一半竟哭起來。

那個辰光，沈浩天走來，遞給她一個鬆軟飽滿的紙袋，透過麻黃紙皮都能聞見裡面的香氣。那是一條長麵包，已切成兩截，芯子雪白，邊緣焦黃。

沈浩天給的食物果然讓譚麗珍有了新的饕餮方向，麵包甜中帶鹹，吃幾片，喝點兒開水，腹內便飽飽的，與麵疙瘩一樣管用，還可隨身帶著，清爽便利。

過了一些時日，譚麗珍自覺身體輕鬆了一些，穿衣裳亦不必像從前那般緊張，釦子扣得行雲流水。照鏡子的時候，裡頭的影子雖還是豐腴的，膀子又圓又大，卻有了好看的形狀。

她想過要報答沈浩天，又不知從何報答起，只得天天纏住他。要知道，一個女人開始纏住某個男人的時候，對方多半是逃不掉的，更何況沈浩天一點也沒想逃，接受她的親近，甚至很快便占了她的身子。暗夜裡，譚麗珍發覺，沈浩天比她想像中要有力氣，動作迅猛，且深諳享受之道。

那些麵包滋養了她的情慾，以及對幸福的憧憬，於是她慢慢從纏住沈浩天，變成了要與他終生相好。夫妻之實雖有了，可她心裡還是忐忑的，生怕他有朝一日翻臉，把那些顛鸞倒鳳的時刻抹殺得乾乾淨淨。

譚麗珍自幼父母雙亡，靠舅舅和舅母撫養長大，在他們的冷言冷語下早早練就了獨立生存的本事。她也並非是把清白之身託付給沈浩天的，十四歲上已經稀裡糊塗向舅舅家隔壁一位魯姓屠夫交出了童貞，只因遠赴他鄉需要路費；那屠夫身上的油腥味至今都未曾洗掉，她每每「聞」到便不由自主的想用食物來填埋那些不堪的回憶。

無人替她做主的譚麗珍，也只得任憑沈浩天耗著，況且她明白，依照賭坊的規矩，荷官與女招待絕不能發生私情，否則便要趕出去一個。

之所以如此不通人情，兼因先前有過這樣的教訓，一個荷官與機靈過頭的女招待有了那層關係，二人從外頭叫了一個托兒，合作誆賭客的錢。事情敗露後，荷官自然是吃盡苦頭，據聞那女招待當時已懷胎數月，潘小月放了她一馬，將她送回老家養胎，將醜聞做成了善事。

仗著開過這樣的先河，譚麗珍便不自覺的感到有些安心，於是變本加厲在沈浩天身上索取，對方也不拒絕，乾柴烈火得很，彷彿對她的心思渾然不覺。

過了兩、三個月，她果然食欲頓減，胃部抽筋一般敏感，一丁點兒油腥都碰不得，素來每月都準時造訪的東西也不來了。有了這樣的籌碼，譚麗珍膽子大起來了，終於向情郎攤了牌。孰料對方的態度有些出乎她意料，沈浩天表現得尤其高興，雖隻字未提婚事，卻承諾這幾天會寫信給溫州老家的父母，並反覆叮囑她安心養胎。

聽聞沈浩天要告知二老，譚麗珍懸起的心便也放下大半，於是開開心心等著，一腔熱血甚至助她捱住了妊娠反應的折磨。

只可惜日復一日等沈浩天父母回信，肚子終於逐漸鼓脹，所幸她腰身肥沃，旁人對其體形變化也不大上心，只當她貪嘴又胖了。無奈之下，她只得幾次三番的催，且因心煩意亂，脾氣火爆得把自己都嚇一跳。

沈浩天無法，只得拿了萬金油盒子裝的一堆白粉末出來，教她胸悶的辰光用指甲挑一點兒放鼻孔下嗅幾下，她照做以後，頓覺身輕如燕，能離地數尺在空中飄浮，壓力遂一掃而空，只藥性過了以後，發覺桌上一堆白花花的碎指甲，十根手指硬生生矮了一截，才知自己折騰指甲折騰了整整一夜，不由得心生恐懼。

只是她恍若著了魔似的，下次再有憋屈的辰光，還是拿出白粉來用，彷彿那是得道升天的機關。

那一日，沈浩天主動向譚麗珍打了暗號，眼裡有神神秘秘的愉悅，她猜測是婚事有了著落，激動得面紅耳赤。

「這樣算來，咱的孩子通共幾個月了？」

沈浩天講話帶有濃重的南方口音，吐字都是平直而細軟的。

「已四個月了，你也不著急……」提到月份，她又焦慮起來。

他點點頭，道：「妳還能再等一等嗎？」

這樣的問法，令她傷心欲絕。

「虧你講得出口！」她氣得有些怔怔的，「再等一等，我便連做人都難了，既然你說這樣的話，我也不為難你，這便去跟潘老闆辭工，把原因一五一十講清楚。過後肚裡那塊肉我也自

會想辦法處理，都與你無關！」

這話裡雖盡是賭氣的要脅，她內心卻不是這麼盤算的，只相信若是潘小月得知這樣的事，必定會找這薄情人的麻煩，他那麼精明，斷不可能讓最壞的事發生。

「哪裡就急成這樣了！」他果然有了壓力，太陽穴上一根青筋忽隱忽現，「咱們等一下到賭坊後頭再商議一下，我等妳……」

「嗯！」

她冷冷允諾，心裡卻對他不抱任何希望，只估測屆時他會拿什麼理由來敷衍，想到這裡惡向膽邊生，於是狠狠掐了他的手臂，他痛得「哦」了一聲，下意識的拿眼睛瞪她，卻又不好怎樣，還是走回到賭大小的檯面去了。

因當晚客人尤其多，各張檯面都擠得滿滿當當，所以兩個人都未曾脫得了身。沈浩天辦法多，竭力讓他那一桌顯得戰績平平，於是圍觀的人也沒了，幾個賭客都索然無味，待最冷清的當口，他便找了另一位荷官頂替，自己藉故走出去了。譚麗珍要笨一些，但端盤子伺候人的活要自由許多，於是也假裝拉肚子成功脫身。

雖披了一件大衣，內裡還穿著棉襖，外頭乾冷的北風還是讓譚麗珍瑟瑟發抖，她打了兩個噴嚏，又開始心浮氣躁，於是拿出沈浩天給的「仙粉」來定神。

石牆內原本豎起的人剌早已收羅起來，在她的記憶裡，前不久那老摸她屁股的五爺還被掛在那裡示眾，如今這些長期染血的尖木樁子卻被橫在牆角底下，很無辜的模樣。沈浩天跟她講過，這些柱子沒被徹底清掉，兼因潘老闆還是有殺心的，總提防著保不齊哪一天又要用上。

想到這裡，譚麗珍不由得倒吸一口涼氣，肺部也打了個寒噤。她抬頭看一眼暗藍的天空，「仙粉」如鋼針一般刺進腦髓，令她清醒無比，也下意識的掖了掖腰間的銅剪刀。

沒錯，之所以要在外頭見面，是她已下了某個血淋淋的決心，他一旦提及「分手」二字，她便用它扎進對方的黑色心房，然後把屍體埋在石牆外的雪堆裡，築成雪人，待來年春季冰融雪化、凶案暴露時，她早已辭工遠走高飛了！

就在這個時候，一隻手捂住她的口鼻，那手熾熱無比，有潮濕的汗漬，呼吸也在她耳邊濃重起來。她來不及驚叫，更無從抵抗，身上一堆厚重衣裳已令她動彈不得，然而那隻手她還是熟悉的，是撫過她身體的手，是讓她欲仙欲死的手，是在賭桌上不動聲色控制牌局的手！

「妳莫要怪我，成親的事暫且還辦不來……」

沈浩天的南方式軟語彷彿自地獄傳來。

她瞬間由驚恐轉為憤怒，哪有為了這樣的事情殺人的？！

「不如讓我帶妳去一個地方靜養，把孩子生下來……」他像是突然意識到下手太重有傷及

親骨肉的危險，不自覺的鬆開她，她努力抑制憤怒，轉過身來看他那張沮喪呆滯的臉。「仙粉」的藥性緩緩來襲，她登時踩在了雲端，每個細胞都被抽空了水分，變得輕盈無比。

「你這個天殺的……」

話未講完，她直覺舌尖已微微刺痛，大抵是牙齒開合時磕到了逐漸麻木的口腔，再後來，便什麼也不知道了。

一覺醒來後，譚麗珍幾近被凍僵的狀態，卻不知何時已在擋雪的屋簷底下躺著了。她撐起身子，卻見血斑點點，難不成是流產了？！

她急得心都快要跳出來，也顧不得手腳尚處在麻木中，哆哆嗦嗦的站起，摸索了一下兩腿間，才發現那裡並非出血的源頭，於是鬆一口氣，再順著血跡檢查，那紅痕長遠、盤曲、斷續，在暗夜下的積雪上畫出一個詭異的符號。

「符號」盡頭，一根木樁直刺天際，沈浩天被雪珠打得銀眉白首，在頂端冷冷俯視著她。

……※……　……※……　……※……

杜春曉聽完譚麗珍的供述，便轉頭對夏冰笑道：「怎麼咱們無論碰上什麼案子，都有痴男怨女的戲份？」

「如此說來，那沈浩天也是活該，還是想辦法請郎中把孩子做掉吧。」

紮肉說了這樣大剌剌的話，當下便遭遇杜春曉與夏冰的白眼，譚麗珍卻沒有動氣，反而一臉迷茫。

「對了，妳說的那『仙粉』，可方便拿出來讓咱們見識見識？」

譚麗珍思忖片刻，遂從皮包裡拿出一個描龍刻鳳的脂粉盒，打開來，掰掉裝胭脂的鉛盒，從底下掏挖出一個萬金油盒子來，遞給杜春曉。

杜春曉打開，拿指甲挑挖了一下放在舌尖，品了半刻後，突然抬頭指著對方後腦勺上的髮髻問道：「這個是哪來的？」

「不曉得，來上工的時候，都統一發了每人這個。」譚麗珍撫了一下鬆鬆簪在腦後的粉色薔薇花蕾。乍一看外表鮮活，觸感卻是僵硬的。

「唉……」杜春曉不由得長嘆道：「紮肉啊，咱們少不得還得再去會會教堂的那幾個小兔崽子！」

「要去妳去！我不去！」紮肉將頭搖得跟撥浪鼓一般。

「我說你在這裡倒是逍遙自在，債都讓咱們背了，潘小月如今也只盯著咱們兩個人，你還快活得很，稍不留神人就不見了，也不知去哪裡禍害人了。」

夏冰這番話，是挑破了紮肉在賭坊這幾日的行蹤，雖說是在潘小月眼皮子底下活動，卻似乎享受了特權，不怎麼受約束，動不動就沒了人影，也不知去了哪裡。更蹊蹺的是，每每他義憤填膺告知杜春曉時，卻換來她的淡笑，只說：「大概是看攤子去了。」

那個「看攤子」指的是什麼，夏冰死活問不出來。

…※… …※… …※…

若望的花房香得教人窒息，他的嗅覺便是在這樣洶湧的味道裡漸漸迷失。倘若真有「天堂」，對若望來講肯定就是製作乾花的地方。

因莊士頓和一些教徒都有輕微的花粉過敏，也聞不慣那香氣，所以他的「天堂」被搬至鐘樓底下的廚房隔壁，這樣選址的好處便在於，可以用廚房內開灶的暖意維持花房溫度在攝氏十度以上。在氣候異常嚴峻的日子裡，如果灶頭熱不起來的話，他也會開啟暖爐。

花房是個落英繽紛的世界，用細麻線紮成長串的繡球花、木槿、飛燕草、艾菊、玫瑰花蕾等等，一串串掛在橫穿房間上方兩端的鐵絲上，姹紫嫣紅好不熱鬧；紙莎、薰衣草、菖蒲、星星草，在幾個巨大的玻璃缸內擺出扇形姿態；靠暖爐管最近的地方擺著一張薰得煙黃的竹榻，上頭鋪了密密麻麻的玫瑰，它們正逐漸在高溫中乾燥，最後演變為紙片的觸感。

通體雪白的若望在鋪天蓋地的乾花裡徜徉，整個人像是透明了，浸淫在花香裡，他與它們的共同之處是，紙般輕薄。

「喲！未曾想這破地方也有世外桃源吶！」

杜春曉撩起乾花織就的「珠簾」，走到花房中間。

那些花都是春夏季留下來的，水分早已被抽取一空，其實由於太過乾燥的緣故，很多都是一觸即碎的，化作豔屑散了一地。冬天把本該在花蕊裡活動的蟲子凍死，所以它們極乾淨，很大一部分拿胡亂釘起的木箱裝著，這些鋪掛在光天化日下的，顯然是歸納堆放有困難，只得這麼攤著。

然而，即便花團錦簇，杜春曉與夏冰還是不得不把目光投向玫瑰花床般的竹榻上那具瑪竇的屍體，眼眶塌陷，滿面瘡痍，仰面臥於血紅的花瓣間，雙手安靜交疊在胸前。

杜春曉站在榻前裝模作樣畫了個十字，遂望向若望，冷冷道：「怪道你要放咱們進來，原來這裡又出人命了。看來，把咱們趕走了，也未見得惡靈就退散了呀！」

夏冰這才想到，剛剛鼓起巨大勇氣敲聖瑪麗的門時，安德勒平心靜氣的將他們迎入，並帶

到若望的「秘密花園」，事情進行得如此輕鬆，其中必然有無法教人輕鬆的真相。

「瑪竇是個很謹慎的兄弟，而且膽子特別小，尤其在天主庇佑的地方出了許多怪事，所以他不敢在夜間外出做些什麼……」若望頓了一下，眉間的陰霾也更重了一些，「可是，今早卻發現他沒和祿茂睡在一起，弟弟也不知他去了哪裡。我們找了很久都沒找到他，後來……費理伯發現花房的門縫滲出了血水。」

滿坑滿谷的乾花薰得夏冰幾度乾嘔，他開始覺得這些植物一旦透過特殊技法令其違背常理保持住「美貌」，就有些恐怖了。奇怪的是，若望與這雍容到暈眩的景致放在一起倒是貼合無比，像天生就是從裡頭長出來的一枝乾花，清洌純白，瓣上點點桃斑是他面頰和脖頸的粉色毛孔。

他終於頓悟為何這裡到了冬天還將花放在外頭，原來是為了掩蓋血腥、清潔房間而用。何況若望的表情也並不享受，嘴角掛著淒涼。

「上回不是說咱們是凶手嗎？怎的如今又巴巴兒引狼入室，天寶？」

杜春曉永遠得理不饒人。

若望那張宛若石膏的面孔紋絲不動，只默默抬起瑪竇的一隻腳，其腳跟處盡是斑駁傷痕。

他緩緩說道：「十二門徒的故事裡，瑪竇晚年遊遍中東各地，建立了自己的教會，他的腳走過太多的路，最後在波斯殉道。那雙腳，應該和這一雙差不多吧……」

「那三個人真正的死因是什麼？」

若望搖頭道：「誰都不敢仔細察看屍體。」

「可是你很想知道，所以才允許我們入內。」

「不是。」若望那對乳色眼珠輕輕顫動，「是因為神父大人想見你們。」

「他在哪裡？」

「禮拜堂，我帶你們去。」

花房門關閉的那一刻，那些錦繡彷彿也被沉重的木門封鎖在另一個世界裡，連同玫瑰、菖蒲、薰衣草，還有瑪竇，統統隔離，通往夢幻的橋悄然斷裂。

禮拜堂與從前一樣寒酸，灰濛濛的長條座椅，灰濛濛的布道臺，灰濛濛的耶穌像吊在高處，像死神在暗中獰笑。

一個屁股很大的紅頭髮女人搖搖擺擺的走出懺悔室，眼圈也是紅的，口紅沾在牙齒上，狀如嗜血。她懶洋洋掃過杜春曉，卻對夏冰投以慣性的媚笑。

想是天生刁鑽的性情使然，杜春曉竟上前一把攔住那女子，笑道：「姐姐，出個價吧！」

孰料娼婦當即啐了一口：「呸！也不看看地方！」話畢，便甩下杜春曉走出去了。

懺悔室的門開了，莊士頓從裡面走出來，看見杜春曉時卻沒有行教禮，顯得心事重重。

「莊士頓大人，找我們有何貴幹？」

「魔鬼……」

莊士頓口中唸唸有詞。

「什麼？」

「魔鬼……」

「魔鬼怎麼了？」她終於聽清楚他的叨唸。

「我不得不承認，這裡出現了撒旦的子民。」莊士頓的臉色較幾天之前越加蒼白，一連串的打擊吮乾了他的信念，「杜小姐，他們……他們都是我的孩子。」

「我知道。」杜春曉點頭道：「如果你能對我誠實，透露一點關於魔鬼的資訊，也許擺脫困境並沒有你想像得那麼困難。」

「是那鬼魂幹的。」若望冷不防開了口。

「什麼鬼魂？」

「一個男人的鬼魂。」莊士頓目光空洞，神思已投向極遙遠的過去，「這條街上，有許多出賣自己身體的女人，雖然靈魂得不到拯救，但天主還沒有完全剝奪她們生育的權利。可是她們養不起孩子，所以經常會用盡辦法把這些生命扼殺在肚子裡，也有一些……生下來了，卻仍然逃不掉被生母溺斃或者掐死後馬上埋葬的噩運。還有一些……」

「還有一些，會被丟棄在聖瑪麗門口，也就是交到你的手中。」杜春曉臉上的戲謔已剝得一乾二淨，代之以嚴肅悲情。

「對。」他沉重的點了點頭，「但是有一個女人，她知道孩子的父親是誰，只可惜那個男人死了，所以她還是把這份上蒼的禮物轉贈給了我。她的男人死得很冤，死狀慘不忍睹，臨死之前，他對目睹自己悲劇的人大叫『我要和老婆孩子在一起！』，他斷氣之後，還被割去頭顱，挖掉雙眼示眾。所以，我一直擔心哪一天，他的冤魂會回來討公道。」

「那他為什麼要來害這些教徒？你可是他的恩人。」

「因為妳知道的，聖瑪麗很窮，所有人都在餓肚子……總之，孩子們過得並不好，我有責任……」莊士頓眼圈隨之紅熱起來，「我想可能是那冤魂希望自己的兒子能在天堂過上好日子，所以才……可是鬼魂除了仇恨，多半記性也不太好，所以分不清哪一個才是他的親骨肉，於是把他們一個個帶走。」

「神父大人。」杜春曉揉了揉鼻子，道：「我很佩服你的想像力，也理解你的恐懼。可是，我這個人最大的毛病就是不信鬼神。要不然，你負責把那鬼魂和他女人的名字告訴我，我負責找出那個活生生的凶手，可好？」

莊士頓瞇起眼睛，似在猶豫，但很快便下定決心，告知杜春曉：「那個男人叫田貴生，因欠賭債，被賭坊的人殺害。他的女人是做身體交易的混血兒，人人都叫她喬蘇。」

「他們的兒子是不是叫阿耳斐的那個孩子？也就是田玉生？」

莊士頓用沉默代替答案。

……※……　……※……　……※……

紮肉在幽冥街轉悠了整整一晚，也未碰見那個叫喬蘇的女人，倒是與人高馬大的俄國女子蘇珊娜打得火熱，那女子據稱與喬蘇是「患難之交」，當年對方分娩時，她還替負責接生的莊士頓神父打過下手。關於喬蘇的事，蘇珊娜除了知道她為一個倒楣鬼生過孩子之外，其實也並不是那麼清楚，只顧著挖紮肉兜裡的零錢。

終於，紮肉在給了七、八個銀角子後開始有些不快了，他恨恨道：「這樣吧，勞煩姐姐帶我去她的住處瞧一瞧。」

「不用瞧了。」蘇珊娜用生硬的中國話回道。

「怎麼講？」

「今天傍晚時分，我眼睜睜看著她神出鬼沒在巷子裡拉生意，後來竟碰上個出手大方的客人，把她帶走了，現在還沒回來呢！」

「還記得那客人長什麼樣嗎？」紮肉隱隱有些不祥的預感，心想不會這麼巧吧！

「黑燈瞎火的，哪裡看得清？」蘇珊娜一面講「不知道」，一面伸出一隻指甲縫烏黑的大手來，手指上上下下靈活擺動。

紮肉無法，只得又拿出一個銀角子塞進她指間，吼道：「說！」

蘇珊娜這才興高采烈道：「那客人看起來有四、五十歲，個子普通，只不過燈下閃過的面孔有些嚇人，半邊都被火燒過似的……」

她話未講完，紮肉已衝出巷子去了。

蘇珊娜是次日晌午時分去菸攤買香菸時才發現，前一晚紮肉給的銀角子都是錫做的。

……※……　……※……　……※……

「喬蘇？」

在杜春曉繞了好幾道彎才問到重點之後，潘小月竟茫然片刻，之後才一臉恍然大悟的表情，道：「原來是那婊子呀！」

「對，那個婊子被妳的人帶回來了，我們要審一審，興許她還是破案的關鍵。」

也許是錯覺，夏冰眼前的潘小月雖永遠是跋扈的表情，眼圈卻是黑的。

「妳這一說，我倒是想起來了，十多年前因為一筆賭債，確實有結下些梁子。不過她那會子就已經是殘花敗柳，如今更不堪入目了，要想找賭坊鬧事，恐怕沒那個能耐。」

她說畢，便從一只金絲楠木製的圓壺裡取出一勺菸絲，放在裁好的雪白菸紙上，捲攏，用口水封圓，點火。室內遂瀰漫一股鮮香的霧氣。

杜春曉即刻被勾起了菸癮，也掏出菸來，跟紮肉要了火柴點上，兩個女人開始了對噴。

「潘老闆，人的仇恨是無止境的……」杜春曉突然笑容變得詭秘，「不過按理講，這些年來賭坊後頭豎起的『人刺』也不止這一個，說不定有多少人在背後咒妳千刀萬剮咧！」

潘小月那張巴掌大的臉已被煙霧蒙住，她不由得瞇起眼睛，喃喃道：「若我潘小月怕這些冤魂索命，伺機復仇，也就不會把賭坊經營到現在……」

「哈哈！」

杜春曉突然尖笑一聲，隨後像是被煙嗆著了，竟劇烈咳嗽了半晌才回復過來，她道：「這也是我覺得奇怪的地方。」

「妳該奇怪的是什麼人給賭坊搗亂，其餘都不必關心。聽好，我只講一遍，喬蘇不在我這裡，可既然妳已說到這分兒上了，有些事情倒也不得不防。這樣吧，給妳三日，去把喬蘇找來，審人的事兒你們多半也不會比我幹得利索。誰敢在我跟前……」潘小月一對鳳目竟是盯著紮肉的，「說半句假話，我都聞得出來！」

話說得雖狠，紮肉倒是心裡明白，今夜賭坊開張之間，他是逃不出潘小月的閨床了。

反被將了一軍的杜春曉，也只得一臉苦笑的去找老章。

據譚麗珍透露，這個章春富是土生土長的黑龍江人，因精通賭術，自賭坊初建時便已在幽冥街混出名號，曾在潘小月的地盤上連贏三個晚上，每張檯子他都玩過幾輪了，且從未露過半分出千的破綻。潘小月無法，只得在第四晚差人叫他過來談判，要出錢勸他收手，可是他怎麼也不肯要，只說錢自己會賺；結果不知怎的，半個月後他竟成了賭坊的管事人、潘小月的左右手了。

「完了，原來是這個章春富呀！」紮肉忽然從旁插嘴，臉上有些肅然起敬的意思。

「怎麼了？」

「說到這個人，並非精通賭術，卻是深諳千術，也算我的前輩。聽一些人說，此人縱橫江湖三十餘年，自大亨到山匪、行事囂張的有錢人幾乎都是他的目標，且從未失手。後來為了一個女人退隱江湖，原來是躲到這兒來了！潘老闆之所以將他收買了，必然是專請他抓那些在賭場出千的人，怪道小爺我這樣的高手居然會被他們逮個正著，抓騙子最好的辦法就是讓另一個騙子動手。」

紮肉望了望自己那兩隻包得像粽子一般的手，竟像在瞻仰某件聖器，可見對老前輩確實是仰慕有加。

「胡扯！」

面對紮肉的膜拜與杜春曉的試探，章春富只回覆了這兩個字。

他住的房間與潘小月的隔了一整條通道，是靠近最裡面的，安靜且陰森；房內也貼著精緻的牆紙，擺了氣派實用的胡核木家具，卻是炕床加炕桌，傳統得很；牆上也是雪洞一般的白，沒有古董之類的東西拿出來充闊，像是刻意低調。

「真當是胡扯，就請章爺你多擔待。不過此事非同小可，關係到賭坊的前途聲譽，章爺你……」

「叫我老章。」

「老章你若知道些什麼，請務必告知我們幾個，咱們還不出賭債，破不了案子，下半世要給潘老闆做牛做馬還債事小，賭坊生意受影響事大啊。」

「杜小姐言重。」老章的反應還是淡淡的。

房內生了火，暖融融的，他只穿一件厚夾衣，黑棉鞋上破了個小洞，露出黃白的絨絮。

「只憑幾個死人就能把這條街上經營了十年的賭坊搞垮，恐怕也有些誇大其辭。這幾日你們也都在，可曾見賭坊少過客人？潘老闆只是好勝心重，眼裡容不得半粒沙子，人無緣無故死在她的地盤上，她懷疑有仇家搗亂，趁這當口必然是要斬草除根的。事情得不到答案，你們幾個的下場自然是慘的；得出真相了，或許整條幽冥街都會腥風血雨，所以……奉勸三位人精兒，還是想法子湊到錢來還債要緊，退一萬步講，你們真以為破了這案子，就能平安離開幽冥街了？」

老章的聲音沙沙的，半邊狼籍的面孔在火光下照得每條疤都閃閃發亮，像極了新傷。

杜春曉聽完這番話，不由得笑起來：「你這管事兒的倒也好，拿著潘老闆的錢卻不替她說話，反而勸咱們不要查了。可見你說喬蘇不在你這裡，又有誰能信呢？這樣吧，原本我還想私下裡跟你打聽完就罷了，既然這麼著，那就休怪咱們不仗義，索性秉了潘老闆去，看她如何處

置。哦，對了，剛剛潘老闆還跟我說，任何人在她跟前撒謊，她都聞得出來。老章你身上的謊味如此之重，怕是等一下非把老闆嗆著不可。」

話畢，她便轉過身去往門外走，夏冰與紮肉忙跟在後頭，驀地那扇看似平常的門卻突然關上，似有無形鬼手在外頭狠狠推了一把，三人當下便愣在那裡，再不敢動。

「杜小姐。」老章的聲音較先前還要洪亮一些，「妳還不知道這幾天發生的其他事。」

「其他又是什麼事？」杜春曉只得回過頭來，一臉的詫異。

「妳問問他！」老章指的竟是紮肉。

紮肉吞了一下口水，壓著嗓門道：「這幾天死的人，絕不止教堂和賭坊的。街上祥瑞米鋪的店夥計阿四被人活活打死在家中床上；專在茶樓摸錢包的強子，屍體昨兒在屯子一里開外的冰窟裡被發現；風月樓的頭牌陶香香出局當晚回來，竟在房裡上吊自盡了，事前也沒個徵兆……都是死於非命。」

「這些人的死跟賭坊的案子有什麼關聯？」夏冰問道。

「關聯很大。」杜春曉神色無比凝重，「那些人的親友必定都是欠過賭坊的錢，最後做了人刺的。」

「難……難道說……」

「沒錯。」紮肉點頭道：「潘小月已經想到可能是仇家上門，所以開始濫殺，要的是斬草除根。」

杜春曉轉向老章道：「這也是你把喬蘇帶走的原因？」

她憶起去聖瑪麗教堂的路上，確實有隊伍浩浩蕩蕩抬著棺木自身邊走過，一群花枝招展的娼妓鬼哭狼嚎，最前頭一老鴇模樣的婦人，兩隻肥膀子圈著金晃晃的水貂皮披肩大聲嚎啕，卻不見半滴真淚。

「所有與賭坊有牽連的輸家都沒有什麼好下場，他們的親人多半都在地獄裡煎熬，不能踏出潘小月掌控的地界，在這裡不惜一切代價掙錢，來償還那些人刺生前留下的賭債。賭坊榨乾他們身上的每一顆血汗，讓他們生不如死，而且你們都知道這利滾利的規矩，許多負債人這輩子做牛做馬都是還不清的。喬蘇只是這些可憐人中的一個，我原本想救她的……」

「『原本』是什麼意思？」杜春曉已聽出話外有音。

「意思是我給了她錢，送她上火車去別的地方。可是……她卻半路逃回來了。」

「逃回來了？」

夏冰與杜春曉齊齊驚呼，兩人甚至腦海裡都浮現了一個步履蹣跚、滿面皺紋的妓女，穿著襤褸在雪地中前行，眼中布滿憤怒的血絲。

「她為什麼要逃？」

「我最怕心有怨恨的女人，表面假裝放下了，其實永遠都放不下。喬蘇就是這樣的，為防她做傻事，我還特意將她送上車，然後躲在候車亭的柱子後邊盯著。因為我是靠騙人混飯吃的，所以對謊話特別敏感，早已覺出她並不甘心離開。果然，車子才慢慢開出一丁點，便看見她跳下車，跑走了。」老章的言語裡漾著一縷痛楚，又名「良知」。

「那你為什麼不追上她，再送她上一次車？」夏冰問道。

「不行。」老章搖頭道：「既然她不想走，你再勉強，她還是會做同樣的事。何況，這條街上潘小月的爪牙遍布，我也是買通了兩個人才把喬蘇帶出去的，再節外生枝的話，恐怕會被她查到。而且當時賭坊營業的時間也快到了，我必須準時出現在賭坊，天天如此。」

「喬蘇去了哪裡？」紮肉問這話的時候顯得愣愣的。

「甭管這個女人了。」杜春曉面孔有些發紅，像是下了極大的決心，道：「紮肉，你看著的那幾個攤子，也該收一個了吧！」

紮肉無奈的抓抓頭皮，有些不情願的點點頭。

……※…… ……※…… ……※……

周志生平最看不起兩種人：賭棍和妓女。

他嫌棄前者不夠腳踏實地，過著一朝天堂、一朝地獄的恐怖生活，到頭來還會上癮，乃至豁出性命。尤其早幾年時，親見平常做衣裳針腳極其細密的張裁縫被高高掛起之後，他只好將其獨子阿四帶回來做夥計，從此也對這玩意兒越加敬而遠之，連平素鄰里間聯絡感情用的麻將都不碰。

後者則是周志的一塊心病。還未成家的時候，他去窯子裡嫖過一次，為此特意提前收了半個月的米帳，點了當時聲名在外的頭牌姚金鳳。姚金鳳面相確實甜美，笑起來也銷魂，孰料張開腿卻見點點梅斑，當下把他噁心了，急急丟下錢逃出來，竟被老鴇抓住講還不夠，他當下不服，意欲爭辯，卻見幾個身材彪壯的小廝跑出來，窮凶極惡的模樣逼得他只好再放了一點血，才被放過。

此後，周志對女人便有些嫌惡，娶過門的老婆也是平胸細腿，沒有半點風情，頭腦卻精明得很，做生意倒也是一把好手。

這樣謹慎而富裕的日子，令周志心滿意足，除了前天阿四不知得罪了什麼人，竟頭骨凹陷死在床上，他少不得還得置備一塊墓地、一副棺材，把人草草下葬。

即便已是一切從簡，老婆桂花還是臉色難看。依她的想法，將阿四一捲草席抬去荒郊埋了了事，竟還要出錢叫人刻碑、挖土，這筆喪葬費說少也不少。然而周志每每想起張裁縫臨死前的絕望眼神，卻怎麼也下不了這個狠心。

不過，這還不是桂花擺臉色給他瞧的主要原因。

阿四死了，鋪子缺人手，得找一個人補上才是最急迫的。可恨周志雖做人實誠，卻終有一些旁人不易察覺的弱點，便是好珍奇古玩，一有閒錢便去逛城門外的廟市淘些寶貝回來，時常手指上、脖子上都是玉片珠串，且頻頻更換，所以再想請到不計較低廉薪資的夥計，更是難上加難。

所幸周志倒是想到了一個人，乃半年前來這裡毛遂自薦過的藏人趙六。當時阿四幹活也算賣力，這裡又視藏民為野蠻人，普遍排斥，於是周志沒有雇用趙六。不過周志還是留了個心眼，未曾一口回絕趙六，卻要他幫忙收那些收不回的陳年老帳，由裡頭抽一成的傭金給他。

趙六年紀輕輕，面孔四四方方，倒是忠厚之相，並未嫌棄這樣極可能白做的事，樂顛顛去了，居然在三個月內陸陸續續將老帳都收了回來。周志心下又喜又怕，喜的是當初自己選對了人，怕的是不知這小子用了什麼不厚道的方式，若是耍陰使狠收來的，將來說不定哪天也會用到他頭上，於是便找了一家剛清了債的詢問。

而對方則咬牙切齒道：「這小哥兒天天跪在我家門口，也不攔著咱們做事，只說做人要講誠信，用拜菩薩的方式把咱們拜醒。你說哪裡還有不清帳的道理？！」

周志聽後心裡便有些感動，給錢的時候不由得多塞了幾個洋錢，卻被趙六數出來奉還，只說：「我就收當初說好的錢。」

如今鋪子裡缺人，周志自然去找了趙六來，孰料對方一進門便是面目全非的一張臉，奼紫嫣紅的，路也走不穩當。

「怎麼這樣？和人打架了？」

「不是。」趙六搖一搖頭，憨笑道：「惹娘生氣，讓她打了。」

周志聽了頓覺趙六有些好笑，少不得說：「你娘夠狠的，不是她親兒子吧？」

「不是娘狠，是我該打。」趙六沒有動氣，還是笑嘻嘻的。

「那你倒說說，是怎麼個該打？」

「喏，為這個。」趙六解開棉襖領釦，從裡頭掏出一塊紫氣斑斕的圓東西，約有三指粗。他說道：「這是家傳寶貝。」

見到罕有的紫色蜜蠟，周志即刻兩眼放光，忍不住將那東西自趙六脖子上取下來，反覆摩

挲，果然肌理細膩、溫潤熨貼，用力搓熱之後有一股似有若無的松香。

好東西呀！

周志恨不得即刻揣進懷裡，卻又不得不巴巴兒還給趙六。

「這東西是趙家的傳家寶，永世不得變賣。可我娘如今病得厲害，急需用錢抓藥，我前陣子便將它賣給了一個俄國客人，拿了兩萬元。」

「你小子也是有孝心，怎麼還會被你娘打？」

「怎麼不打？」說到「被打」，趙六眼圈便紅了，「娘一聽說我把蜜蠟賣了，竟把病氣好了！爬起來操了掃帚把就打呀！你看……」

他右側臉上果然是條帚柄抽出來的紅痕。

「那你還去把傳家寶要回來啦？」

「要不然還能怎麼辦？跟了人家整三天，一見那紅鬍子大老爺我就跪，最後人家沒辦法，只好還給我了。當然，給娘看病的錢也沒了。」

說到這裡，趙六眼中滿是憂慮。

趙六一進祥瑞米鋪，整間店都變得生氣勃勃了。他脾氣好，手腳勤快，做生意也不騙客人斤兩，兩天下來，桂花的面色也漸漸緩和了，甚至主動跟周志講新來的人請得忒划算。周志得意之餘，依然對那塊紫蠟蜜牽腸掛肚，於是少不得試探趙六。

「趙六啊，你娘的病怎麼樣了？」

「好是好些了，前些日子讓大夫瞧過，說是藥不能停。」趙六剛搬完米，渾身發熱，索性將領子都敞著，那個紫色寶物在他藏人特有的細膩肌膚上一起一伏。

「那錢還夠嗎？」周志假裝與趙六嘮嗑。

「怎麼夠得了？」趙六哀怨嘆道：「都快愁死了，那藥又貴，還得用人參吊著，哪來那麼多錢吶！」

「趙六啊……」趙六的煩惱為周志增添無限底氣，他起身拍了拍對方的肩膀，道：「聽我一句話，把那傳家寶賣了吧。再怎麼寶貴，都不如親娘的性命要緊，是不是？」

「不成！會把我娘氣死的，我可再不敢了！」趙六連連擺手，急得青筋直跳。

「也是，嘿嘿……」

周志竭力勸自己放棄這個想頭，卻是越勸意志越堅定，從起初「不經意」的提議，終於走到胡攪蠻纏的地步，非要拿到趙六脖子上的傳家寶不可。

後來他把趙六逼得緊了，趙六只得吼道：「老闆，你再糾纏，休怪趙六不領情，我這就辭

工了！」

「你辭了工，更沒收入，可怎麼再給你老娘抓藥？！」周志不由得也喉嚨粗起來了。

一句話，把趙六說得啞口，他愣愣看著外頭陽光灑落雪面的街道，骯髒的積雪堆在每個店鋪門口。

過了許久，趙六方道：「那……也得我娘同意，你跟我去見了我娘再說！」

趙六家住的是幽冥街外邊老遠的一間乾打壘，濕氣沖天，因無暇燒柴續火，炕頭也是冷的。

趙六的娘面色黑紅，皺紋一直疊到脖子上，拿被子蓋住全身，只露出那顆白髮蒼蒼的頭顱。見兒子帶了人進來，她似乎也有些緊張，努力撐起身子，卻很快軟了下來。

趙六立即跪在母親炕邊，嘴裡「咕咕嚨嚨」講了一些藏語，那老人果然自床上跳起，當下把被子一掀，露出瘦成一把枯骨的身體，她一面狠狠抽打兒子的肩膀，一面「嗚嗚」哭著，最後兩人抱作一團。

周志退在一旁，心情忐忑，只等著結果。

母子二人漸漸不再激動，又用藏語哇啦哇啦一通之後，趙六總算站起身來，鄭重其事的拿下蜜蠟，放到周志手裡，道：「娘答應了！」

「那……錢……」周志激動得聲音微微發顫。

「娘說，上回賣給那俄國人是兩萬，賣給你也不能偏心加價，還是兩萬！」

周志聽聞，心頭一陣滾熱，最後死活丟下三萬元，才安心離開。而那塊蜜蠟發出的芬芳幾乎陶醉了他的整個人生……

次日，趙六沒來上工；第三天、第四天、第五天，都沒有來。

至於那塊稀世傳家寶，周志很久以後才去找懂行的人識了，市價至多兩千。他這才咂摸出真相來，趙六和他的娘，是永遠不會再出現在他的生命裡了。

然而，他們也並未離開幽冥街，只不過身分有了翻天覆地的變化——從「趙氏母子」變成了兩個騙子老鄉，一男一女，一偵探一老千。

第四章 復仇女神的戰車

譚麗珍近期已是理直氣壯的懶，因沈浩天橫死之後，她暗結珠胎的秘密已大白天下，身邊的女同事不再捏她的肚皮取樂，荷官更不敢取笑她半分，反倒有些同情的意思。

尤其是潘小月託老章私下給了她一筆錢，說是安胎費，要她好生在賭坊養著，不必再出來幹活。這讓譚麗珍對老闆刮目相看，從前也是見識過其手段的，道聽塗說的故事更是悚人，孰料如今卻是菩薩心腸，非但沒有把她趕出去，反而在賭坊後邊騰出一間房來，讓她退了外頭又窄又悶的租屋，搬進來養著。

「潘老闆果然是好人！」譚麗珍心頭熱熱的，抓住老章道：「我該去當面謝謝她。」

「不必了。」老章推開她那雙剛剛受人恩惠的手，冷冷回道：「老闆有這份心意，妳只管受著便是。」

此後，譚麗珍便悠閒安逸的安起了胎，老章居然還撥了個服務生給她，吃什麼、用什麼都有人照顧，竟也不怎麼需要出門。雖然她也有愁孩子生下來之後該何去何從，但轉念一想，還是選擇走一步看一步。

她骨子裡是個陰沉的人，也有想過把孩子送人，再找個老實人嫁了，將過去一筆抹煞，可又覺得這麼做有些對不起那死鬼，但是……她真有在乎過沈浩天的想法？她吃著羊羹，忍不住笑起來，人各有命，活人都顧不過來了，哪還有心思考慮死人的感受？

譚麗珍於是放下一百個心來，盡情享受潘小月的施捨。

但懷孕期間到底體質有些不一樣，不是吃什麼都長肉，反倒是吃一半吐一半的時候多，半夜胸悶氣短，開了窗吹風怕冷，關了窗只烤火又憋得慌，於是為難了伺候她的姑娘鳳娟，要天天替她搖扇子通風。

鳳娟腰身有些粗笨，面盤黑黑紅紅的，雖健康卻是鄉土氣十足，姿色完全談不上撩人，譚麗珍甚至奇怪賭坊怎麼突然沒了眼光，竟招了這樣上不得檯面的人進來，於是少不得多問了幾句，才知鳳娟是沈浩天的一個堂妹，原是投奔堂哥來的，孰料到了才知依靠的人已經死了，哭得死去活來，老章無法，只得安置了她。

這舉動倒是為賭坊落得了一些好名聲，可是幽冥街的平頭百姓又哪裡知道潘小月目前正血洗「仇敵」的秘密行動呢？

鳳娟倒是個實在人，與她堂哥不一樣，手腳雖慢些，倒也珍惜這份工作。依她的話講：「在老家反正也找不著好婆家，不如到這裡來碰碰運氣，還能接觸些有錢人，沾點兒貴氣。」

她這般天真的表述，倒是讓譚麗珍放下了戒心，懷有這類「淘金夢」的女子一抓一大把，鳳娟只是其中之一，且依她的外貌，估摸著怎麼也不會有攀上高枝變鳳凰的一日。所以譚麗珍也不嫌她野心大，只旁敲側擊的勸她：「待掙到錢，不如回老家找個好歸宿，莫再生那些不著邊際的念頭了。」

然而，這樣的日子過不多久，譚麗珍便覺得不大對勁了。

起初是飯菜的問題，她懷上之後便強烈想吃酸的，連蒸個茄子都要拿醋來調。鳳娟下廚手藝一般，但也過得去，可某天她卻在裡邊吃到了一些怪東西，嚼在嘴裡硬硬的，不是茄子，起初她以為是花椒，便不大在意，只囑咐那姑娘道：「我不愛吃花椒，以後莫放。」

孰料那姑娘一臉詫異道：「我也不愛吃，所以沒放啊。」

她這才想起鳳娟的菜是從她的量裡撥出來的，於是也沒往心裡去，只強調：「想是不小心放了些，今後注意吧。」

可次日在酸辣馬鈴薯絲裡又吃出同樣黑乎乎的東西來，還是帶鬚的，她這才緊張起來，再仔細放在手心辨別，竟是切碎的蟑螂！

這一氣非同小可，直接連盤帶菜便往鳳娟臉上摔了過去，鳳娟捂著臉哭了半晌，但不及譚麗珍當晚吐得厲害，且她一連兩天粒米不進，後來到底撐不住，抵不住外頭冰糖葫蘆的叫賣聲，巴巴兒跑出去買吃的。

黃昏時分，幽冥街上總瀰漫一股饞涎欲滴的油煙味、燉菜的氣味，滷味鋪前吊滿整齊的薰

臘腸閃閃發亮，還有一些專為俄羅斯人準備的飯館，大鍋的紅菜湯包冒著股股熱氣，將那些白皮膚藍眼珠的食客骨子裡的寒氣蒸發得乾乾淨淨。

香甜的空氣讓零零落落的雪珠子不再冰冷，譚麗珍口中已湧起甘美的唾沫，她走進一家糕餅店，買了好幾塊酸棗糕，邊走邊吃，糕屑不停掉在被奶水漲足的胸脯上。

這個辰光，冷不防有人撞了她一下，她並不動氣，只下意識的看了一眼肚子，衝那冒失鬼打了個飽嗝，方才看清對方從頭到腳包著黑斗篷，像從夜色裡裁下的一條人影。

「趕快逃走！」

她這才發現自己無法動彈，因捧著酸棗糕的手被那人緊緊捉住，似是用了千鈞之力，怎麼也掙脫不掉。

「什……什麼？」

「趕快走！離開幽冥街！」

那聲音不像是人說出來的，似是從地獄裡發出的警告。

她直覺那人瘋了，因辨不出男女，只得用盡力氣狠狠甩開對方的束縛，剛要喊叫，那人卻如幽靈般的消失了。

譚麗珍站在原地，待回過神來，卻見酸棗糕已落了一地，被路人踩得稀爛。她往地上啐了一口，狠狠罵道：「瘋子！」

「喲！這不是譚姑娘嘛！近來可好？」

一個似曾相識的聲音自譚麗珍身後響起，尖尖窄窄的腔調，又蘊含某種教人安心的體貼。

她回頭瞧，是大姨婆。

所謂的「大姨婆」並非譚麗珍的大姨婆，卻是幽冥街上唯一的穩婆，原名湯金蘭，四十歲出頭，一雙大腳，細眉細眼，皮膚光滑。自十多年前丈夫病故之後，身後也無子女，她不曾改嫁，一個人活到現在，靠接生過活。她因待人和善，與世無爭，也懂一點兒醫理，在她手裡鮮少接下過死胎，於是成了這裡的「菩薩」，街坊都戲稱她「大姨婆」，顯得親切。

巧遇大姨婆，譚麗珍高興得不得了，忙親親熱熱挽住對方，笑道：「大姨婆呀，吃過啦？」

大姨婆點點頭，欠身摸了摸譚麗珍鼓起的肚皮，笑道：「還有五個月就該生了吧？」

譚麗珍有些害羞，垂頭不語。事實上，她不大出門還有一個原因，便是生怕街上的人說嫌話，一個未拜堂成親的姑娘大了肚子，可也是不大不小的醜聞，雖然幽冥街與其他地方不太一樣，百姓並不怎麼愛嚼舌根，尤其是那些紅毛鬼子本就做派開放，多半都不計較這些，令原本保守的中國人也跟著寬容起來。

「嘖嘖……」大姨婆忽然面色一緊，竟蹲下身將耳朵貼在肚皮上仔細聽了一會兒，方抬頭道：「好似胎位有些不正，恐怕分娩時要吃苦頭的。」

「那……那怎麼辦？！」

「少走動，明兒我帶些清艾條過來薰一薰，興許有用。」

譚麗珍這才放下心來，拿出幾張紙鈔塞進大姨婆手裡，急道：「到底還是大姨婆疼我……」

「哪裡的話喲！都是女人，不容易。」大姨婆竟將鈔票還於譚麗珍手中，逕自去了。

「離開幽冥街！」

雖是一切風順，那偶遇的黑衣人沙啞的告誡卻在譚麗珍耳邊久久縈繞，於是竟在床上輾轉到凌晨。譚麗珍索性起身，喚鳳娟倒些茶水來，半天沒有回應，拉亮電燈去看，她鋪上居然沒了人。

「這小賤人是半夜出去等狼？！」

她恨恨下床，自己從爐子上拎起熱水倒了一杯，喝了幾口，總算舒服了些。躺下後依然不曾合眼，再要坐起，卻聽見門外有些響動，是鳳娟的腳步聲，於是氣鼓鼓用被子蒙了頭，背轉身去，假裝沒有聽見。

待鳳娟腳上一雙鞋落地的動靜過了，她才突然起來，冷不防拉亮電燈，喝道：「妳三更半夜是出去見鬼呀？！」

鳳娟嚇了一跳，從鋪上跌下來，連忙爬起後，哭喪著臉回道：「只是出去解個手，就凶成這樣？」

「解手？哼！」譚麗珍聽對方狡辯，更來了氣，霍地起身下床，劈頭便拍了鳳娟一掌，罵道：「解手哪要那麼久？可是在那裡連孩子都生下來了？！」

鳳娟不敢還嘴，只嗚嗚的哭。

譚麗珍聽了越發氣極，吼道：「不准哭，半夜出去做了賊回來，不過說幾句，還委屈了妳？！」

這才發現鳳娟臉上紅暈未褪，脫下的外套竟是她最好的一套桃紅色硬綢夾襖，譚麗珍遂憶起自己從前犯下的風流韻事，心下便犯起嘀咕：「難不成這賤貨有了相好的？」

……※……　……※……　……※……

有了三萬元的本錢，夏冰自然鬆一口氣，他主張將債務清掉，等下一列火車到站即刻動身，離開這個鬼地方。孰料他的提議卻是沒有人聽的，因紮肉與杜春曉在飯桌上商量的是另一回事。

「你說咱們欠的債究竟是多少來著？」提問的是杜春曉。

「不多不少三萬，趕緊還了拉倒。」夏冰忙道。

「那還是少。」

因為有這筆鉅款撐腰，紮肉講話也有了底氣，對著一鍋燉肉大快朵頤之際，口齒含糊不清道：「甭忘記拖延的那幾日還有利息的。」

「那利息要付多少？」夏冰腦袋「轟」的一聲。

「哪裡算得清楚。」杜春曉苦笑，一口喝乾杯中燒酒，興許是在這樣的冰川雪地裡，酒量也變得好了。

「那……那要怎麼辦？」夏冰聽了當下有些氣餒，因這筆錢是他們兩個人誆來的，與他無關，於是講話難免氣短。

「還能怎麼辦？那姓周的傻子正瘋了一般四處找咱們呢，只有賭坊才是最好的藏身處。」

紮肉吞下一口肉，勁頭越發足了。

「可在賭坊又不能來錢……」

夏冰話一出口，自己都覺得蠢了。

自那日起，杜春曉與紮肉便在賭坊的五張檯子上夜轉百圈，白天則呼呼大睡，不省人事，夢囈都在喊「九點」或者「二十一點」。

依杜春曉的演算法，認為玩二十一點贏的機率大些，而賭大小雖乾脆，卻有「一把定江山」的意思，太恐怖。但紮肉始終覺得百家樂好玩一些，只可惜他不再出千之後，勝負全憑膽色與運氣，而且老章禁止他和杜春曉出現在同一張牌桌上，事情便越加難辦了。

連續好幾晚，他們輸贏出入都不大，但三萬的本錢卻正在一點一滴被磨光，賭場很少有完全的贏家，所以不知不覺中，騙來的不義之財便又散出去了。不過杜春曉還是興致勃勃，夜夜流連忘返，對老賭客都打量得仔仔細細。

「紮肉，最近有沒有你新開張的攤兒？」杜春曉笑呵呵的問這位沉溺於紙牌遊戲中不可自拔的江湖老千。

紮肉有些喪氣的搖頭，掰著指頭數道：「這三日間，連續賭了兩天的是壽衣店的金老闆，每次都輸個三、四百，完全算不上錢；跟他一樣運氣平平的還有兩個賣熊膽的紅毛鬼子，還有離開女人就活不了的哈爺。」

「不過，在沒碰上妳之前，我來這家賭場踩點兩個月，確實是見到了一些奇怪的客人，面生，進來卻像是熟門熟路似的，由專人領著繞到那賭大小的檯子後邊那個門簾裡去了。我琢磨著裡頭該是還有一個秘密賭場，專營大客戶，要不然就這五張檯子，那些來去不大的輸贏，潘小月還養著那一幫人，有財力把整條街都玩弄於股掌？簡直是痴人說夢！」

「還有，這裡雖是魚龍混雜的邊界地帶，可到底還是中國人占了大多數，居然開設西洋式的賭場，擺明是要將一般的賭客排除在外，而最容易也最能迅速見分曉的輪盤賭居然沒有，這樣賭場的收入來源就更是少了好幾處。」杜春曉也接口道。

「可是就算後頭還有個秘密賭場供大手筆的客人豪賭，也不見得就日進斗金了。這娘兒們精得很，就算是熟客，進來也非扒層皮去不可，但那些受到特別招待的主倒是個個心甘情願的模樣，而且……妳還記得那短命的五爺不？他也是能進到裡邊一層的貴賓，卻在進去之前先到外頭的檯子上玩兩把二十一點，從裡邊出來以後，會再轉去幾個檯子玩一圈，直到天明才回去。怎麼在裡頭賭了大把還不過癮，竟又來玩那些不起眼的？」紮肉越講眉頭皺得越緊，像是在努力解一個複雜的繩結。

「睡過幾回了？」杜春曉冷不丁冒出這一句來。

「什麼？」紮肉莫名其妙。

「少裝蒜！」她用力掐了他的胳臂一把，雖隔著厚棉衣，卻還是掐住肉了。

紮肉慘叫一聲，可憐兮兮道：「兩回！才兩回！」

杜春曉笑道：「按理說，睡幾回也不是大事，睡出金山來才好。既是已知道有財路可挖，你小子不可能一點底都探不到，要不然那日就巧成這樣，你怎麼就跟那進到裡頭去的客人一桌耍呢？」

「姐姐呀！」紮肉拚命揉搓被掐過的胳膊，嬉皮笑臉道：「就知道瞞不過妳這女觀音！不過妳也在這裡住著的，知道這賭場隔出的幾間除住人之外，還剩下擺放食物的地窟與停屍間，而這兩層中間，其實還有一層，便是那秘密賭房！」

「你進去過？」夏冰顯然被這兩人你一言、我一語唱戲般的對話蠱惑住了，急忙追問。

「怎麼可能！」紮肉拿髒兮兮的「紗布手」拍了一下大腿，齜牙咧嘴道：「據我所知，那賭房並非每晚都開，我踩點的兩個月裡，大概也只開過兩次局，其餘時間都是大門緊閉，神秘得很。」

「憑你的伎倆，要潛入探個究竟，不是小事一樁？」

「沒錯，對小爺來說自然不在話下。只是，妳可曾見過哪個賭坊會賭完之後還把錢都堆在賭過的檯子上的？還不都收進小金庫裡去？我就算知道，也沒興趣進去撲空呀！」紮肉講得唾

沫橫飛，顯然又有了無限勇氣。

「少跟我來這一套！你若沒打那房間的主意，又何必去接近五爺？話說五爺是什麼來頭？」杜春曉抬眼給紮肉吃了個「白果」，復又抬手欲掐。

紮肉忙閃出老遠，道：「聽說專做人口買賣……」

他話未說完，頭頂已挨了她一拍。

只聽杜春曉惡狠狠道：「怎麼不早說？！」

「妳也沒問過哪！」紮肉滿臉的委屈。

杜春曉卻已掛起不懷好意的賊笑，在紮肉耳邊輕聲道：「紮肉呀，看在姐對你這麼好的分兒上，說說這條街上還有誰在做人口買賣？怎麼做的？我可是從那嚇死人的白頭髮渾小子那裡聽到過這塊寶地上販孩子的事兒了。」

在這樣的軟磨硬施之下，紮肉卻嘿嘿一笑，道：「我講得再好，不如姐姐自己親身走一遭知道得痛快。」

「也是。」杜春曉作恍然大悟狀，拍拍對方肩頭道：「這位爺自做了人家相公之後，任務艱巨，還得趕在夜裡賭坊開張之前服侍潘老闆一回，哦，不不，一回不夠就兩回，兩回不夠就三回，三回不夠就……」

「姐姐，這是要把妳的好弟弟往死裡整呀？」

「這是哪裡話？只要整到你能打聽到那間秘密賭房幾時再開賭，便大功告成了！」

……※……　……※……　……※……

小刺兒沒有手，只兩個腕子上裹著一層皮，雙腿也是彎折的，越過背脊架在肩膀上，整個人被疊成一個瘦骨嶙峋的「人團」，只拿胸腹處抵在裝滑輪的木板上，不得站起坐下，這一世都要看著路人的腳背討生活。

雖然是這樣的「低姿態」，也無法遏制小刺兒身上長出的「刺」，他日日在街心處乞討，認準目標便強行抱住人家的褲腿，凶巴巴吼道：「行行好！行行好！三天沒吃飯了！」路人給了還好，若是不給，他必要往對方鞋面上啐一口，再迅速連人帶木板滑開。被人劈頭蓋臉追打一通的機率也是高的，但也不乏被他嚇著的過客，還會乖乖投下幾個角子。雖然在幽冥街這樣膽小的人極少，但還是有的，小刺兒就憑那身脆弱的「刺」生存至今。

那一日，小刺兒如往常一般在一個肉鋪旁哭喪個臉，高聲大氣叫：「行行好！」

那屠夫也頗惱他，趕了好幾次，將他的木板推出老遠，但隔一下這「人團」還是會滾回

來，百折不屈的行乞，似乎是打定了這裡的主意。

今天一早便下過雪，氣溫異常之低，再經風颳過，街面上的石板都結起一層厚霜。雖然隔著木板，小刺兒還是清楚感受到自地底透上的寒意，他不由得縮了一下身子，裹緊了身上的破棉布。原本為了更有效果，他應該將棉布脫下，只穿個光膀子的汗衫博同情，可是他上個月已經咳嗽了三次，實在不想再冒險，何況……現在還吃得起肉的人，大抵也不在乎施捨他幾個小錢吧！

然而情形出乎意料，今天連買肉的人都那麼少，那些穿高筒皮靴的顧客他是斷不敢撲上前去抱，因為萬一被踹可是相當疼，半天緩不過氣來，於是還是盯牢那些溫和低矮的棉鞋，穿這類鞋的人多半個性也是棉的，菩薩心腸。

所以看到一對棉鞋，還是紅彤彤的顏色，鞋頭圓鼓鼓的，像在對他微笑，小刺兒便瞅準時機撲上前，兩隻斷腕緊緊勒住那雙鞋，叫道：「行行好！」

那棉鞋沒有動彈，頭頂傳來的聲氣倒也親切：「餓不餓？」

小刺兒遂發覺整個胃都像在燃燒，然而還是吞了一下口水，吼道：「行行好！給錢買點兒吃的！」

話音剛落，那棉鞋動了兩下，從他兩隻斷腕的包圍中解脫出來，代之以一個大碗公，碗裡放著兩塊蜜汁叉燒。小刺兒再也顧不得了，將臉埋進碗裡啃咬起來。棉鞋還在旁邊候著，沒有一點「及時抽身」的意思。

等小刺兒從碗中抬起頭來，高高仰著，方才看清棉鞋的主人——一個將自己裹成粽子一般笨重的高個子女人，長大衣毛絮絮的，戴一頂土黃的絨線帽子，渾身煙味，鼻頭凍得通紅。

「行行好！」

一想到錢還未討到半分，小刺兒只得再次撲住這位好心人。

「要錢是吧?可以。不過咱們有來有往，我得從小哥兒你那裡也買件東西。」那女人一笑便露出斑黃的牙。

「這位大姐要買什麼?」小刺兒也衝著她憨笑。

「你。」

女人指一指小刺兒，表情極認真。

要買小刺兒，就得和哈爺交涉。

哈爺原名任常武，之所以得此諢號，兼因他講話動不動便要自胸腔內逼出一聲「哈」，成了口頭禪。

哈爺原本是遜克縣一個普通商販，因生意經營失敗，無奈之下只得與五爺搭檔做起了人口買賣，於是從縣城到各個屯子，都有了他們的行跡。兩位「生意人」撈錢之外也是有福享的，據聞五爺好賭、哈爺好色，所以五爺死之前逛的多半是潘小月的地盤，哈爺卻是風月場上混得極熟，從風月樓到流鶯拉客的暗巷，哪裡都有他軋一腳。

杜春曉由小刺兒領著，繞進菜市場深處，那裡有一幢廢屋搖搖欲墜，裡頭更是臭氣薰天，因窗子都釘了木條，大白天也是烏沉沉的。屋裡頭空間頗大的，卻只胡亂鋪了些被壓實的稻草作床，幾只半滿的尿壺散放在草席邊。

小刺兒解釋說，幾個朋友都出去幹活了，所以沒多少人在，而那些在的孩子，卻自一片薄薄的牆壁傳來嚶嚶哭聲。

「那都是才被領回來的，關幾日便好了。」

小刺兒邊講邊帶她踏過那些混有濃濃屎味的草鋪，在一個磚砌的樓梯口停下，說是自己上不去，讓她自己走。她想也不想便往上去了，而那裡又是另一番景象……

乾淨雪白的牆壁，馬桶是隔在漆金屏風後頭的，炕頭燒得熱哄哄的，盤腿坐上去教人直想打瞌睡；塗紅漆的洗臉架旁有一方桌，上邊擺著一臺極氣派的留聲機，大張的銅喇叭上雕有馥郁的海棠花紋。哈爺歪在炕上，半瞇著眼，抽一管石楠根菸斗，整個屋子都被上等菸絲渲染出類似麝香的氣味。

「我們小刺兒真是前世修來的福分，能去這麼好的人家。哈！」哈爺五十來歲，壽眉小眼，頭髮剃得精光，露出青白的頭皮，右耳戴一只赤金耳環，身上一件厚夾裡的綢褂子懶洋洋敞開了釦，露出一彎金錶鍊。那垂在眼角下方的眉尾為他勾勒出一臉「奸相」，像足戲臺上的丑角。

「哈爺，要多少錢您報數兒，別忒狠囉。」杜春曉也拉開架子，大模大樣講起價來。

「哈！」哈爺慢條斯理俯下身，菸斗往鞋幫子上敲了敲，地上遂積起一小撮黑菸絲，「您這是行善積德的事兒，我又怎麼敢報高價，您當人販子都是做黑心買賣呢？只填上我贍養小刺兒這幾年的吃穿用度便可，兩千大洋！不多要您的！」

「說到吃穿用度，也該是哈爺您給小刺兒吧？不是他打小被您折騰成殘疾，在街上要飯，您哪來的舒坦日子過？」杜春曉當下便給哈爺臉色瞧了。

哈爺也不動氣，還是笑呵呵道：「這位姑奶奶脾氣倒是不小。不過都是生意嘛，不分貴賤，更是錢貨兩清的事兒。」

話畢，他伸出手來做了個「點錢」的動作。

杜春曉遂拿出一卷票子，在哈爺跟前晃一晃，皺眉道：「我還想多買幾個，再領我去看一

看那些正哭著的吧！」

哈爺墨眉下那對瞇縫眼即刻發出光來，提高聲氣道：「阿龍、胖子，帶客人下去挑貨。哈！」

不知從哪裡鑽出兩個面相猥瑣，穿黑夾衣、戴皮帽子的壯漢，表情還算和善，客客氣氣將杜春曉迎下去了。剛下樓便見小刺兒在樓梯口等她，脖子仰得極高，表情急切，似是為自己突如其來的「好運」深覺恐懼。

杜春曉不由得心裡有些刺痛，便對小刺兒笑道：「沒事，你且在這裡等，我再去挑幾個便回來。」

小刺兒也不聽，像是生怕被杜春曉丟下，一路緊緊相隨，木板下的輪子轉得嘩嘩作響。那間傳出哭聲的屋子果然做成木頭籠子的形狀，四、五個孩子在裡面縮成一團，開門的當口有一點光漏進來，他們反而像受了驚嚇，躲得更遠。

三個看起來像五歲以上的孩子均是蓬亂的長髮，辨不出性別，好不容易才看清才發現他們不是盆骨變形、半身歪斜，便是四腳萎縮，兩隻手雞爪一般垂在胸前，背後高高隆起一個山丘；另兩個像是不曾斷奶的，在地上咿咿呀呀的爬行，頭顱大得出奇，拿眼白看人，轉過身時才發現後腦殼像被削平了似的。

見識到「煉獄」一般的場景，杜春曉不由得倒吸一口冷氣，捂住口鼻道：「臭死了！我要出去！」

若是再不逃，眼淚便要出來，那隻名喚「往事」的黑手又自暗處伸來，擒住了她的喉管。嬰兒的啼哭，倫敦陰鬱的巷道，貴婦的汽車駛過貧民區時對乞討的孩子視而不見的冷酷；目光淫蕩的紳士與襯裙裡散發尿味的妓女一道對著舞臺上的女人大笑，那女人發出的嚎叫越是撕心裂肺，他們就越是興奮……

她極想認清楚那隻黑手的來源，它正緩緩爬過她的脖頸，在她耳邊撫弄，往耳孔內灌入熟悉的低語：「瓊安娜……」

她瞬間僵在這逼仄的記憶裡，無可自拔。

……※……　……※……　……※……

紮肉和夏冰都對杜春曉帶回來的小刺兒束手無策。尤其是紮肉，聽聞買這樣一個「廢人」還花了鉅資，當下一蹦三丈高，罵道：「姑奶奶妳瘋啦？帶這麼個孩子回來，妳當真要養他一輩子呀？！」

「且想不到那麼多呢。」

杜春曉確實是心裡沒底，只又不肯服輸，於是低頭問正泡在澡盆子裡的小刺兒道：「既然我買了你，今後你就得聽我的，你也不必管我叫娘，稱姐姐便是。」

小刺兒當即領悟，高聲道：「姐姐！」

正替小刺兒搓身的夏冰被他這一叫，倒是笑了：「未曾想這孩子還挺機靈。」

「不機靈便要挨餓。」她看著小刺兒背上縱橫交錯的鞭痕，語氣也緩和了不少，「小刺兒，在我這裡不想挨餓的話，倒是不必出去討飯，只須老實回答我幾個問題。」

「姐姐請說！不過，小刺兒晚上要吃蛋炒飯！」小刺兒竭力仰著脖子，不讓自己的臉淹進洗澡水中。

這一看似正常的舉動，卻讓三個人都不由得笑起來。

「成！就蛋炒飯！」夏冰爽快答應，先前因杜春曉自作主張買了個「麻煩」帶出的不快也早已煙散。

「小刺兒，你今年幾歲？可記得爹娘？」

「不曉得，五爺說人命用日子來記忒麻煩，所以小刺兒愛說自己幾歲都成，最好是千歲千歲千千歲。小刺兒也不記得爹娘，懂事起就是五爺帶著的。」

「會數數兒不？」

「會！這個哈爺有教，交帳的時候用。」

「可數得出至今有多少跟你一樣的娃娃被拐進來，又被賣出去了？」

小刺兒想了好一陣，眼珠轉了幾圈，才答道：「小刺兒沒數過。」

「那五爺和哈爺買賣的那些娃娃，都是多大的？」

「都不大，全是抱著的，能哭的娃娃。」

「像你們這裡的，一個也沒賣出去過？」

「沒有。」小刺兒斬釘截鐵道：「聽阿龍哥講，像我們這些天殘地缺的，傻子才會買去！可是小刺兒會看人，姐姐絕對不是傻子！」

「嗯，說得對。這位姑奶奶絕對不是傻子，只比傻子強不了多少！」紮肉藉機嘲諷了一把。

杜春曉竟破天荒的沒跟他計較，反而問紮肉：「那件事可打聽出來了？」

「急什麼？該來的自會來。小叫花子都來了，還怕別的有什麼不會來？」

紮肉突然有些高深莫測起來。

……※…… ……※…… ……※……

「娘來了！娘在這裡！」

潘小月涕淚滂沱，懸崖底下的雲霧正緩緩上升，她隱約感覺很快便可以踏在霧上，走到對面去，那裡有虎子的啼哭正在召喚她。背後的松林裡有無數雙眼睛正在眨動，那些眼睛的主人嘴裡發出淒厲的尖叫，白色翅膀形如蝙蝠，張得筆挺，在樹間衝刺、迴旋，很快便要飛出樹林，向她追來！

她只得急急看向崖底，所幸雲霧已經沒過腳背，柔軟如酥糖。

「娘來了！娘在這裡！」

懸崖對面的那個矮矮的黑影，彷彿是命中的最後一道光，看不清卻能感受到它的存在，是良知、希望、未來，抑或其他重要的東西，能將她渾身的罪惡洗滌乾淨。

於是她急急踩上去，腳下果然空了，隨之整個人猛然下墜！她想呼救，張了嘴卻發不了聲，只能任憑自己在靜默中掉落……

眼看快要落到崖底，身體卻並未有凌空飄浮的感覺；只見疾速往上竄升的岩壁，以及棲在斷裂枝頭的禿鷲用冷冷的眼神目送她的落體……

——不要！不要！

她終於在驚恐中睜眼，身子也停止了扭動，盯著天花板上的吊燈大聲喘息，床單與棉被都已被汗水濡濕，壁爐仍是冷冷的，不見一點火星。紮肉那顆頂著雞窩亂髮的頭顱很快擋住吊燈與她對視。

「怎麼啦？做噩夢？」

紮肉撓頭的姿勢讓她覺得厭煩，於是起身掀開被子，一聲不響走到壁爐邊正欲找火柴點燃取暖，然後她又走回床邊，雙手環住他的胳膊。

擠聳在紮肉眼前的是已經熟到不能再熟的小腹數道散射狀的「閃電」，匍匐在白皙卻鬆軟的肌體上，他記得偷看杜春曉給阿巴洗澡的時候，在那啞巴的腹部見識過類似的紋路，只是更淺淡一些。這個瑕疵在他們彼此都有些心照不宣的關係裡顯得並不重要，雖刻意了些，卻也是體貼的。

「進被窩裡來，外頭冷！」

他見她赤身裸體，便有些不捨。雖然彼此間沒有「愛情」那回事，可肉體交纏過卻是事實，期間那些羞於啟齒的默契互動，在乾柴烈火之後卻必須是要停止念想，抑或假裝不去念想的。

「紮肉，那玩意兒，疼嗎？」她覺得剛剛自己的態度有些生硬，便略略找了話來講，勉強算是討好。

他亮了燈，看著自己胸口的蝴蝶，癒合的疤痕晶瑩得異常詭異。當初靠削割肉體締造的美，再怎麼精緻也終有一些怵目驚心。

「疼？疼早過去了。」

他給自己和潘小月披上長及拖地的棉睡袍，縮著脖子拉著她跑到壁爐邊，兩人一同蹲下取暖，他的模樣有些像諂媚她的天真家犬。

「一般大老爺們兒刻條龍倒也說得過去，怎麼刻的是隻蝴蝶？夠母的。」這圖案每每迫近她時，便有一股痛感自心底湧出，教她又愛又恨。

他挺起胸膛，炫耀一般晃動身子，笑道：「爺大好男兒的風采，妳也見識過了，誰敢笑話爺母？看爺怎麼收拾妳！」

她想笑，卻又忍下來，表情也跟著柔和，有了普通婦人的婉轉與觀樂。那是紮肉從前不曾見識過的潘小月。

「她叫什麼？」她摸撫他胸前那隻自血肉中破繭的肉蝶。

他偏了一下腦袋，似乎想避開這樣的問題，卻又下定決心一般，嗓音也因沉入往昔深處而變得模糊黯啞：「妳知道青雲鎮嗎？原本我是在那個窮鎮上長大的，後來因時常闖大禍，活活被爹娘打出鎮去。妳也曉得我幹的營生，保管有今生、沒來世，下地獄十九層也是註定的了，所以我對成家這回事便死了心。兩年前，我跟幾個搭子在南京設局，給一隻大羊下套，訛的是做寶石生意的富家子弟，他成日只知道喝花酒，生意也老蝕本，仗著家底厚，竟也過得逍遙自在。他家裡有個原配夫人……」

講到這裡，紮肉不由得頓了一下，像是在醞釀一些傾訴的勇氣，潘小月也不由得靠上他精壯的肩頭，給予鼓勵。

事實上，他儘管生得五大三粗，皮膚還是光潔嫩薄的，像一匹綢緞。

「那個女人叫小蝶，我與那隻羊結交的辰光去到他家吃過兩次酒，當時直覺她不過是個性格陰沉的婦人，長得也不算好看，只能算清秀吧。我們原來的打算是，買通他的鑑定師，用一批假寶石跟那廢物做生意，待交易完成後，再將他騙去妓院快活，然後點一把火，趁亂將假寶石帶走，做成妓院著火的時候被廢物自己弄丟的假象，鐵定神不知、鬼不覺。」

「孰料，那天不知為何，廢物居然在去妓院途中忽然折回家，先將假寶石安置了。計畫有變，我只得硬著頭皮潛入他的公館，想要把寶石偷出去。可惜，做老千與做賊竟也是兩回事，因動靜不夠輕，到底被小蝶撞了個正著。本來，我必須殺人滅口，可是……卻怎麼也下不了

手。小蝶沒有叫喚，手裡提著裝假寶石的箱子，就站在我跟前，求我帶她走。不曉得為什麼，我看著她的眼睛，便再也拒絕不了。」

「此後，小蝶便跟著我，而報紙上的新聞登出來，也將她寫成見財忘義的毒婦，捲了夫家的錢跟不知哪個情夫私奔了。警察四處抓的人，不是我與那幾個搭子，竟是她這個弱女子。我帶著小蝶，一路自南京逃到蘇州、再到溫州，往四川方向逃去。一路上都是小蝶的通緝告示，她到底還是在一間荒郊客棧被認出來，於是那廢物與巡捕一道氣極敗壞的上門來逮我們，我們逃到一間廢宅子裡，將門封得嚴嚴實實，他們進不去，便用火攻，要把我們薰出來……」

紮肉眼眶泛紅，聲音隨之哽咽：「當時已是走投無路，我為了護她，從樓梯上摔下來，碎木片扎在胸口上，出了許多血，當下昏死過去。待醒來的時候，卻見自己身處地窖，還被裹上了濕毯子，小蝶不見了。我發瘋似的找她，卻不見蹤影，直到看第二天的報紙才知道，安置了我以後，她自己爬上老宅的房頂，縱身跳下……」

潘小月握緊了他的手，他似乎還沉浸於過去，整個身體都在震顫。

「據說，小蝶跳下的時候，渾身是火，頭髮都燒著了，風一吹，整個人熊熊燃燒，像鳳凰涅槃，她跳下之前，還大喊『老天爺！這回我可真去了！』……老天爺……這回我可真去了……」

「紮肉，未曾想你還有這樣的過去。」

「妳若不問，我怕是永世也不會再提。」

「那為什麼又要告訴我？」她問得有些任性。

他沉默不語，只從後頭抱住她，將鼻子埋進髮間，她的頭髮裡有一股香甜的食物氣息。

「紮肉，今後你莫再四處闖了，就跟著我。」她驀地翻過身，將一隻耳朵緊貼住他心口，那顆心跳得「突突」的，似乎還有諸多情緒要發洩，卻又開不了口。

「我在這裡能做什麼?除了騙，就一無是處了。」他唇角浮起苦笑，「待我還清了債，妳怕是趕我走都來不及吧。」

潘小月扁一扁嘴，輕輕在他的「蝴蝶」上掐了一把，道：「你若想還我債，倒也容易的，待過幾日，我將賭坊最大的生意交予你來辦便是了。」

「還是不要，姑奶奶。」紮肉連連擺手，「怕是越做欠的債越多，跟姑奶奶妳談交易得不要命，我卻想多活幾年。」

「這又是什麼放屁的話?偏要你來做，不做不成!」

她眼神迷豔如貓，可見是沉迷在紮肉的悲情往事裡了，然而有些秘密卻還是緊緊把守，比如堅決不讓對方觸碰她腹部那幾道「閃電」的由來。

有秘密的女人，總比天真少女要患得患失一些，因男人要就不愛她們，要就愛死了她們。

次日清晨，紮肉哼著揚州小調在杜春曉跟前得瑟，小刺兒笑道：「肉哥是撿到金元寶了吧？這麼高興！」

「他自打吃上軟飯之後便是這副德性，甭搭理他！」杜春曉不冷不熱的諷道。

「好！姐姐，這可是妳說的！」紮肉遂轉向夏冰，道：「這位小哥，你來評評理，如今咱們倆到底誰是光吃不練的主？你的女人大手一揮就丟出去兩千元，不但什麼線索也沒撈著，還帶了個拖累回來……哦，小刺兒，哥這麼講你可莫往心裡去啊。」

「小刺兒不往心裡去，只要肉哥晚上請小刺兒吃刀削麵！」小刺兒興奮的仰著腦袋，看起來的確沒往心裡去。

紮肉當即不再搭理小刺兒，繼續道：「小爺我呢，嘿嘿……雖然也是花了點兒本錢的，不過到底還是打聽出大事兒來了！」

「你是講那咱們去不到的賭室，你拿到通行證了？」

「何止呀！」紮肉忘形得來回踱了幾步，道：「今後，那賭室就是我紮肉的！」

杜春曉不由得眼睛一亮，笑道：「喲，怪道他這麼得意。可見昨兒是鞠躬盡瘁，險些死而後已了吧？」

「哪能啊！這不是睡不睡的問題，像潘小月那樣的女人，伏身不如伏心。」

「那肉哥倒是說說，怎麼個伏心法呀？」

紮肉露出一臉狐笑，道：「女人嘛，都愛聽故事。姐姐妳也曉得的，我紮肉可是最會編故事的人。」

…※…　…※…　…※…

譚麗珍兩條腿架在長凳上，兩邊各擺一只小香爐，裡面插著用黃紙捲成長條的艾草，拿火點了，煙霧四處瀰繞，整個房間都是她安胎的痕跡。

鳳娟坐在一旁蹭住炕頭取暖，頭一低一低的，眼睛已睏到睜不開。譚麗珍原想放過她，可轉念記起那碎蟑螂的事，又不甘心，於是撿起一只鞋狠狠砸到那蠢丫頭腦殼上，她驀地驚醒，睡眼朦朧的撐起上半身，搔搔脖子，低頭看到那只鞋才醒過神來，遂忍氣吞聲將它拾回譚麗珍腳邊。

「妳最近是鬼上身呀？被男人睡過了不起呀？啊？」

正罵著，大姨婆走進來，笑道：「小心動胎氣，不知道自己在幹嘛呀？」

「嗯……」譚麗珍臉上即刻堆出笑意，拉過大姨婆的手往自己肚子上一摁，道：「瞧瞧，胎位可正了？」

「唉喲！小祖宗投胎也沒那麼快！」大姨婆話衝著譚麗珍講，眼角卻是瞟著鳳娟的。

「妳可是新來的？叫什麼？來多久了？」

想是對鳳娟有些好奇，大姨婆竟坐下來仔仔細細打量她。

「叫鳳娟，才來了幾天。」鳳娟垂下頭，揉一揉眼睛，老實答道。

「嗯，走近些我瞧瞧？」

鳳娟腳步遲疑，往前挪了幾步，大姨婆遂拉起她的手瞧了，又看著她的鞋面好一會兒，方笑道：「姑娘，近來身子有些乏吧？可吃得下東西？」

「什……什麼意思？我……我……好得很……」鳳娟神色惶恐的往後退了兩步。

倒是譚麗珍尖笑起來：「哼！早說這丫頭不安生！」

「妳可是進來之前就有了相好吧？如今他在何處？這眼見著肚子越來越大，總要有個交代。」大姨婆眼中流露母性的慈祥。

「大娘呀！」鳳娟再也撐不住了，一頭跪倒在地，哭道：「如今我也不知道怎麼做才好了！」

「麗珍呀，我帶鳳娟出去外頭緩一緩，瞧她都鬧得不成樣兒了，吵著妳也不好吧。」說畢，大姨婆便將哭哭啼啼的鳳娟拉去外頭了。

譚麗珍實是想聽些八卦的，被大姨婆如此一說，倒不好堅持，只好不情願的點一點頭，戀戀不捨錯過了這個看好戲的機會。

這邊廂，鳳娟倒是一股腦兒向大姨婆坦白了，原是她早在家鄉便與醬油店夥計好上了，因父母已在外頭給她許了一門親，她死活不肯，眼看肚子也日漸鼓脹，快要瞞不住了，這才寫信向堂哥求助。所幸沈浩天得知情況後也並未嫌棄，反而催她快些過來，於是她便與那夥計雙雙私奔至此，孰料接到的竟是噩耗，於是兩人只得裝作陌路，分別進到賭場裡做事。

那夥計叫楊樹根，現正在老章底下接受訓練。賭坊內，兩人亦隨之展開了一段「地下情」，他們總在夜半無人時偷偷約會，親個嘴，說些安慰的話，商量著暫做一、兩個月，湊夠了路費便去別的地方落腳，以正式夫妻相稱，把孩子生下來。

大姨婆聽完，又是搖頭又是嘆氣，拉住鳳娟的手安慰道：「不如去跟妳老闆講一下，妳看譚麗珍也這樣，老闆善心一發便照顧她安胎，妳這裡……」

鳳娟一聽，非但沒有感激，反而更急了，撲通一記跪倒，哭求起來：「大姨婆呀，可千萬

莫傳出去呀！我和樹根在這裡只是暫時落腳兩個月，待掙到工錢了便走，不想去哪裡都落得風言風語的……譚姑娘不一樣，她是無親無故。」

「也對。」大姨婆忙扶了她起來，道：「既是這樣，那就各自為安，我當不知道，等一下進去解釋講，是弄錯了吧。」

鳳娟千恩萬謝，臨走還塞了幾個大洋給大姨婆，竟被她拒了。

楊樹根書唸得不多，記性卻極好，腦子又活絡，在醬油店裡做生意都用不著算盤幫忙，於是賭桌的活也是極快便上了手。只有一點不大好，他自己也喜歡賭兩把牌九，無奈賭坊定下過死規矩，荷官一律不准私下賭搏，否則是要被斬手指掃地出門的，他只得忍了。但來日一久，他便看出些門道來。

荷官天天看錢財流進流出，哪有心不癢的，於是幾個人偷偷在近郊某處造了一個乾打壘，領到薪水的、輪班之後想過過癮的，便三五結伴去那裡耍幾把，因各種伎倆都略知一二，誰也甭算計誰，都是虛張聲勢、硬碰硬。

原本新來的夥計是沒資格加入的，所幸楊樹根略通些推拿，用那不太純熟的技術百般結巴一個領班，總算被允許揣著身上僅有的幾個錢去玩了一次，雖只贏了些香菸資，也夠他高興的，於是這幾日又琢磨著要再撈些閒錢。

賭坊總是在天濛濛亮的六、七點鐘打烊，也不用趕客，賭棍們到了那個鐘點都自動會走。接下來便是放工後的荷官找樂子的時辰，也有匆匆回去睡覺的，但到底不多，大家還都被賭坊內散發的提神香氣吊著精神。於是楊樹根也穿得嚴嚴實實，與幾個荷官一道出門。

幾人因怕顯眼，自是往後門走的，想翻過那石牆出去，孰料剛踏進後院，卻見走在前頭的領班臉色煞白的折回來。

「有……有人……死了……」那領班顫巍巍指了指後院方向。

楊樹根仗著膽大，便走出去瞧了。

空地上只豎著一根木樁子，空空蕩蕩，積雪在陰沉沉的天色下顯得尤其髒。

「哪兒吶？」他以為領班開玩笑嚇人，便轉頭笑道。

「上……上面……」

樁子上，正坐著一個駝背人，亂髮飛揚，鬆垮垮的厚棉衣下襬被風吹得一掀一掀。

他徑直跑到木樁底下轉了兩圈，才喃喃道：「唉呀，媽呀！這人……是怎麼死在這上頭的？」

藉著晨曦微光，他終於看清上頭的是個老太婆，穿著墨綠褂襖，兩隻粽子形狀的小腳輕輕

晃動，嘴巴癟癟的，正用茫然的雙眼盯著他。他想了半日，方想起鳳娟講過幽冥街上的一個穩婆識破她懷孕的秘密，於是驚恐之餘還略略鬆了口氣。

然而到了杜春曉那裡，事件便不是那麼簡單了。

大姨婆一死，杜春曉便將在賭坊做事的女人都叫攏過來，除去被這噩耗搞得心神不寧的譚麗珍。

杜春曉說話是一如既往的開門見山：「各位姑娘，誰若是肚子裡有了，今天傍晚之前，私下到我這裡來給個交代。」

話一說完，女人堆裡便竊竊私語，有忿忿不平的，有啞然失笑的，有沉默不語的，也有大驚小怪、抓著身邊人講個不停的。其中一位脾性潑辣些的，當下便為難道：「哪有讓人交代這些醜事的道理？這不是要毀人名節？」

「名節？！」杜春曉冷笑道：「在這裡成天被客人摸屁股，就不怕壞了名節？少廢話啊，識相的到點之前來我這裡，到時若沒來交代，妳們也曉得我算牌準得很，當眾讓妳們挨個兒算一遍，把事情揭出來，那可有得瞧了！春喜，妳喜歡哪個男人的事兒可是我算出來的？銀畫，妳前兒把祖傳玉鐲丟了，可是我用牌給妳找著的？還有菊芳、唐喜、花姑，妳們都聽好了，別以為我做不出來！」

「妳明明沒給我算準……」

一位用火鉗將髮梢燙枯的姑娘嘀咕了一聲，全場啞然，似乎在掂量杜春曉這份要脅的可信度。

「沒算準？」杜春曉摸了摸下巴沉吟道：「我記得妳問的是妳跟東街頭那個……」

「沒沒沒！準的！準的呀！」那姑娘即刻神色驚慌的附和，將身子縮到了最後邊。

「好了，我再重複一遍，怕有些沒帶耳根子來的聽不清。傍晚吃飯的辰光過來找我，否則後果自負。現在，都散了吧。」

杜春曉輕飄飄坐下，將塔羅牌置於桌子中央，彷彿擺了一套刑具，可隨時鞭韃任何人。

結果到傍晚時分，來主動交代的只鳳娟一人。

「並不是存心要瞞著，只咱們也是暫時在此處落腳，未曾想這裡那樣荒涼，待過些日子還要找個安生些的去處。我與樹根的事體若是告訴了老章，他必定不讓我們一道進來做工的，這才撒了謊，只說都未成家，互相也不大認得。」

想是這姑娘對杜春曉的行動有些摸不著頭腦，說話時眼珠子都不敢往上瞟，只盯住自己的兩隻腳尖。

杜春曉正捧著碗吃飯，一面吃、一面聽講，嘴巴從未閒著，小刺兒趴在炕上奮力啃一塊排骨，紮肉還笑他「挺有狗樣兒」。

「那大姨婆可知道妳懷上了？」

鳳娟微微點了點頭。

杜春曉冷笑道：「也是，妳成日待在譚麗珍房裡頭，終會在穩婆跟前顯形。」

「如今大姨婆卻死了……」

鳳娟傻裡傻氣的補了一句，倒讓杜春曉覺得她單純，於是安慰道：「我不過是有些事要查，所以問問。妳莫要掛心，還與從前一樣便可。」

對方的神情這才放鬆了些，忙不迭跑出去了。

杜春曉此時也吃完了飯，擦過油光光的嘴之後，桌子一拍，道：「咱們很久沒去聖瑪麗看那幫小兔崽子了吧！」

……※……　……※……　……※……

聖瑪麗的晚餐會是費理伯最期待的，因莊士頓給了他一個生日——也就是今天，所以他能額外吃到一碗油汪汪的蛋炒飯，莊士頓還會在他的聖經上放一小包芝麻糖。

費理伯有時候覺得，他之所以會活過十三個年頭，捱過一個又一個飢腸轆轆的日子，就只是為了每年的這一天，比復活日過得還精彩，因為復活日他們準備儀式、舉辦彌撒得耗費大半天，人早已累到虛脫，哪還有力氣吃東西。

但今天的費理伯卻沒有動過一口擺在面前的蛋炒飯。蛋炒飯聞起來很香，安德勒看他的眼神裡滿是詛咒，費理伯猜想如果自己在這一刻突然死亡，安德勒做的第一件事絕對是搶過他的飯碗大吃特吃。所以，費理伯用一抹譏笑回贈安德勒。

安德勒果然越發惱怒起來，吞了一下口水，問道：「你不吃嗎？」他到底按捺不住，滿心希望費理伯說身體不舒服，然後把美食推到他搆得著的地方。

孰料費理伯搖頭道：「我等一下吃。」

他很討厭安德勒盯著他，像狼在獵物四周不懷好意的徘徊，而且他已餓得頭暈眼花，倘若安德勒趁神父不注意的時候過來搶，他根本就沒有反抗的力氣。

所幸安德勒吃完自己的那份餐點後，便與祿茂一起離開了。費理伯偷偷鬆了一口氣，將蛋炒飯倒入一個布袋子，裹在腹下，走出了用餐室。

不知為何，這幾天的風颳得特別大，中午日頭很烈，一到傍晚便開始陰冷，雖不刺骨，總

歸還是教人心灰意冷。布包裡的溫熱食物讓費理伯有了一點力量，在天變得全黑以前，他必須用身體保證它不會變冷。

飯裡的油腥滲透布包黏滿他的兩隻手，他小心翼翼回到房間，坐下，將黏手上的油漬仔細舔舐乾淨，遂將布包裹外邊又加了一層黃紙，再將它塞進被褥。這樣做是為了盡量讓食物的油香不至於在房間內瀰漫，被阿耳斐聞出來。雖然他並不擔心這位外型文弱的室友，卻無法相信自己抵制食欲的功力，萬一受香氣誘惑，把飯吃掉了怎麼辦？他不能冒這個險。

做完夜間祈禱，費理伯未脫長衫便躺進被炒飯焐得稀濕的被窩裡，屏息等待夜色降臨，雖然他已經非常疲累，但一想到那件事，五臟六腑便遏止不住的歡騰。在這樣隱秘的激動裡捱了很久，他隱約聽到阿耳斐平衡緩長的呼吸，遂猜想對方已經睡著，於是從被窩裡挖出那包食物，穿上布鞋，悄悄出門。

他真的很餓，內心卻已奏響幸福的凱歌，因為也許無法把蛋炒飯吃個過癮，但吃到冰糖也是一樣的，所以……想到這裡，他整個人已如踩在雲端。

穿過小徑的時候，費理伯慶幸沒有下雪，雖然冷空氣每每擦過皮膚都會產生刺痛，他想用深呼吸取暖，卻更加的冷，只好盡量把臉縮在斗篷裡，用布蓋住口鼻。

踏入鐘樓的每一步都讓費理伯齜牙咧嘴，感覺手中那團食物已經完全沒有了溫度，他不由得急切起來，於是加快了速度。

突地，一條人影閃過，頭髮很長，腳步悄然而急促，往紅磚砌成的樓梯上移動。

「姐姐！」費理伯壓低嗓門喚那人影。

她似乎沒有聽見，繼續往上走，他只得跟住她，嘴裡不停喚「姐姐」，然而她的行動總比他要快上許多，身影只能讓他看清個大概。可即便是那一丁點的線索，卻已令他興奮，甘願追隨一世，於是他緊緊抱住蛋炒飯，跟著那背影往樓上走去。

頂層的銅鐘靜靜垂掛於正中間，在雪光的反襯下散發詭異的幽藍色冷光，彷彿裡面至今仍掛著瑪竇的人頭。

「姐姐。」費理伯將飯團舉起，「給妳送吃的來啦。姐姐？」

「姐姐」沒有答他，只是縮在鐘後，一隻被凍得有些僵硬的枯手緊緊抓住外翻的鐘唇。

費理伯忙上前把飯團遞出，那隻手像是嗅到了蔥油香，五指忽悠變得靈活，抓過了飯糰，便沒有動靜了。費理伯小心挨近了一些，又挨近一些，他並沒有更大的奢望，只想在下去偷吃冰糖之前再看一看她。

「姐……」

那聲飽含深情的呼喚被一股窒息的力量硬生生勒進了喉嚨，他瞬間失去了呼吸，頭顱變得

躁熱，血管內的血液疾速而艱難的循環，但他預感到很快身體的每一寸都會僵化，動彈不得。於是他拚命抓撓那根纏在他脖頸上的鐘繩，無奈越抓繩子收得越急，手上的油漬太滑，令他失去僅有的反抗機會。

很快，費理伯聽見耳朵裡的血液在「嗡嗡」慘叫，口中發出垂死之際的「咳咳」聲，他竭力想畫個十字，接受耶穌的召喚。

雙腿已經離地，神用一隻無形的手，將那孩子的頭部往上拽。

——這就是上天堂的感覺？

費理伯滿心都是恐懼，開始懷疑莊士頓從前那些說教的真實成分……根本沒有流出奶與蜜，根本沒有天使的號角吹響，只有靈魂正被擠出肉體的恐懼！

正值絕望之際，費理伯突然喉間一鬆，隨之重重墜地，空氣猛烈的灌入他的肺腔，五官知覺瞬間恢復正常，遂聽見一個女人歇斯底里的嚎叫。他知道死神剛剛離開，於是爬起身來，卻見兩個黑影糾纏在一起，銅鐘隨著兩人的扭打劇烈晃動起來。他大張著嘴，捂住剛剛被勒得赤紫的喉管，手足無措的觀戰。

「姐……姐姐？」

「姐姐」似乎聽見了費理伯嘶啞的呼喊，其中一條黑影猛地向他撲來，他身體後仰、失控，隨後便整個騰空，在寒夜裡「飛翔」……

墮落之際，費理伯看見鐘樓底下已站著莊士頓神父與若望、阿耳斐他們，所有人都高舉著提燈，面孔向上，仰視他疾速墜落的軀體。

——這就是我的幸福？

費理伯浮出最後一個念頭之後，腦殼便在堅硬的地面上砸裂，唯獨那一碗蛋炒飯的暖意還在他冰冷的指間迴盪。

……※…… ……※…… ……※……

「這是什麼意思？」

紮肉一臉茫然的看著教堂柴房內被綁著的兩個女人，都是瞳孔顏色藍藍綠綠的異國客，只是一個紅髮鬣張，面孔蒼白，一對生滿凍瘡且流膿的赤腳自發臭的皮草下露著，年紀暴露在眼瞼與嘴角的紋路裡；另一個則是金髮飛揚，穿著毛茸茸的氈襖，面有抓痕、鼻子通紅，嘴裡噴著白霧。

杜春曉一見這兩位便樂開了花：「喲！還真是得來全不費功夫！瞧瞧，這兩位冤家都在呢！」

莊士頓的表情很尷尬，因為那紅髮的喬蘇每每看見他進來，便故意俯低身子，露出領口下的一隻乳房；而金髮的阿巴見她如此放浪，便氣得哇哇亂叫，奮力抬起被綁住的兩隻腳蹬她。夏冰好不容易才把憤怒的阿巴拉到一邊，卻依然無法阻止兩人的怒目而視。

「費理伯死了。」莊士頓用哽咽的聲音緩緩說道：「這孩子不知道為什麼半夜要去鐘樓，從那裡摔下來……我們上去的時候，就看見她們在那兒廝打。」

「知道原因嗎？」杜春曉聽聞又有少年橫死，臉色亦隨之沉重，不再衝阿巴嬉皮笑臉了。

莊士頓搖頭：「不知道，喬蘇說是那個啞巴女人要殺費理伯，她奮力上前阻止，結果還是有人喪命。」

「那你幹嘛把喬蘇綁起來？」紮肉深感不解。

「為了公平。」杜春曉接口道：「因為另一個人不會說話，所以無法證實喬蘇是否說謊。只有各打五十大板，才能不被迷惑。」

「沒有錯。」莊士頓抬了抬下巴，表情很莊重。

「現場還曾發現什麼？」

「蛋炒飯……」安德勒搶道：「昨天是費理伯生辰，所以神父給他一碗蛋炒飯，鐘樓上散了一地的蛋炒飯，費理伯衣服上也全是，像是把飯塞在裡邊了。阿耳斐說，連他被子裡也有蛋炒飯的油。所以當時，他應該是把飯藏在衣服裡邊，要留給誰吃的。」

石膏像一般的若望在一旁開口：「她們中間必定有一個是凶手，卻不知是哪一個。」

杜春曉面向半裸的喬蘇，說道：「那就先聽聽能開口說話的那一位吧。」

喬蘇那張滄桑的臉懶洋洋抬起，神色異常冷漠：「因我有性命之憂，只能找這個教堂來躲著，藏在鐘樓裡頭，身上帶的東西都吃完了，餓得不行。所幸那孩子在鐘樓打掃的時候看見我了，我求他別告發，給了他兩塊錢，後來他便天天給我帶吃的來。昨晚我照常在老地方等他，未曾想左等右等都沒來，卻聽見鐘樓上有些動靜，跑上去一瞧，那啞子正用鐘繩勒著他呢！我情急之下，便抱住她大叫，可恨這啞子瘋了，居然還是把他推下樓。」

阿巴像是聽懂了喬蘇的話，竟再度跳起，將頭拚命往喬蘇的腰腹撞去，被眼明手快的紮肉抱回。

杜春曉卻彎下腰來，掰起喬蘇的下巴，拿一對犀利的眸子逼近喬蘇那張不堪的面孔，一字一句道：「既然那孩子這麼照顧妳，如今他死了，也未見妳掉過一滴淚，可不像是昨晚會拚了命救人的樣子！」

兩人已近得能聽見彼此的呼吸。

這樣長久的對峙被喬蘇的一串狂笑打破，她笑得表情扭曲，眼白滲血，好不容易才平息下來，對杜春曉道：「因為現在我知道，那孩子該死。」

若望的花房依然保持著「世外桃源」的夢幻，只是這一次，陪他享受仙境的是另一個死人——費理伯。如今這孩子身上油津津的罩袍已被脫下，若望用灑了香草粉末的清水為他清潔皮膚，雪白的手在費理伯的死灰色皮膚上移動。

門外傳來阿耳斐的聲音：「若望哥哥，神父大人託我來問一問，可把費理伯收拾好了？」

「還要再等一等。」若望又將手指連同拭布一同浸入冰水。

「啊？哦……」

儘管隔著門板，若望還是能聽到阿耳斐的遲疑，他只得嘆一口氣，道：「進來吧。」

門應聲而開，阿耳斐穿過落英繽紛的乾花花簾，走到若望跟前，看著頭顱塌陷的費理伯。

「阿耳斐，在天主面前，我們是最親密的兄弟吧？」

阿耳斐點頭，與若望一道為費理伯換好袍子，過程緩慢、艱難，卻意外的平和。在親歷三次徒友死亡事件之後，他們似乎已經將「恐懼」驅除出了「字典」，更何況相比賽瑪與西滿被挖去眼球、綁紮頭顱的驚悚，費理伯的死態已經算非常「平和」了。

「那個……有冰糖嗎？」阿耳斐的聲音氣若游絲，額頭蒙了細汗，像是對費理伯的灰色屍身有些無所適從。

若望看著阿耳斐，沒有說話。

柴房內的喬蘇被鬆綁，是杜春曉的主意，依她的說法便是：「諒她也不敢怎樣，倘若要跟老娘耍花腔，將她直接交給潘小月便是。」

這一講，喬蘇反而哭鬧起來，大叫：「你們該死！你們都該死！既然不信我，就把我送潘賤婦那裡去！我不活了！」

她邊哭邊一把抓住杜春曉，擺出要找對方拚命的架式。

杜春曉也不急不惱，反而一把將她抱住，喬蘇只覺得雙臂被勒緊，整個人在對方懷中動彈不了半分。只見杜春曉咧開嘴，露出一排黃漬斑駁的菸牙，笑道：「妳倒是說說，那孩子怎麼就該死了？」

喬蘇掙脫不掉束縛，便用盡力氣啐了杜春曉一口，罵道：「這裡不乾淨！這些孩子也都不乾淨！早死早超生！」

「她該不是真瘋了吧？」夏冰忙上前替未婚妻擦去掛在眉毛上的唾沫，嘀咕道。

「真瘋還是假瘋，試一試便知。」

說話的人是若望，後頭跟著神色恍惚的阿耳斐。

「若望，都安置好了？」莊士頓顯然更關心費理伯的葬禮。

「好了！都好了！」阿耳斐搶先回答，似是要以積極的態度掩蓋某些情緒上的秘密。

「這裡所有的人都知道，阿耳斐是妳的親生兒子。」

若望的話，像是一柄突然刺出的利劍，直抵喬蘇心口，她果然停止哭鬧，怔怔看著少年老成的「雪人」，石灰般的膚色將他的眼白襯托成淡黃。

「雪人」將阿耳斐推到屋子中央，猶如展示一件沒有生命的古董。他圍著阿耳斐緩緩打轉，伸手掰開阿耳斐的眼皮，讓他的眼球整個暴露，遂道：「看看我這位兄弟，他的眼珠、他的膚色、他的鼻子，嘖嘖……這是神和他的父母共同的傑作。喬蘇女士，妳若是不道出真相，我們自會按照教堂的規矩來辦。」

「辦……辦什麼?!」喬蘇一臉淒怨的看著神色恍惚的阿耳斐，「天主不是仁慈的嗎?我還每個禮拜在你們的募集箱裡塞錢!」

「神父大人。」若望忽然轉向莊士頓，正色道：「瑪竇死了之後，你抽了猶達幾鞭?」

「二十鞭。」莊士頓神情嚴肅的回答。

「為什麼要給猶達肉體上的懲戒？」

「因為他與瑪竇同房，瑪竇半夜出去的事情他知道，所以我施以這樣的懲罰，告誡你們每個人都要愛護自己的同胞，將對方的生命視作自己的生命。沒想到，災難還是會發生……」

「現在死的人是費理伯，與他同房的阿耳斐是否也該受到一樣的嚴懲？」

莊士頓呆了半晌，勉強點了點頭。

「那麼……」若望從身後拿出一條末梢散成幾片的黑色皮鞭，畢恭畢敬的拿到神父跟前道：「請動手吧。」

莊士頓只得接過，走到阿耳斐跟前。

夏冰正欲上前阻止，卻被杜春曉一把拖住。

一場莊嚴肅穆的酷刑即將開場，所有教徒都摒住了呼吸，事實上他們每個人都覺得這皮鞭早晚要抽到自己的背上，只是在那一天未來之前，心理的煎熬遠比肉體的痛楚要難過。

「哦！原來你堂堂一個神父，所謂的大善人，居然還會打孩子？」喬蘇好不容易回復常態，將驚訝轉為冷笑，「也罷，今兒倒要看看大善人是怎麼行凶的。」

說畢，她便一屁股坐在柴堆上，不知從身上哪裡翻出一根菸並一盒洋火，點上抽起，動作倒也輕鬆俐落。

把阿耳斐的袍子褪下的時候，紮肉甚至能將若望臉上的狐笑看得一清二楚。阿耳斐那脊梁如蜈蚣一般自股溝上方延伸至脖梗的背部，因低溫刺激而突起無數的雞皮疙瘩，肩膀的起伏暴露他緊張的呼吸。

莊士頓揚起鞭子，自那張細瘦的背上掃過，很重，發出「啪」的響聲。

這一鞭，將喬蘇的眼淚抽下來了，她將拳頭塞進嘴裡，似要把幾根手指一一咬斷。

鞭聲沉悶而空洞，每一下都讓阿耳斐自鼻孔裡喘一口粗氣，那聲慘叫被硬生生壓縮成急促短暫的「唔」，釘子一般掉落在地。

這樣的場面令氣氛無比壓抑，連阿巴都停止了憤怒的狂吼，安靜的張著嘴，旁觀這殘忍中帶有獨特惡魔之美的一幕。冷汗與血漬一齊自美少年的身上滴下，他緊皺眉頭，用緊繃的軀體反抗痛苦。

「別打了！」喬蘇突然大叫。

莊士頓的鞭子適時停下。

「是我……其實是……」

她已是淚流滿面，上前將棉袍子拾起，欲蓋上阿耳斐的裸背，卻被阿耳斐一把推開，那美少年額上浮著一層細汗，表情非常嚴肅。

「不行！那是麻料做的土布，會使傷口靡爛。」

話畢，若望從袍子底下掏出一卷白紗布，並一個瓷瓶，將瓷瓶中的淡黃粉末撒在阿耳斐背部怵目且縱橫的鞭痕上，阿耳斐這才發出一記痛苦的嗚咽。

「我現在給他消毒止血了，但是如果接下來妳只要說一句謊話，剩下的十鞭就會繼續，剛剛上的藥不僅全部白用，還會腐爛蝕骨。」

喬蘇一臉錯愕的看著若望，彷彿不相信眼前這位膚色詭異的病態少年會有如此狠毒的城府，她模糊記得他是莊士頓養的最羸弱的孩子，每每去做禮拜，都會看見他站在最後邊，用窗簾之類的東西遮擋自己，直到她從懺悔室裡走出來，他才會突然跑上前抓住她的衣角，以可憐巴巴的語氣道：「娘，我是天寶啊，妳不認得我了？」

宛若剝皮的羊羔。

眼前這隻「羔羊」突然顯露狼性，銀髮底下那張肉粉色面孔已全無先前的稚氣，雪白的小「惡魔」就在她眼前用刀片一下一下切割她的心肝。莊士頓彷彿被他控制的一個玩偶，只是機械性的動作，雖面色悽愴，手腳卻在聽他人使喚。

「是我殺的！」喬蘇一把奪過若望手裡的紗布，為阿耳斐包紮起來，「都是我幹的！我原本是想在這裡避一避難，讓那小弟弟給我送吃的。誰知道，他說在這裡老吃不飽，我給他的錢又不夠多，說是想逃出這裡，我轉念一想，不如殺人滅口吧！」

「如此說來，前頭聖瑪麗那幾樁命案便與妳無關？」夏冰忍不住追問。

喬蘇眼前掠過一絲幽暗的悽楚，遂道：「還有人死？果然是天意……」

「什麼……什麼天意？」

發問的是面色鐵青的莊士頓。

「復仇的天意！」

喬蘇兩眼充血，額角浮起一根青筋，在紅髮下格外扎眼。

「妳與潘小月的仇怨，和聖瑪麗的教徒有什麼關係？」

杜春曉貓腰上前，蹲下身子，幫喬蘇為阿耳斐身上纏繞的紗布打結。

喬蘇抬頭，用古怪的眼神看著杜春曉，似是要傾訴，又更像是看見某個讓她詫異的東西……

她看見了什麼？地底冤魂的手？費理伯腦漿四濺的最後時刻？阿耳斐背後滴血薔薇般的傷口？她是如此緩慢的抬起手，撫摸阿耳斐背上的紗布，對著杜春曉浮出生命裡最後一絲苦笑，遂將一件東西交予她手中。

「這就是答案。」

喬蘇的遺言與口中一串黑色黏液一道流出，白色胸膛被液體染成踏雪賞梅的幻影。過了很久很久，喬蘇那跪坐於阿耳斐背後的肉體才轟然倒地。

杜春曉緩緩打開右手，喬蘇臨死前給她的是一張塔羅牌——甜蜜如斯的戀人牌。

第五章

顛倒的愚者與死神

譚麗珍已捱過了妊娠反應的折磨期，所以舒坦得很。鳳娟也不知為什麼，這幾日竟老實了許多，雖有些心神不寧，可伺候得也還算周到。老章每天清晨都要過來打個招呼，問她需要些什麼，夜間賭場開張之前便會託人送進來。

這樣的「少奶奶」生活，譚麗珍偶爾也會覺得不真實，非親非故，不過是為這裡打工的孤苦女人，人微命賤，何德何能受老闆如此照顧？

這樣想著，思緒便又拉回到她出來買糕餅吃的那個傍晚，罩著漆黑斗篷的神秘人物以男女莫辨的陰綿聲調告誡她：「快走！」

走？走到哪裡去呢？她只是一個孤苦伶仃的孕婦！

想到這一層，譚麗珍不由得苦笑，在寂靜深夜裡翻了個身，直覺有一隻小手在腹內抓撓了一下，又熱又癢。於是像要回應那嬰兒似的，她伸手撫了一下肚皮左側那個微妙的突起，那突起便漸漸平息下來，那未出世的孩子是在與她捉迷藏。

那是活的？！

生命的律動令她百感交集，瞬間便將從前要把這孩子賣給人販子的念頭打消得乾乾淨淨。

「唔……」鳳娟在另一張鋪上翻了個身，睡得很熟。

儘管賭場內現在正是沸反盈天的辰光，噪音卻被牆壁上釘著的棉胎布吸得乾乾淨淨，所以

賭場以外的地方就是另一個世界。

一隻手驀地蒙上譚麗珍的嘴，潮濕而緊密，卻有一股教人放心的力道，恰巧讓她張不開嘴叫喊，卻能順利呼吸。

「有把刀正頂在妳肚子上，可覺得出來？」

那陰綿的聲音再度喚醒她的回憶，她早已感知有一個硬物正威脅胎兒的「安樂窩」。

「我會把手放開，可妳若叫出一聲，我就把妳的肚子剖開！」

她僵硬的動一動頭顱，表示完全接受，那隻手果然移開了，憋悶感隨即消失。然而，肚皮上的那個硬物卻轉抵在了腰後，嚇得她即刻咬住嘴唇，努力不吭一聲。暗地裡，她也有些安心，對那目的不明的不速之客並無實際上的恐懼，甚至隱約有一絲期待，想看清楚對方的真面目。

「下床，跟我走，動作慢一些。」

移下床的辰光，她不由得轉頭看了一眼鳳娟的床鋪，那小蹄子正發出輕微的鼾聲。

譚麗珍已記不得是如何走到那蹊蹺的半層中間的，這地方介於地下室與賭場中間，由下樓道其中的一個暗門進去；她之所以看得清楚，兼因那神秘人還提著一盞燈，一團桔黃色的光自背後照清了前路。

那一層半埋於地下的房間，譚麗珍曾聽一些荷官提起過，他們稱之為「半仙房」，因裡頭進出的客人皆由潘小月、老章等幾個要人親自接待，想是極為尊貴的，所以唯「半仙」才進得。於是她去問沈浩天哪些人才算「半仙」，孰料對方登時冷下臉來道：「管好咱們自己的事，不該知道的少打聽！」

如今，那「不該知道」的地界，卻有人拿刀押著她去瞭解，譚麗珍想來覺得有些好笑，又不敢失態，只得屏息繼續往前。

通往「半仙房」的所謂的「暗門」，其實並不在暗處，卻是清清楚楚的一對玄色木門，拿銅鎖扣著，有些拒人千里的陰冷。

「打開。」

話音剛落，她眼前那團黃光近了，手裡又多出一把鑰匙來。這次她已氣定神閒，知道自己暫無生命危險，且神秘人身上有一股令她迷醉的氣息，她曾在沈浩天身上聞到過同類的味道，是情慾與男性魅力打碎磨合出來的「迷藥」。

譚麗珍推門踏入之際，頓覺舒服無比，富麗堂皇的銀絲線牆紙、地毯上盛開著大團大團的曼陀羅，一頂較賭場天花板上更華麗的枝形吊燈發出刺目的光，四根血紅廊柱下放著青銅龕

爐，每一個都自鏤空的蓋頂邊沿伸出三個怒目圓睜的獸頭。廊柱中央擺有一張胭脂木圓桌，正前方一片似用石磚疊起的臺階，上方一簾紫紅色天鵝絨布垂著，似是後邊有一片窗戶被遮起，她轉念一想又覺得不可能，因那是地下半層，哪裡還能安上窗子？

神秘人在背後輕輕推了一把，示意她繼續往前。

她繞過左側的柱子，往裡走去，方看見那裡同樣垂著一件絨布簾子，是墨綠色的，看起來有些泛烏。

「揭起來。」

她想也不想便將布簾揭起，因已經有些習慣被對方指揮。

布簾後頭的景象卻教她半日緩不過勁來。

那是一道監獄內才能看到的鐵條焊製的牢門，極小，只容得下一張鋪有棉被的單人床，鋪蓋很髒，帶有血跡，看上去卻是蓬鬆的。

一個頭髮因長久未洗而打結成油條一般的女人躺在上面，面容呆滯，口中偶爾發出呻吟，挺起的大肚皮似是隨時會崩破；床下堆了一疊油汪汪的碗碟，腳邊一個馬桶散發出噁心的臭氣，那女人似乎習以為常，也不驚訝，只側轉身，半瞇著眼看著譚麗珍，嘴裡還在咬一顆蘋果。

「可認識她？」

神秘人的聲音遊魂般鑽入她的耳膜。

譚麗珍拚命在記憶深處搜索，她是誰？她是誰？到底是誰？於是越搜越眼熟，有些零碎片段開始往同一個方向湊攏，終拼成一只白熾燈，照得她腦中豁然開明！

「是……碧……碧煙？！」

「碧煙」二字出口，她才拼出了完整的答案。

沒錯，便是那位與賭場某個荷官合謀誆財而被送回老家的女招待，人人都以為她早已在千里之外的故鄉，卻不料就隱居在賭場底下，被折騰成面目全非的一個人。

譚麗珍清楚記得，碧煙與她的相好被人贓俱獲之後，老章當著眾人的面將兩人押到潘小月跟前聽候發落，碧煙臉上未顯出一絲驚慌，反而掛著認命的悽楚表情，既不求饒，亦沒有流露驚恐，只那樣安靜的跪著，顯得又倔又清高。

關於碧煙的脾氣，譚麗珍是曉得的，她永遠是這些姑娘裡頭打扮最齊整、頭髮最光亮、妝容最細巧的一個，不參與講是非的群體，也沒取笑過誰，只做自己的事、吃自己的飯，所以這樣有些冷豔的女子居然找了相好，讓她們深感意外。那時碧煙還未顯懷，微微隆起的肚皮在緊繃的旗袍下深藏不露。

所以事後潘小月能放過碧煙一馬，眾人都道她必定私下找老闆娘求過情，將懷孕的事告知了，才得以全身而退。

如今看來，那些眾人堅信不移的故事，並不見得就是真的。眼前蓬頭垢面、皮膚蒼黃、體態臃腫的碧煙才是現實，從前的清高秀美、不隨波逐流的蓮花氣質，早已被抹殺得乾乾淨淨，現在她只是一位即將臨產的痴呆婦人。

「看來妳還沒有忘記好姐妹呀。」神秘人興奮得咯咯直笑。

「哪裡是姐妹？只是認識……」

她這才不安起來，下意識的捧住那快六個月的肚皮。

「中國有句古話，叫『欠債還錢』，這位碧煙姑娘之前偷過賭場太多錢，在這裡替潘老闆幹一輩子苦工都還不完了。不過，我們還是替她找到了非常完美的還債方式，她不僅可以衣食無憂，還能把孩子平安的生下來。」

神秘人的聲線驀地變得自然了，是一派溫柔男音，如溪水流過指尖，清爽、平緩。

「那……那生下來以後呢？」

不知道為什麼，她內心的恐懼無端的越積越濃。

「哈！哈哈！哈哈哈哈！」

床上待產的邋遢孕婦突然發出爆笑，她勉強支起身止，靠在牆上，雙下巴在領口擦來擦去，顯得極為狼狽：「生下來以後，孩子就不見了，就不再是我的了！不見了……就不見了……不見了，不見了，不見了……」

碧煙不停叨唸「不見了」，像是對自己講，眼睛卻是看向神秘人，哀怨、絕望。

「妳們這些女人為什麼一定要給自己增加負擔呢？」

神秘人緩緩除下罩在臉上的斗篷，露出一頭曲捲的金髮，修剪精緻的絡腮鬍與水藍色眼珠被吊燈製造的明黃色光照得明豔可鑑。那不是一張俄羅斯人的魯鈍面孔，俊俏裡有滄桑，眼角的細紋正洩露年齡的秘密，譚麗珍也將這位西洋美男子的手看得清清楚楚，修長、蒼白，指節上附著有細白的絨毛。

他的動作是那樣緩慢，彷彿時間從他身上流過會變得遲鈍，每一秒都無聲滑掉了。他像是從哪個神秘國度派來的巫師，有操縱世界的能力。

「你是誰？」

譚麗珍並非真不記得他是誰，他第一次來賭坊的時候，還是她領著他來到玩百家樂的檯子上，因他不似那些紅毛鬼一般粗魯，毛領大衣底下是整潔的三件式西裝，金錶的細鍊子在胸口彎成一道光滑的弧線，每一個笑容裡都是有勾引的。這樣的妙人兒，碰上一回便銘記終生。

「叫我斯蒂芬就可以了。」

他微微欠身，像置身於一場上流社會的豪華晚宴。

她險些痴迷在他的溫柔裡，然而監牢裡那個馬桶的臭氣適時把她薰醒，於是她怯生生的問道：「你……你要把我怎麼樣？」

「別擔心。」斯蒂芬宛若懷揣砒霜的太陽神，笑得頗為惡毒，「只是要請妳看一場表演。」

這個時候，斯蒂芬好似完全不在意他的「老朋友」杜春曉已在賭坊落腳的事體。

……※…… ……※…… ……※……

喬蘇的皮膚已經微微發藍，她如此安靜，像睡在禮拜堂高臺上的一尊雕像，從側面看，鼻尖與乳房一樣高聳，下巴鉤翹，依稀可辨她年輕時候的絕色。

阿巴突然上前，狠狠垂打屍體，紮肉將她強行拉開，她又氣呼呼的衝紮肉啐了一口，才安靜下來。

「我再說一次，人不是我殺的。」若望眼神平靜如水，「我給阿耳斐用的是止血藥，毒不死人，她也沒有吃過東西，難道因為我離她最近，就一定是凶手？」

「我也不信是你。」杜春曉笑道：「若真是你，也不會費那麼大勁，挑唆神父打她兒子來逼供，可是這個道理？但是……」

她拿出一張魔術師牌，在若望眼前一晃而過，道：「假設說，你原本只想讓她認下殺費理伯的罪，未曾想她卻要講出更多的事情來，這事情恰好是你不想讓大家知道的，於是臨時暗下殺手，也不是不可能。喬蘇是中毒死的，這裡最容易弄到毒藥的便是你了。有太多植物都是可以提煉毒藥的，比如一品紅、虞美人草、南天竹、馬蹄蓮……嘖嘖，有不少可是在你花房裡見識過的，倘若調理得當，都可置人於死地，你又如何證明喬蘇中的毒與你無關？」

「夠了！」

忽然大叫的竟是平素最鎮靜的莊士頓。

「安德勒，你去街東頭的賭坊走一趟，幫我帶一封信。」

「是。」安德勒應聲允諾。

「是要去向潘老闆通報她又少了一個仇人？」杜春曉有些刻意發難。

莊士頓無力的搖了搖頭，道：「我只是希望她明白，有罪之人終將受到懲罰，一切悲劇都是有因有果的，希望她能及時領悟，停止殺戮。」

「可惜呀！」紮肉晃著腦袋道：「這娘兒們若是能聽您的，也就不會在幽冥街開賭場了，您說是不？」

「阿耳斐，你留下，其餘的人請暫時回你們的房間。還有三位外來的客人，你們能否也一同離開？」

莊士頓沒有理會紮肉，卻逕自下了「逐客令」。

阿耳斐已穿上黑袍，坐在喬蘇身邊怔怔瞧著，許久才伸出手來，撫了一下凝固在屍體臉上的僵硬表情。

眾人正往外走，卻聽得一記尖叫，有個人影疾速向若望撲來，緊緊扒在他的背上，並咬住了他一隻耳朵！血液自若望雪白的鬢角流下，他顯然吃了一驚，下意識的掙扎嚎叫，旁邊的人圍成一圈，卻無人敢上前阻止發了狂的阿耳斐。

兩人糾纏了一陣，若望像紙漿一般慘白的頭顱上終於有了貨真價實的「血色」。似乎從未見識過若望如此狼狽，連莊士頓都不知該如何將他們分開，這兩位少年彷彿已緊緊長在一起，一旦強行分裂，五臟六腑便會流洩一地！

當紮肉與夏冰好不容易把發狂的兩名少年拉開時，阿耳斐已是涕淚滂沱，牙齒上都是血，像剛從棺材裡出來的妖怪，他失控怒吼：「是你！是你！一定是你！是你殺了她的！是你！瑪竇也是你殺的！是你！是你那一晚把我們都叫出來！是你說要懲罰偷盜者！是你！」

若望被杜春曉扶起時，血像油彩一般畫滿他的臉，右耳上端裂開了怵目的傷口，他似乎並不知痛，卻是歪著頭顱看阿耳斐，眼神有些怔怔的。

杜春曉只得拿起用剩下的紗布按住他的耳朵，他方才覺出了疼，條件反射一般轉過頭又盯住杜春曉，看了好一會兒，才吐出一句話：「娘，我是天寶呀，妳的兒子。」

「怎麼？被人揭穿了，就開始裝傻了呀？」

紮肉也不管若望傷得怎樣，劈頭便給了他一掌，他並未躲閃，卻是拿同樣洗得清明透亮的眼神看了他，枯淡的瞳仁裡掠過一絲詫異，遂暈倒在地。

「凶手！凶手！殺人償命！殺人償命吶！」

被夏冰死死抱住的阿耳斐宛若「瘋神」附體，撕心裂肺的呼喊在整個聖瑪麗久久迴盪。

莊士頓用一杯神奇的藥酒讓阿耳斐鎮定下來，他看著沉睡中的教徒，眼角還是一道乾涸的淚跡。因劇烈動作而崩開的傷口，已讓血滲過紗布，浸入稀薄的棉襖。莊士頓這才記起，自己已經很久沒有給孩子們添置新衣服了，他們現在一個個穿得比乞丐還窮。

「要不然……你們帶著幾個孩子去別的地方躲一躲，我看這裡不能再待，太危險。」杜春

曉終於忍不住在莊士頓面前擺了一副大阿爾克那陣形。

過去牌：顛倒的太陽。

「過去的苦難從未離去，聖瑪麗的孩子一直過著暗無天日的生活，太陽顛倒，說明沒有光明。」

現狀牌：逆位的世界，正位的月亮。

「我們對周圍人的判斷被全盤顛覆，一切朋友都是敵人，都有可能在瞬間奪取我們的性命。你看，水中花，鏡中月，如今看到的都是虛影。」

未來牌：正位的隱者。

「只有躲避，都藏起來，才能繼續平安的過日子。難道你不想？」

莊士頓看著那張隱者牌，嘴唇微微顫動，半晌才道：「杜小姐，謝謝妳。」

「不客氣。」

話畢，杜春曉便轉身自阿耳斐房中走出。

夏冰在一旁忍不住問道：「看樣子他們是不會走了，這是要謝妳什麼？」

「謝我沒亮出這張牌。」

杜春曉自腕下滑出一張牌——正位的惡魔。

……※…… ……※…… ……※……

紮肉這幾天總是纏著潘小月，床上纏住，床下還是纏住。當然，這種「纏」也是有分寸的，給出一點甜頭，犧牲一點姿態，將對方勾得狼性十足，到後來不得不喚他「爺爺」。一個騙子很多時候騙的就是女人，所以「床上功夫」一定要牢靠，有一點馬虎就要壞事。

紮肉有紮肉的「尊嚴」，便是讓潘小月心甘情願捧出金山銀山給他。

依小刺兒的話講：「紮肉哥幹什麼都成，能把閻王爺哄到從生死簿上劃去他的名！」

於是乎，他越發自高自大起來。

每每想到能將這樣矜貴的母老虎收拾服帖，紮肉便滿心歡喜，儘管聖瑪麗那些莫名其妙的血案令人心神不寧，但錢財是他最好的安慰。

三人帶著阿巴，往西街頭走去。因見到了老朋友，阿巴顯得極興奮，左顧右盼，嘴裡不停「阿巴阿巴」的叫喚。

一個膘肥體壯的俄國娼妓慢悠悠的自巷子裡走出來，到一個攤子跟前買大蔥捲餅，孰料那小販收錢的辰光在她胸口蹭了一把，那妓女自然不肯答應，於是嘰哩呱啦一通大吵。而因她嗓

門極粗，張口便能震撼半條街，不消一刻，攤邊已經圍了一大幫子人看熱鬧，期間還時不時有喝彩。

杜春曉他們原本也未在意，只顧往前走，孰料阿巴一聽那聲音便迅速往那人堆裡鑽，他們只得跟在後頭，夏冰邊走邊抱怨：「女人都愛看熱鬧，啞巴都不例外！」

孰料阿巴鑽入之後，不但沒有觀戰，反而將那娼妓攔腰一把抱住，娼妓嚇了一跳，回過頭去看她，遂大吼一聲，將身子掙脫，劈頭給了阿巴一記耳光，將她打了一個踉蹌，仰面跌倒在地。原以為依阿巴的脾氣必要發飆，爬起來與之拚命，未曾想她爬起來再次抱住那妓女，嘴裡一直乾嚎。妓女也不再打她，兩人竟抱在一起大哭起來。

圍觀者無不瞠目結舌，原本與之爭吵的小販怔了良久，方回過神來，嘴裡只叨唸：「完了，兩瘋娘兒們又碰一塊了！」

阿巴與那娼妓抱頭痛哭了良久，娼妓嘴裡含糊不清說了些俄語，阿巴只顧「阿巴阿巴」的應合，原本想看好戲的一眾閒人覺得無趣，便也漸漸散了，只餘下杜春曉等三人還在那候著。待身邊空了，杜春曉方才湊上前問那小販：「聽小哥兒剛剛說『兩瘋娘兒們又碰一塊了』，像是認得她們？」

「當然認得！」小販冷笑道：「她們都是在這裡做下流買賣的，剛纏著我瞎鬧的婊子叫什麼蘇珊娜，那啞巴是她妹子，不清楚叫什麼，姐妹倆整天『阿巴阿巴』的在那兒拉客。半年前啞巴妹子失了蹤，找了好一陣子沒找著，那娘兒們就自顧自的做生意去了。這倒好，又回來了，野雞又多了一隻。」

三個人瞬間沉默下來，不知該如何是好，自此將阿巴送回她姐姐身邊，今後她便又恢復皮肉生涯，苟且偷生；若將阿巴帶走，賭坊也不見得會收留她，已經有一個小刺兒了，再多個廢來白吃白住，依潘小月的精明冷血，是斷不可能點頭的。

左右為難之際，蘇珊娜已牽著阿巴的手，淚眼婆娑的走到三人跟前，剛要開口道謝，不料卻劈頭認出了先前給她錫製假銀角子的紮肉，於是上來抓住他領子狠狠拍了幾下。

紮肉曉得是「冤家路窄」，也不敢響，只縮著頭任她打了出氣，順帶著朝一邊看戲的小販笑道：「果真姐妹倆都是瘋子。」

待出完了氣，蘇珊娜方對杜春曉他們道：「老天保佑你們！我妹子算是碰上大好人啦！」

「妳們今後怎麼辦？」夏冰忍不住問道。

「我已經攢夠路費了，跟妹子一起往南走，離開這個鬼地方！」她邊講邊狠狠瞪了那小販一眼，有某種要擺脫噩夢的愉悅感。

忽然，蘇珊娜似想起什麼，拍了拍阿巴的肩膀，又從上到下打量她一番，將她轉了幾圈，

再摸摸她的肚皮，遂揮舞雙手大聲對她講了幾句話。阿巴露出迷茫的眼神，低頭看看自己的身體，再抬頭看看姐姐，隨後搖了搖頭。蘇珊娜遂又哇哇哇說了許多話，猛力搖了搖阿巴的肩膀，她仍是怔怔的，毫無反應。

蘇珊娜只得轉頭道：「我這妹子，也不知道跑去哪裡待了半年，現在回來卻什麼都不記得了！」

杜春曉與夏冰互望了一眼，雙雙露出無奈的笑。

「看來，瘋子也只好和瘋子待在一道才好。」

於是三人向蘇珊娜姐妹道了別，繼續往賭坊走去。

……※……　……※……　……※……

哈爺逛窯子是逛出精來了，他曾經跟米行老闆周志誇過海口：「世上只有我哈爺看不上的婊子，斷沒有我哈爺擺不平的婊子。」

周志當下跟他抬槓道：「那賭坊的潘小月你可敢睡？」

哈爺狠狠啐道：「我呸！潘老闆那是婊子嗎？說話也不怕風大閃了舌頭，縱沒閃著，早晚也得被潘老闆割了！」

遂二人哈哈一笑便也結束這話題了。

自然的，窯姐兒對哈爺也是極歡迎的，只道他有些隱秘的好處，講不出口的，嘗過才知。事實上，這「講不出來」的好處裡必定是包括了出手闊綽這一項，否則縱是底下那玩意兒真是「金剛鑽」也不會受待見。

哈爺每月逛風月樓，找的窯姐多半都是固定那一、兩個，並不見得是頭牌，但一定是看起來挺親切隨和、人緣極好的那一批。所以那天他進來出手便給了老鴇五十大洋，要包新科花魁韓巧兒的夜，老鴇當下還不太高興，因他原本叫另一些，到最後也會出那個價，於是有些推三推四。

哈爺長嘆一聲，道：「咱們能不能別這麼見外呀？」

老鴇這才訕訕笑著，將他送入韓巧兒房中。

雖買的是全夜，事實上哈爺到後半夜便出來找老鴇，只說了一句話：「我要給巧兒姑娘贖身。」

老鴇剛要開口拒絕，哈爺已將大張銀票拍到檯面上，是她無論如何都捨不得推開的價碼，於是當下便將韓巧兒叫下來，問她可願意就此從良，跟了哈爺。

那姑娘紅著臉，垂頭沉默了半日，總算抬起下巴，道：「原進這地方也不是自願的，自然想有個好依靠，既然哈爺不嫌棄，我便恭敬不如從命。」

一番話也是態度明確，於是敲定了讓韓巧兒次日一早收拾好東西，便讓哈爺接走，哈爺於是也歡天喜地的去了。

次日清早，韓巧兒已摘下花裡胡哨的頭面，穿了白底藍花染布的棉襖，紮了頭巾，打扮與普通的東北女人無異，只臉蛋兒要俏麗一些。

因韓巧兒從良從得太急切，為她踐行的窯姐都是脂粉未施，灰頭土臉的便來給她道喜，場面煞是感人。孰料她在老鴇的房內等了半日，與姐妹的「道別酒」都喝了三、四盅，還不見哈爺蹤影。

直等到晌午，哈爺仍未出現，韓巧兒有些惱了，想差風月樓裡的小廝去打聽，突然想起竟沒人知道他住在哪裡！細想一想，哈爺除了大搖大擺沿街晃當那會子跟幾個鋪子的掌櫃插科打諢一番之外，幾乎沒半點兒關乎他私人資訊的來源，只道此人是臭名昭著的人販子，靠吃拐兒飯發財，整個縣城裡一半小叫花子均是他的搖錢樹，其餘便不得而知。

如此行蹤不定的一個人，拿了大張銀票連夜贖走了風月樓的頭牌，次日卻不來領人，可是讓老鴇與頭牌都又氣又好笑。

殊不知，哈爺也沒好過到哪裡去，此刻正在賭坊後院裡掛著，屁股上被開了個洞，插在木樁子上做「人刺」呢！

…※…　…※…　…※…

哈爺的死，讓潘小月大發雷霆，命人將杜春曉抓住，兩隻手按在她房間那張貴氣十足的桌子上，閃亮亮的鐵釘已微刺進手背，只待「一錘定音」。

「杜小姐，妳當我這裡真是吃乾飯的地兒呀？讓你們這幾個廢物在這兒混吃混喝那麼多天，找賭坊麻煩的凶手竟還沒找著，反而多弄了個小叫花子進來，甭當他個兒小，趴著走路，我就不知道了。你們這是把我潘小月當猴兒耍呀？」

潘小月將鴨屁股髮型重新調整了一下，髮梢全部用橡皮筋往裡綁了，露出精瘦的脖子，顯得越發有女人味。紮肉在旁已是心驚膽戰，因據他所知，潘小月越是打扮得精緻，語氣越是平淡，內心便越是憤怒。

「怎麼敢吶！潘老闆！」杜春曉只得咧開嘴陪笑道：「我們這幾日不也都在四處走動嘛，想揪出那凶手來。如今倒是已有些眉目了，不過……」

「不過什麼？」

杜春曉感到釘尖又往皮膚裡深了半分，於是倒吸一口冷氣道：「不過潘老闆也瞞了一些情況，讓我不好意思追查下去。」

「瞞了些情況？」潘小月的聲音又綿又軟。

紮肉額上已冷汗直冒，因曉得他那不識抬舉的老鄉即將被貼肉釘在檯面上，於是衝上前狠狠抽了她兩個大嘴巴子，罵道：「杜春曉，我說妳甭給臉不要臉啊！還敢說潘老闆的不是？吃了熊心豹子膽？妳是活膩味了妳？！」

杜春曉只得抬起一張被摑成烏紫色的臉，眼巴巴的望著紮肉。她當然曉得紮肉是在護著她，因為替她說話，必定讓潘小月嫉妒，唯獨打她，才能讓潘小月放過她。

不過，他們倆都不算慘，最慘的卻是夏冰，因奮起反抗去保護杜春曉，反而被打得鼻青臉腫，已滿口血牙倒在地上。

紅色液體的出現，令原本便劍拔弩張的暴力氣氛又提升了幾分。

「斯蒂芬……」

杜春曉紅腫的腮幫子吃力的蠕動，口齒雖不清晰，那三個字卻是人人都聽得清楚的，包括潘小月。

她果然一把抓起杜春曉的下巴，讓這位女神棍瞬間疼出眼淚。

「妳說什麼？再說一遍！」

「史……提……」杜春曉已痛到講不出話來。

潘小月放開她，只冷冷道了兩個字：「快說。」

杜春曉大喘一口氣，饅頭一般的臉上竟擠出一絲滑稽的笑：「潘老闆，妳明明漏掉了一位與賭坊關係密切，又很危險的大人物，他表面是英國紳士，雖然金玉其外，背地裡卻盡幹些見不得人的壞事，壞得出膿出血。我說的那一位，妳可認得？」

那面目塗描一絲不苟的女人果然語塞，過了好一陣才回道：「妳是怎麼知道的？」

「是那個東西。」

杜春曉往壁爐那邊努了努嘴，道：「上頭那幅是斯蒂芬畫的。」

與第一次進房看到的一樣，畫中的鬼頭裸男仍在追蹤驚惶失措的少女，少女身後的不只是魔鬼，還有星星點點的魚形光斑，宛若睜在暗處的妖眼。

「妳認得他？」潘小月一邊眉毛高高挑起。

「這麼說吧……」杜春曉似是已忘記了手背上的威脅，復又壞笑起來，「他化成灰，我都會一顆一顆把那灰收集起來，灑進糞坑裡頭！」

「說得好啊！」

壁爐邊突然裂開一道口子，那裡用乳白色油漆粉飾過的暗門開了，斯蒂芬走出來，穿同色的三件式西裝，還是春風滿面、舉止優雅，一如杜春曉初遇他的時候，更似在上海的紅石榴餐廳內再度相逢的時候……有些男人越老，便越是能教人神魂顛倒。

斯蒂芬的逼近，宛若夢魘踏著輕快的腳步而來，令杜春曉身上的每個毛孔都炸開了。早已遠去的逼仄回憶又調轉槍頭，直奔她而來。

「我就知道，你又在幹這種畜生不如的事！」

她的聲音如果是毒液的話，現在早已噴滿斯蒂芬的全身，將他燒灼得面目全非。

斯蒂芬沒有生氣，卻是走到桌前，掰起她的下巴，欣賞她眼中憤怒的火焰。

「嘖嘖……」他發出虛偽的嘆息，「女人的記憶果然是可以編造的，總是隨著自己的需要而變化，所以現在在妳調整過回憶的腦子裡，我就是十惡不赦的魔鬼，妳卻是無辜的純情天使，手上從未犯過人命，是不是？」

她轉過頭去，避開斯蒂芬的調戲，卻不小心撞上夏冰困惑的眼神，於是僵在那裡。

這是頭一次，夏冰見識到他的女人居然會有惶恐與痛苦。

「啊啊啊啊——————！」

慘叫一刀刀割在夏冰的心上，他眼睜睜看著鐵釘釘入杜春曉的手背，發出切斷手骨後的一聲脆響。因掙脫不開兩名大漢的綁押，他只得回頭看全無束縛的紮肉，孰料紮肉卻站在那裡，只右面頰有一絲微顫，眼神依然是寧靜的。

「紮肉！救她呀！紮肉！」

夏冰雖力竭聲嘶，卻見潘小月親暱的伸出雙臂抱住了紮肉，好似環住獵物的蜘蛛，喃喃的道：「紮肉呀，這兩個人雖是你的老鄉，可你護著他們可曾撈到過好處？狼吃肉，狗吃屎。你跟著誰混有肉吃，可整明白了？」

紮肉無聲點頭。

「哎！這就對了！」

潘小月笑吟吟的拿過剛將杜春曉固定在桌子上的錘子，遞到紮肉跟前，「我潘小月喜歡的男人，都得做事做得狠，乾淨俐落。用得著的人，就留著，用不著的人，就不留了。什麼人在我這裡用得著呢？自然是你這樣的、斯蒂芬這樣的，還有像杜小姐那樣欠了我債沒還清的。不過這最後一種人，可是要讓她記得自己還用得著，否則放縱久了，怕是早忘在脖子後頭了，那我的錢要去哪裡拿呢？來，替我提點提點你老鄉。」

杜春曉那隻被釘入桌面的手，有一抹朱紅色液體自那釘子戳入的傷口處湧出，蜿蜒在青筋

密布的手背上，她拚命用深呼吸止痛，嘗試動自己的手指，還好，五根都還能用，她並未瞬間淪為殘廢！

「來呀，紮肉，等你呢。」潘小月手中的鐵錘已遞到紮肉鼻子底下，「我說這可是……」

話未說完，紮肉已乾淨俐落的將杜春曉另一隻手「塵埃落定」，那一記悶響自她手底傳來，像往心臟裡狠狠扎了一下，原以為會換來一聲嘶啞的嚎叫，孰料她卻抬起頭來盯住他，一聲不吭，眼睛裡都是血絲，嘴唇咬破了一層皮，翻出緋紅的肉色……

她似是已忘記了痛，唯有被摯友背叛的辛酸哀怨。她安靜了好一會兒，方才「哇」的一記吐出一灘黃水。

「瓊安娜，妳應該知道，拔出來的時候會更痛。」斯蒂芬語氣平靜，似是在討論一部無聊的愛情小說，「不過妳承受過更大的痛苦，所以這都不算什麼，對不對？」

「求求你……」杜春曉發出氣若游絲的嗚咽。

「什麼？」斯蒂芬俯下身體，拿右耳挨近她的嘴唇，顯然嫌對她的折磨還不夠過癮。

「求求你……我……我懷孕了……」

話畢，杜春曉便暈倒在桌上，直至兩根鐵釘自手上拔離的辰光才被劇痛驚醒。

……※…… ……※…… ……※……

在潘小月眼裡，男人比女人更能撒謊，紮肉就是證明。尤其是他聲情並茂的對她編造胸口那隻肉蝶的故事之後，她的確有一剎那動了真情。當時讓她自紮肉的「愛情電影」裡醒悟過來的便是斯蒂芬，他提醒她去查一查報紙，是否真有叫孫小蝶的女人偷盜夫家財產逃跑後跳樓自殺的新聞，結果必然是教她失望的。

「沒人能騙倒斯蒂芬。」

潘小月自十四年前頭一次見到這個英俊的英倫男子時，便這樣對自己說。

那時他比現在要年輕，面頰更圓潤，眼睛裡藏了兩汪碧藍的湖水，看什麼都有絲綢流過指尖的柔情。毫無疑問，她當即便自甘墮落起來，放下賭坊掌櫃的尊嚴與操守，一心一意的沉溺於他用甜言蜜語與太陽雨一般溫絢滋潤的性事構築的陷阱。

她為他痴狂過、心碎過、絕望過，他總是將房間布置得書卷氣十足，而她卻是被男人拋棄的軟弱婦人，幾番坎坷才來到這樣的鬼地方自力更生。儘管她是有經歷的女人，智商亦不低下，卻獨獨著了這洋鬼子的道。

潘小月心裡頭明白，斯蒂芬這樣的男人不可能在某個女人身邊待一輩子，或早或晚，他都會離開，只留給她們一世的背負。

這「背負」裡既有隱秘且黑暗的生財之道，亦有令她無法豁出身家性命去的牽掛，所以她是恨死了他，卻又不得不依賴。多少次，她都有拿刀將他剮成碎片下酒的衝動，夜夜臨睡前咒罵他上百遍，只某一日他再度出現在賭坊，依舊是溫和有禮、笑容可掬，看每個女人的辰光都媚眼如絲。

她很久以前便發覺自己並不愛他，那些曾經烈烈如焚的情愫只是這十四載的寂寞光陰裡一個虛幻的投影，所謂的「真愛」早被碾壓成了恨。然而，最令她苦惱的是，到後來居然連恨也一併燒毀在歲月中了，與那個人對坐相望的剎那，她便收起了殺心，露出一抹蒼涼的笑。

「妳還是與十四年前一樣美。」

他輕輕將自己的手心蓋在她的手背上，那樣甜蜜體貼。

她將手抽出他的包圍，只淡淡道：「你滿口謊話的習慣竟也與十四年前一樣。」

「我何必騙妳？騙妳的壞處，這十四年裡嘗得還不夠多嗎？」

這一句，自然亦是當不得真的，可她連責怪他的力氣都沒有了，卻是腦子裡浮出「求財不求氣」這樣的話來，於是不得不回道：「這一次能留多久？要找的人可曾找到？在我這裡幫些忙成不成？」

他不講話，只是喝手中的熱茶，她便當他是應下了。

無人能將其騙住的男人，多半是永遠不怎麼信人的，所以斯蒂芬果然請了郎中來為昏迷不醒的杜春曉診斷，那郎中切脈之後便點頭道：「確實是有三個月了。」

夏冰還被關在地下室內，綁在當初用老鼠嚇唬紮肉時捆過的那根木十字架上，雙手縛成軟綿綿的「一」字，衣裳只得一件破洞的寶藍色套頭毛衣，看上去像是黑的；那副渾圓的黑框眼鏡也早已不知去向，東西與人看起來都是模模糊糊的。

夏冰驀地想起杜春曉總嫌他的眼鏡難看，勸他換金絲邊的，也不知為什麼，他終究沒有換，現在終於有一些後悔，覺得若早早換了，也許抱住她的時候，就不必因接吻而把它摘下，以至於當初一直看不清她的眼神與嘴唇，只在口水裡覓到一點煙味。

但他曉得，她不是第一次，亦沒有要隱瞞的意思。

依稀記得，在青雲鎮時的某個夏夜，她喝了一點青梅酒，臉蛋紅紅的，書鋪內的空氣也有些放浪起來，便急急關了鋪子，抱住他繞到書架後頭的木板床上去了，她並無一點玩笑的意思，認真除掉衣服，青梅酒的濃烈氣息將他團團圍住……

自那以後，他無論對她的過去多陌生，都會用那一夜手忙腳亂的性事來安慰自己，他甚至

記不得她赤身裸體的模樣。此後興致來時，兩人亦會莫名其妙的做，那份肌膚相纏的親密總教他放心，身體深處總隨自然起伏而不停叨唸：「她是我的，她是我的……」

想到這一層，他便忘記了傷口造成的陣陣刺痛，所幸室內並不太冷，他現在只求杜春曉那兩隻被釘穿的手掌能奇蹟般痊癒，或者她又靈機一動想出怎樣的妙法，讓潘小月放過他們，再或者紮肉將從周志那裡誆來的錢拿出來抵債，留了兩人的活路也不一定……

他正胡思亂想之際，卻見紮肉進來，身後跟著兩個小廝，各自拿著一個大碗。

他們替夏冰鬆了綁，夏冰如爛泥一般倒了下來，被紮肉牢牢抱住。他用盡力氣抬頭，問道：「春曉怎麼樣了？」

「她好得很，你顧好自己便成。」

紮肉話畢，命小廝將兩個大碗放到桌上，一個裡頭堆著饅頭，另一個裝了金黃的小米粥。夏冰方才想起自己從昨天被折騰到現在，已是粒米未進，因一直挨打，身上疼得很，便覺不出餓來，如今聞到食物的香氣，饞蟲才被勾起。

他又看了看紮肉，對方衝他抬抬下巴，示意他可以動嘴。夏冰這才拿著饅頭胡亂啃咬起來，米粥喝得太急，湯汁自嘴角順著脖子往下直流。

紮肉也不說話，只點起一根菸來抽，靜靜看著老鄉填肚子，他自己則顯得有些沉悶。等夏冰吃完，方才拍拍對方的肩，慢條斯理道：「兄弟，我對不住你了。」

夏冰臉上掠過一絲茫然，但因剛受到食物的安慰，思維有些鈍鈍的，竟還笑了一下。這一笑，紮肉的神色越加悲愴，皺著眉頭說道：「兄弟，你有冤報冤，有仇報仇，我紮肉幹的營生，本來就講不了義氣，所以你做了鬼可別怨我呀。要怨，就怨其他人。可聽明白了？」

未等夏冰反應，兩個小廝便上前將他雙手反剪，拿白布條堵了嘴；手腳被捆結實之後，他只覺眼前一黑，半晌才覺出是被麻袋罩了，空氣即刻變得灰濛濛的，能聞到一股血腥味。夏冰從未如此恐懼，似乎都能聽到黑白無常正尖聲大笑，黃米粥在胃袋裡貼心的溫暖觸覺瞬間被剝得乾乾淨淨。

透過麻袋的織線縫隙，夏冰看見外頭的牆壁在移動，隨後乾冷侵襲進來，有雪子輕輕落在麻袋上，原來已到露天。他才剛適應了那溫度，卻又整個人被高高拋起，遂落回到一個柔軟又臭氣薰天的地方。他一動也不敢動，只是摒住呼吸，猜想下一刻要遭受的待遇，隨後眼前空隙裡的景物又活動起來，他拚命掙扎，滾來滾去，卻怎麼也滾不出草堆，身上倒也暖和一些了。

顛簸與摩擦讓他多少有了安全感，同時心裡也明白，那大抵是通往地獄之路。

也不知過了多久，夏冰發現四周又安靜下來，心臟不由得緊縮，因知道路已到頭，接下來

便要看造化了。

隨後，他果然被抬下草堆，綁在一個潮濕粗糙的桿子上，直覺是一棵大樹，他此時想到該保存些體力，講不定還有反抗逃跑的希望，於是也不再掙扎，靠在樹幹上歇息起來。正累得眼睛睜不開的時候，風颳進他毛衣破洞裡裸出的傷口，痛楚再次刺激他的神經，他不得不保持清醒，此時紮肉也除下了他的頭套。

「紮肉，你……你真要動手？」

夏冰內心已無一絲僥倖心理，眼裡看出去的東西白茫茫一片，其中有幾根黑豎條子，呈散射狀直刺天空。他猜這裡應該是片林子。

紮肉默默從口袋裡掏出一件東西，架在夏冰的鼻子上，他眼前豁然清晰起來，每一件事物都是線條分明的。原來眼鏡還在！

「兄弟，讓你死在這兒，還真有點對不住。」

紮肉的話，如刀刺破了夏冰的每一寸希望。

「你也該知道，那是潘老闆的意思。欠債了，就得還錢，還不了就得死……」

「那你呢？」夏冰怕得身上每一個毛孔都炸開了，「這債不是你欠的嗎？春曉只是替你扛債，你都忘了？你他媽還是人嗎？你他媽還是人嗎？！」

「不是人！」紮肉也提高聲量道：「爺早就不是人了！這麼多年你知道爺怎麼過來的嗎？為了活著，爺做過豬、做過狗、做過耗子，爺就是沒做過人！你去打聽打聽，這樣的世道，還是在幽冥街上，有幾個是能真正做人的？！阿巴能做人嗎？小刺兒能做人嗎？誰能做人你告訴我啊你！」

夏冰胸口擠滿了悲憤，卻只是看著紮肉，眼神竟是憐憫的。

紮肉也平靜下來，擦了一下自己的紅眼圈，說道：「這裡呢，原來叫歡樂谷，因幾十年來都有野狼出沒，叼了許多村民去，現在改叫黑狼谷。大冬天的，這些狼也該餓了，正使勁兒找吃的呢。兄弟，你就成全牠們吧！」

話畢，紮肉便帶著那兩個小廝隱沒在林中，只留下已註定將被野狼分食的「獵物」，那「獵物」不僅冷得牙齒打架，還隱約聽見可疑的「嗚嗚」聲自不遠處傳來，似是在向他宣讀死亡的預告書。

那雜亂的腳步聲越靠越近，輕巧、緩慢，聽得出來是四肢著地發出的動靜。

夏冰的心已隨著那腳步沉入冰淵，腦中掠過的竟是與杜春曉在舊書鋪內打情罵俏的片段，她總是在櫃檯上架起雙腿，嘴裡叼一根菸，半瞇著眼打量走進來的每一個客人，塔羅牌就揣在內袋裡頭，只自胸前淺淺突起一個長方形……

近了，越來越近了！

他嘗試著動了一下身子，發現繩結打得很緊，略挪一挪便渾身灼痛，此時耳邊又傳來火車呼嘯而過的聲音，雖遙遠卻清晰，於是不由自主的停下來，眼睜睜看著那四腳著地的東西向他移近，再移近……

那東西很黑，與剛剛降臨的夜色融為一體。

那東西撲上來的一刻，夏冰只希望能有什麼人從天而降，給他的腦袋上來一槍，讓他能在被撕成碎片之前就進了鬼門關。

……※……　……※……　……※……

譚麗珍怕斯蒂芬，從這位笑容可掬的洋人身上嗅到了一股與沈浩天相近的氣息，聰明、迷人，金錢豹一般華美的皮囊底下裹著一顆殘忍的心。

但是依目前的處境來講，她已無暇顧及斯蒂芬的想法，只是警惕著與她同關一處的碧煙，她似乎除了吃和睡之外便無其他愛好，尿桶每三天被清理一次，但還是除不盡臭味；供應的伙食很好，有烤羊肉和酸菜湯，可惜香味與屎尿氣息混在一道便有些難以下嚥。

兩人都是孕婦，且都被囚著，譚麗珍又覺得碧煙有些呆，便不由得要照顧她一些，譬如幫她把羊肉從骨頭上剔下來。而在譚麗珍強烈的抗議之下，也總算讓老章幫忙更換了一床乾淨的被褥。

剛把那堆教人窒息的髒被子清出去，碧煙便捧著碩大的肚皮傻笑起來：「嘿！嘿嘿……傻……傻呀……」

「傻？傻的是妳呀！不回老家，巴巴兒被弄到這裡來。」譚麗珍惡聲惡氣的鋪好床，驀地想念起鳳娟來，那段與少奶奶無異的逍遙日子未曾想走得那麼快。

「嘿！嘿嘿！」碧煙依舊痴笑，「妳知道接下來要怎樣嗎？很快……很快……」

「很快要怎樣？」譚麗珍隱約聽出些危險的意思，心裡不由得慌起來。

碧煙的肥下巴不停抖動，身上每一寸肉都是鬆的，她呆呆道：「很快，我們就要一個一個被送出去了，出去了，就再不必回來……好像瓜熟了，就得落地。」

譚麗珍忙上前一把按住碧煙那比西瓜更大的尖肚皮，追問道：「我們要一個一個被送出去做什麼？做什麼？！」

「嘿！嘿嘿！」碧煙眼神迷離，五官由先前的麻木突然劇烈痙攣起來，她不停喘氣，細汗自額角紛紛浮起，「快了……我也快了！」

譚麗珍已察覺到她肚皮的微妙蠕動，雖羊水未破，整個人卻已進入緊張狀態，每一根神經都如觸電般震顫。

「來人！她快生了！來人吶！」

譚麗珍掀起簾子大叫，卻見老章進來，半張狼籍的臉在燈光下越加可怖。

「老章！趕緊去叫穩婆，她……她要生了！」

「不要——」碧煙死死抓住譚麗珍的袖管，嚎道：「我不要出去！出去就完了！我得把孩子生在這兒！」

老章站在那裡看了好一會兒，才冷冷道：「想是要生了，我且將她帶出去。」

話畢，他剛要開門，卻見斯蒂芬不知從哪裡走出來，神情一派悠然。

斯蒂芬先老章一步打開鐵門，拿出聽診器戴上，聽筒按在碧煙的肚皮上。碧煙見了他，卻一個勁的往後躲，嘴裡大喊：「救命！走開！」

斯蒂芬豎起食指放在口間「噓」了一聲，腔調溫柔極了，令譚麗珍恍惚以為他便是能順利接產的大夫。

「嗯，可以了。」他回過頭示意老章，「把她帶出去吧。」

老章咬了一下嘴唇，還是將碧煙扶起。碧煙已經痛得渾身汗濕，哪有力氣反抗，只得哀求道：「放過我吧……你們要遭天打雷劈的，遭天打雷劈的！」

「我這條爛命撐到如今，若要被劈，怕是早已被劈過百次了，也不在乎多這一次。」老章苦笑道。

碧煙拿淒怨的眼神看了他好一會兒，方緩緩道：「代我求潘老闆到時給個痛快……」

老章點一點頭，只將碧煙扶出去了，留下一臉錯愕的譚麗珍在那裡，鐵門關起，簾子放下，將她獨自阻隔在外。

「別擔心，很快就會有別的女人來這裡陪妳。」

放下簾子的一刻，斯蒂芬這樣告訴她。

……※……　……※……　……※……

潘小月提及的「大生意」總算是落到了紮肉頭上，之所以對他百般信任，原因有二：一是斯蒂芬講過，協助她幹完這一票便要離開這裡回英國；二是紮肉既然已助她除掉了夏冰，便也算得在這門生意裡軋過一腳，已經是入了夥的。

於是她當晚便笑嘻嘻喚了他來，只說要讓他見見世面。紮肉自然滿心歡喜，哈巴狗一般跟

在她後頭去了。

總算到了紮肉朝思暮想的那半層，開了門進去，便被地毯上大團猩紅的曼陀羅壓迫得心驚肉跳，儘管這裡溫暖如春，金碧輝煌，然而奢靡裡卻總有一股扭曲的獸味。依他多年的江湖經驗來判斷，外表越是光鮮的地方，內裡的勾當便越是骯髒，這兒顯然也光鮮得過了頭。更蹊蹺的是圓桌前方那個舞臺，隱約聽到「乒乓」作響，像是有什麼人在後邊走動。

「這是幹什麼呀？整得跟戲園子似的。」他少不得問潘小月。

「既瞧出是戲園子了，必然是看戲用的。」

這時，就見老章從戲臺後頭走出來，到潘小月跟前講了一句：「都準備好了。」

「客人呢？」

「都在上頭等著呢。」

「嗯。」潘小月點頭道：「請他們下來吧。」話畢，便拉著紮肉坐在圓檯子前。

紮肉坐下時數了一下，還有六個空位。

「你知道幽冥街不過是條街，並無什麼了不得的。」

她今朝穿的是一身水紅色刻金絲夾層旗袍，用頭油拉出濕亮的瀏海，抹了鮮濃的口紅，一張臉顯得比平常要更老一些，卻是怵目驚心的美，再無半點兒脆弱纖薄的意思，於是講的每句話，亦似乎較從前更有分量了一些。

「但遜克縣卻多的是有錢人，有做官的那一批、也有做買賣的那一批，我場子裡那些來去不過幾萬的小賭，又怎可勾得起他們的興致？這些人，是來豪賭的。」

「妳是說，他們能在這邊一面看戲，一面賭錢？」紮肉刻意問得天真，這樣往往對方才會說更多實話。

「沒錯，有錢人這輩子最愁兩件事，一是錢多到花不完，得找刺激；二是希望長生不老，這樣便不必擔心花不完自己的錢。」

正說著，已由老章陸續迎了六個人進來，均是衣冠楚楚，清一色戴著月白色西洋面具，遮住眼鼻部分，只露出嘴和下巴；從體態來看，中間既有滿腦肥腸的中年男子，亦有皮膚白淨的斯文後生，其中還有一個是女人，比潘小月略豐腴一些，捲髮蓬鬆，唇形精緻，花露水氣味極濃，腕上的鑽石手鍊光芒璀璨。

潘小月忙站起，向他們一一打了招呼。其中身材魁梧的男子，面向紮肉道：「小月呀，怎麼今天還有沒見過的客人？」

「他哪裡能做客人？與我一樣是窮鬼，今兒開始與我一道伺候你們幾位呢。」

「嗯，滿好，滿好。」白淨的斯文後生是正常的上海口音，他脫掉黑色駝毛大衣，放到老

章手裡，對紮肉露出禮貌的微笑。

紮肉的眼睛卻是盯著那陌生女人的，直覺其氣質有些眼熟，不知在哪裡見過，因對方遮了半張面孔，卻怎樣也想不起來。

正猜測之際，潘小月已將紮肉按下坐了。

老章當即拿出一個玻璃缸，並六張顏色各異的紙籤、六枝毛筆、一硯濃墨，擺在桌子中間。眾人自取毛筆與紙籤各一份，蘸墨後往上寫了一、兩個字，並落款，折起後丟進玻璃缸內。

寫籤之際，有一氣宇軒昂、著真絲繡花長衫、戴玉扳指的老頭子，對著旁邊一瘦長男子笑道：「李公公前兩回都猜準了，這一回也該讓咱們蹭點兒運去。」

那被喚「李公公」的當下開腔回道：「唉喲，這哪是說蹭就能蹭的?你問問寶姑娘的運氣可是蹭來的？」聲音裡沒一點兒男性的雄渾。

「寶姑娘」沒有回答，反而偏一偏頭，表示不屑。

紮肉方才想起，此女與電影明星鄭寶珠有幾分相似，可恨戴了面具無法證實。

老章收了玻璃缸之後，將它放在舞臺幕布前的一塊空地中央，遂拍了兩下手。幕布當即拉開，只見大腹便便的碧煙被綁在一張躺椅上，兩腿分開各捆在兩邊椅腿處，她不停喘著粗氣，肚皮也跟著一起一伏。

紮肉被眼前的景象搞得目瞪口呆，愣愣看著臺上，只聽得潘小月陰惻惻在耳邊道：「這裡的每一個人都來頭不小，即便來頭小，手上的錢卻一定不少。進到這地方來，每次得交十萬洋大銀，進來以後下注則是二十萬。看到那紙籤沒有？上頭只要寫兩個字便可，或『男』或『女』，或『生』或『死』，全看臺上那大肚婆的造化。」

「那……那萬一賠率一樣，莊家沒有進出呢？」紮肉手心已在悄悄冒汗。

潘小月輕輕一笑，道：「莫急呀，這只是前菜。」

她話音剛落，只見斯蒂芬戴著同樣的面具走出來，之所以他好認，兼因體型儀態都教人過目難忘。

斯蒂芬如莎翁劇演員一般，極瀟灑的上臺鞠躬，遂道：「各位，今天由我來承擔這一偉大的任務，在座的你們都將在這次的遊戲裡得以永生。」

「上次那個老太婆呢？」那位被喚作「寶姑娘」的終於開了口。

「死了。」潘小月回應有些冷冷的，眼皮也不抬一下，寶姑娘亦再未說話。

此時，斯蒂芬手中已多了一支針管，碧煙見那針管挨近，又開始哇哇大叫起來，老章面無表情上前，熟練的按住她相對虛弱的左臂。

那李公公當下拿出兩顆小綠玉粒，往兩隻耳朵裡塞了，邊塞邊道：「嘖嘖，每次都鬼哭狼嚎的。」

紮肉感覺自己頭皮發冷，從前被父親吊在洋槐樹上毒打時的黑暗記憶伴隨著皮開肉綻的痛楚，又歷歷在目……

紮肉已記不得斯蒂芬是如何將催產針劑注入那孕婦的靜脈，她的褲子已被剝除，露出恥毛稀疏的產門，在那裡一張一合。

不消一刻，羊水噴湧而出，底下那些面具人隨之發出一陣喝彩：「來了！終於來了！」

儘管看不見表情，紮肉卻能清晰察覺到這些人的欣喜。隨著產門的擴大，斯蒂芬手舞足蹈的在碧煙的肚皮上推送。

「快！快！這些人的命運都在妳手裡，妳是他們的希望，他們的未來！快！快！像閃電掠過我們的頭頂！像甘露灑向乾涸的大地！快！快！快吶！」

斯蒂芬夢囈的魔咒很快起了效用，紮肉頭一次見識到這樣直接的生產過程。那越張越大的產門，順著椅子滴落在舞臺上的羊水，番茄色與蛋黃色的黏液絲絲縷縷的垂下，孕婦的每一聲慘叫都似撕破了喉嚨，卻又像是不知從哪裡積得的力氣，能一波接一波延續這掙扎。

很快，那個泛著青綠色光澤的肉塊自產門中擠出，斯蒂芬大叫：「快！準備！」老章將一個放了熱水的木桶移至孕婦的產門底下，只得聽輕輕一聲「噗」，一個渾身黏著穢物的肉塊伸出頭來，有模糊緊皺的五官，先前的青綠漸漸轉為猴屁股的緋紅。斯蒂芬已捲起袖子，以極熟練的節奏將嬰孩拖離母親的子宮，隨後「哇」的一聲響徹天際。

「我操他奶奶的小舅子！」那魁梧大漢狠狠拍了一下大腿，罵道。

李公公偏巧這時拿下耳朵裡的玉塞子，於是尖聲尖氣道：「喲！看來吳老爺子您又動了殺氣。您就不能討個彩頭，祝他們母子平安？」

「是個健全的女孩兒！」斯蒂芬將剛剛剪斷臍帶、在清水裡洗過的嬰孩高高舉起。

這一舉，席上又有兩個人重重拍案，顯得極為沮喪。

幕布隨即合起，簾內只傳來那孕婦氣若游絲的嗚咽。

潘小月笑道：「我是該恭喜這裡頭的某幾位了，不過那只是助興的前菜罷了，各位不必著急。您瞧，這場戲做得那麼順，接下來的正餐可就是諸位的福分啦！諸位今兒高興，便是我潘小月的榮幸！」

一席話，讓六個人又鎮定下來，那李公公還舔了舔舌頭，唯寶姑娘板著臉，似是與那五個男人意氣不投。

「接下來才是正餐，你且瞧著。」潘小月將手輕輕擺在紮肉大腿上，顯得極為親暱。

「那剛剛的孕婦，和她的娃兒，你們要怎麼處置？」

不知為什麼，他直覺胸口那隻蝴蝶隱隱作痛起來。

「急什麼？待會兒你便知道了！」潘小月嗲嗲的瞟了他一眼。

座上那六個人則開始聊起天來，魁梧大漢有一搭沒一搭的跟那白淨後生聊天：「要說潘老闆請到的廚子還真是鳳毛麟角，上個月吃過那一回的黃金拔絲，把我饞蟲全吃出來了！害得我呀，往後吃什麼山珍海味都不覺得香了！」

後生遂回道：「正是，所以也該潘老闆發財，都給咱們下了藥，吊出癮頭來了。」

對話間，後頭嬰兒的哭聲亦斷斷續續，最後便聽不見了。

紮肉已不敢再細問潘小月接下來的情況，只提心吊膽的坐著，過了一陣竟聞見一股奇香，釀綿如酒的厚重，帶著濃濃醬氣。

「這是？」李公公使勁抽了抽鼻子，鼻上的面具幾乎快要脫落，「今兒上的是什麼菜？」

「您猜。」潘小月拿手背托住下巴，神情極其嫵媚。

「聞到桂皮、八角、香蔥、蒜末、老醬油的味兒，想必是醬香蹄子！」李公公興致勃勃，聲調像在高空上走鋼絲一般。

潘小月遂笑了，推了一下對方的肩膀，道：「真是什麼也瞞不過李公公您的鼻子！」

正說著，老章已推出一個檯子，上頭擺了巨大的紫砂鍋，自鍋蓋邊緣冒出股股熱氣，將原本幾個面色緋紅的座上賓薰得越加容光煥發。

紫砂鍋上桌，老章慢條斯理給每個人分了碗碟，那香氣還在不停的往外頭鑽，將眾人肚裡的饞意都勾搭出來了。唯紮肉腦海中仍浮現那紅紅黃黃的黏液垂下，空氣裡瀰漫的酸澀與鐵鏽味，渾身貼著魚鱗般光滑濡濕的嬰孩在嚎哭中皮膚變紅，那產門擠出胎兒之後，宛若瞬間枯萎的百合變得焦黑靡爛……

掀開鍋蓋，一條油亮赤紅的肉條彎於鍋內，盤成胎狀。李公公迫不及待將銀匙伸入，輕輕一剮，那肉竟順從的淺淺堆起，他張開嘴，自拐七扭八的黑牙間伸出舌頭，將肉捲起，遂腮幫迅速鼓動，油水自唇邊淋下，流滿脖子。

寶姑娘下意識的挪了一下身子，嘴角下彎，表示不屑。

「這……這是什麼肉？」

紮肉話一問出口，便悔青腸子，因猜到潘小月會講出他最不願意聽的那個答案。

「這個呀，是紮肉呀。哈哈！」她笑吟吟往紮肉面前的碟子裡舀了一勺，那肉晶瑩剔透，宛若寶石，「你瞧你，自個兒都是塊肉，怎就不認得肉了呢？你們原是同宗，只不過你這塊紮

肉老一些，鍋裡那塊要嫩得多，是剛剛自娘胎裡……」

潘小月話未講完，紮肉已如箭一般站起，直奔牆角，卻見牆側的簾子被掀起一角，譚麗珍正用被雷劈過一般滯重的神色盯著外頭，大抵剛剛發生的這一切已讓她心神俱裂。

紮肉與她面面相覷好一陣，她忽地挨了他一記耳光，只聽他罵道：「臭婊子看什麼看？還不睡去！」罵完，仍走回去坐下，面目如常。

譚麗珍當下有些懵了，果然將簾子放下，不再有半點動靜。

「喲，這個好，這個竟不怕！」白淨後生吃了一口肉，每嚼一下都要拿白絲帕在唇上摁一摁，彷彿那樣才能順利下嚥。

「我潘小月選的人，自然不是鼠輩！」潘小月洋洋得意道。「哎呀……吃仙肉，能得道成仙。想青春永駐的，要吃；想長生不老的，要吃；想治療頑疾的，要吃；就連想那底下被切去的玩意兒長出來，都要吃。哈哈！」

一番話，將那幾個食指大動的人都戳痛了心病，遂紛紛放下銀匙看她，卻無人敢反駁半句。

過好一會兒，那寶姑娘才道：「託潘老闆的福，咱們也是各取所需嘛。」

眾人似是被提點了，均點頭附和，白面具後隔在陰影裡的眼睛流露討好與怨恨交纏的複雜情緒。

「好啦，大家吃得差不多，也該散了。寶姑娘，話說您的皮肉確實越來越水靈了，前途無量吶。」潘小月說完，便心滿意足的起身，擺出送客的架式。

「吃完，吃完吃完！」那魁梧男人於是加快進食速度。

其他幾人愣了一下，便又開始往紫砂鍋內搶肉，姿勢亦明顯不如先前的優雅有禮。

李公公竟吃得面具上都是油，邊吃邊嗚嗚哭道：「皇上聖明！還奴才的根吧！皇上聖明！還奴才的根吧！」

剎那間，彷彿六隻惡煞坐在墳墓內啖肉吮血，將世間一切殘酷陰暗之事統統收入腹內，於是變得越來越強大，也越來越恐怖。

隨著桌上一片饕餮之聲，最後連鍋內的湯汁都被舔得一滴不剩，那只紫砂鍋摸上去竟還是燙的。此時老章再度出現，上前將鍋子端下，六人跟著起身，陸續向潘小月頷首，遂一齊離開。走出去的辰光，六人似乎又變得體面稱頭起來，個個仰首挺胸，飄飄欲仙。

待送走客人之後，潘小月方才伸出玉臂勾住紮肉的頭，那是母螳螂欲吃掉交配後的公螳螂頭顱時的姿勢，她貼俯在他耳邊柔聲道：「今後，這裡可就交給你了，老章最近有點兒不大上心，不定出什麼么蛾子（注三）吶。」

「啊！明白！」紮肉使勁兒點頭，彷彿有萬丈的雄心要替潘小月守護好這樁一本萬利的大買賣，「不過……話說剛剛那個女人要怎麼處置？」

「出了縣，過三個屯子便是黑狼谷，丟到那裡便屍骨無存。省心。」

潘小月說這話的時候，表情甜絲絲的，只兩隻深幽的瞳孔裡都沁出一縷寒意，那寒意絕非良知泯滅後自然而然的反應，竟帶有些復仇的快意。紮肉暗下決心，一定要解開她眼中那個無底深淵裡埋藏的秘密。

……※…… ……※…… ……※……

阿耳斐的額頭燙得驚人，莊士頓一直陪著他，將他的四肢捆在鐵架床上，這孩子不停叨唸「冰糖」或者「喬蘇」。他趴在那裡，頭部側靠在枕頭上，沒有蓋被，卻是破天荒用木炭燃了錫爐，於是阿耳斐的面頰被燙成了豬肝色，額上用布包裹的冰塊疾速融化，雪水流了滿頭滿臉，多默正在不停的幫他擦拭。

「神父大人，要不要也給他一些冰糖？」猶達怯生生的向莊士頓建議。

「他像是患了傷寒，不能吃冰糖。」

莊士頓撫了一下猶達的頭頂，假裝不知道這孩子是想自己藉機蹭些東西，的確連續幾個月來，他們都沒有吃過一口肉，從前還會有一些自俄國人手裡買來的廉價黑麵包來打牙祭，現在連這個享受都沒了。

「叫安德勒和祿茂把費理伯抬到禮拜堂去。」

他驀地憶起若望的乾花房內還有一個孩子在等待神的召喚，身體破碎不堪，膝蓋和腦殼都已變形。

安德勒與祿茂在通往花房的路上氣氛有些僵持。事實上，他們幾個目前還算正常的教友之間已經不再交談了，有太多的秘密在胸口堵塞，反而沒有了傾訴欲，哪怕它們伸出銳利的鉤爪將記憶牢牢擒住。

瑪弟亞死的那一晚，若望充血的雙眸彷彿一直在瞪著蒼涼夜幕，令他至今都不敢抬頭探視天空。

「祿茂……」

踏過玫瑰小徑的時候，安德勒忍不住開了口。

「啊？」祿茂滿腹心事的回應，自哥哥死後，他彷彿失去了真正的精神支柱，從此變得萎

靡，對食物的需求也不似從前那麼旺盛了。

「我覺得事情不太對……為什麼那天瑪弟亞會單獨出去拿冰糖？」

祿茂沉默良久，眼睛轉向黑色荊棘一般的玫瑰樹殘枝，遂道：「人想得越多，快樂之神就離你越遠。這是神父告訴我的。」

兩人遂不再討論，繼續往前。有一種莫名的壓迫感鎖住了他們的咽喉，或許是某些見不得光又極其神聖的真相，在他們內心蔓延。

花房內依舊是溫的、香的、流光溢彩的，那些自高牆兩端架著的木條上垂掛下來的花簾，用乾潔的葉瓣撫過他們的皮膚。各式淡香混在一道，擰成一股氣息的洪流，以此隔絕與外界的聯繫。

祿茂跨過裝滿玫瑰、鈴蘭、野木菊、馬蹄蓮和鬱金香的木箱，來到若望的床鋪前，將雙手插入堆得海天胡地的乾花中，打撈費理伯的屍體。

安德勒卻在落地窗前停駐，那裡不知何時多出個一人高的鳥籠，用枯枝粗粗綁出來的形狀，根節處繫著僵硬如紙的薔薇與銀杏葉。若望赤身裸體蹲在籠內，宛若白鳥啼哭，嘴裡發出含糊不清的悲鳴。

「娘……」若望伸出一條雪臂，腕部有被樹枝劃傷的血痕，那紅分外怵目。

安德勒不由得往後退了一步。

「娘，我是天寶啊，妳不認得了？」

他正欲驚呼，卻被祿茂搶在前頭。只見祿茂捧住費理伯的頭顱，牙齒不停的嗑碰，結結巴巴道：「他……他的……眼睛……」

費理伯那扁薄的腦袋上，兩個眼眶開了血洞，嘴唇被繩子紮到吊起，呈一個橢圓的「O」字。

「娘……娘啊……」

若望傷痕累累的軀體蜷成一團，銀髮深深埋在臂彎處，兩枚蝴蝶骨幾要刺穿他粉白的皮膚，蜈蚣形的脊椎在背上劇烈起伏。

安德勒拿驚恐萬狀的眼神與祿茂對視，半刻之後便似有了默契，於是雙雙逃離花房，穿過小徑，往聖瑪麗的大門衝去。他們用牙齒緊緊咬住嘴唇，生怕漏出一個字便會被魔鬼嗅到蹤跡。白霧自鼻孔噴出，在空氣裡不停聚散，此時天空微微有些降雪，雪子不停刺痛他們的面頰，同時讓他們變得異常清醒。

到了！那扇門就在眼面！到了！

他們撲向深黑色的黃楊木鑲銅花門拴，用最快的動作將它取下，剛推開幾寸，外頭的世界只露冰山一角時，背後卻傳來一道聲音。

「你們要幹嘛去？」

拄著枴杖的雅格伯站在後頭，一臉的迷惑。

……※……　……※……　……※……

譚麗珍生怕被寂寞吞噬，所幸有杜春曉陪她。她不明白緣何先前潘小月跟前的紅人兒、算命極準的老姑娘，居然一夜之間也淪為階下囚，與她一道關在這裡等著經歷碧煙臨盆時驚心動魄的一刻。

可顯然杜春曉比她要更倒楣一些，兩隻手不知怎麼腫得像饅頭，均用紗布包著，吃飯時筷子都拿不好，只能撈些麵條之類。即便如此，杜春曉還是神色從容，該吃便吃，該睡便睡，教人誤以為她不是被關起來，卻是住在自家，逍遙得很。

「妳就不怕呀？」譚麗珍腦子裡至今都是碧煙在舞臺上趴開兩腿高聲尖叫的慘景，至於分娩之後的碧煙何去何從，她更是不敢往細裡去想，唯恐自己陷進更深的抑鬱裡。

「怕。」杜春曉頭也不抬道。

大半時間內，杜春曉都靠在鋪上休息，因譚麗珍的肚子日漸笨重，兩人擠一道睡覺的辰光，杜春曉都是竭力往角落裡縮，給她空出地方來，這個細心的舉動令譚麗珍感動異常。

「妳……妳莫不是……」她驀地想起自己被關進來的原因，不由得打量起杜春曉的肚子來。

「是，我有了。」杜春曉點頭道。「從前服侍妳的鳳娟也有了，所以如今她正享受妳之前的待遇，直到快瓜熟落地時，才會被關到這裡。」

「那……那咱們為什麼……」

「咱們可能是提前知道了真相吧，所以倒楣事兒碰上的也早一些。」杜春曉懶洋洋的打了一個哈欠，近些天來她總感覺小腹內有一股排放不掉的氣，大抵便是生命之初似有若無的狀態吧。

「可是……可是我什麼都不知道啊……」譚麗珍帶著哭腔道。

「妳可是私自出去過了？」

譚麗珍點一點頭。

「那便是了。」杜春曉拿出一張皇帝牌，道：「在斯蒂芬定下的規矩裡，懷上的女人都是不穩定的家畜，養著她們，讓她們吃吃睡睡，肥了以後等著挨宰。所以家畜不能有思想，更不

能四處走動，只要有一次被發現，便會提前被關起來，直到……」

「那要怎麼辦？！我不想死！也不想孩子死！」譚麗珍顧不得身子笨重，已撲到杜春曉腳下，緊緊抱住她的雙腿，彷彿那是救命稻草。

「不怎麼辦，安心待在這裡，養好身子，等著把娃娃生下來啊！」

斯蒂芬的聲音自簾布後傳來。

譚麗珍怔了一下，不由得鬆開了手。杜春曉方站起來，走到鐵門前，撈起簾子，他穿一身墨綠絲絨西裝，下巴上剃鬚水的氣味清新宜人。

「狗改不了吃屎，在上海的時候可是以為你轉了性子，未曾想還是幹這下作的勾當。」

杜春曉有些咬牙切齒，她就是無法在這男人跟前控制住感情，刻骨的怨恨、灼熱的愛意，如今正一絲絲、一縷縷自靈魂深處爬出，迅速繞滿全身，於是她變得毫無城府，瞬間化作被傷痛啃噬的平凡怨婦。

「我不信佛，所以不相信有來世。」斯蒂芬聳聳肩，「我也沒有轉性，難道妳轉了？」

「這個你管不著！」

斯蒂芬的雙手穿過鐵條，猛地掐住杜春曉的脖頸，將她拉到自己跟前，他們近得皮膚都能觸碰到彼此的呼吸。

「我當然要管！十四年前就是因為我不管，妳才變成這樣！怎麼？妳覺得我噁心？我從前很殘忍是不是？那妳呢？妳就善良了？妳難道不是比我殘忍一百倍？啊？！我之所以在上海招惹妳，就是想要一個答案！為什麼？到底是為什麼？」

杜春曉別轉頭去，竭力不看他。

「怎麼？不敢看我？不是號稱行俠仗義的女神探嘛！如今上海灘應該到處都是妳的傳說吧？我就想看看妳這位轉了性的大偵探到底有什麼臉說自己正義！」斯蒂芬眼角發亮，竟似掛了一滴淚。

「哈！哈哈！」杜春曉笑得有些癲狂，臉上表情卻還是木木的，「你且摸著良心問一問，當年我那麼做，可是無緣無故？若非你做那樣的事，我又何必下此狠手？到頭來，還得怪你自己呀。」

「可是……」斯蒂芬腔調已近哽咽，「妳就沒有後悔過？」

「沒有！」杜春曉這次回應得極快極堅決，「我杜春曉這輩子做過許多錯事，唯獨這一件卻從未後悔過。說到底，那都是你活該！」

斯蒂芬壓在她脖子上的手終於鬆了，彷彿被利劍刺中，緩緩退了一步，布簾亦隨之降下，再看不見他的臉，只聽得他刻毒的聲音自布簾後傳來：「瓊安娜，妳應該知道接下來會發生什麼，等時候到了，妳再說後不後悔！」

「你們……你們怎麼了？那洋人……跟你……你們……」譚麗珍已興奮得有些結巴了。

「妳可知道為何我跟他講話，都不避著妳嗎？」杜春曉轉回鋪上歪著，已回復氣定神閒的做派，「因為他早已把妳看成死人了。」

……※……　……※……　……※……

倫敦的每一個夜晚對瓊安娜來講都很受難，因為總是下雨。

每到這個時候，那些有幾個錢的男人通常都會去安靜的酒吧買醉，那裡很不容易下手，她無法用濕淋淋的身體挨近那些人，他們會一腳把她踹得老遠，然後笑罵：「滾開！黃皮膚的豬！」

但是，這隻「豬」也要吃飯。

她無法忍受飢餓折磨，自打被學校開除以後，為了躲過家裡安排的親事，她只能選擇失蹤，在這個巷道星羅棋布的陰暗城市裡遊蕩。然而，她還是覺得有些親切，因為那些布滿殺人犯與流鶯的小徑，像極了青雲鎮的窄弄，令她恍惚置身家鄉。

可是如果今晚不想空腹入睡，就必須找一家暖和的、進去半個鐘頭就能烘乾身上那件該死的棉布裙子的酒館，吧檯上最好趴著幾個不省人事的男人，口袋裡最好還有幾個先令。

這樣想著，她便決定去一家從未光顧過的酒館試試運氣，原來的幾家已經將她列入黑名單了，她必須找新的目標。

於是，瓊安娜在路口亮著桔燈的鰻魚酒館門前停下，那兒原先是家私人診所，後來因為醫生死了，他的妻子把地方租給了現在的酒館老闆。進去之後，瓊安娜的心便不由得緊抽起來，裡頭有些太乾淨，每個客人都彬彬有禮，交談還夾雜一些法語，顯然與她的身分處境完全不符，她隨即擔心自己可能屁股還沒坐熱就會被趕出去。

可是，瓊安娜還是硬著頭皮坐下了。穿著整潔背心的侍者為她遞上沒沾過一滴肉汁的菜單，她勉強叫了一杯淡啤酒，邊喝邊搜尋獵物。

很快，她便相中了一個坐在角落裡看報紙的男人，雖然報紙擋住了他的臉，但上身西裝內袋裡那只錢包的形狀卻是呼之欲出的。於是她走過去，壓下那張報紙，遂看見一副雍容尊貴的五官，柔輕的像用金絲紡出的捲髮鬆鬆的附在額前，底下是淡如湖泊的藍眼睛，細長的唇角正漾起訝異的漣漪。

「要不要算算運氣？」她強壓住狂跳的心，假裝沒有被邱比特的金箭射中，而是坐下來，

將塔羅牌放在桌上。

「謝謝，不用了。」他禮貌的拒絕，聲音像一杯糖散在咖啡裡。

「試一下吧，先生！」她哀求道：「只要一個便士！」

他看了她一會兒，收起了報紙，聳聳肩道：「好吧，試試。」

「要算什麼？」她急切的想要給他一個未來，那未來裡最好有她。

「嗯……」他努力思考的樣子稚氣十足，但很可愛，「算算我何時能離開這兒，回家洗個熱水澡吧！」

「先生，你不能這樣隨便，我的牌會不高興的。」

不知為什麼，她完全沉淪在他的陽光裡，連肚子也不再難受了。

「那就算算我什麼時候能變得有錢吧。」他拿出一個便士，放在她手心裡。

她將牌推到他面前，請他洗三次，洗過之後，她擺出了經典的大阿爾克那鑽石陣形。

過去牌：正位的太陽。

「這位先生，你有一個光芒四射的童年，一直受到上帝與家人的恩寵。」她用最美麗的字眼送他祝福，因他自穿著到舉止，手裡拿的《泰晤士報》，袖子上的鑽石釦子，指尖與下顎因苦練小提琴留下的微妙痕跡，都告知她對方是貴族出身的資訊。

現狀牌：逆位的戀人，正位的月亮。

「你的財運很好，依託女性上位的機率很高。」

那時她幼稚卻不愚蠢，知道在這個國度，長得好看的人都會受到異性關照，尤其那些日漸頹勢的貴族子弟，唯一的出路便是依託繼承了豐厚財產的寡婦，抑或斂財有道的交際花。

未來牌：正位的惡魔。

她愣了一下，竭力想為他圓一個光明的未來，他卻主動開口道：「這說明我將來發不了財，要變成有錢人，就只能把靈魂賣給撒旦，由它來指引方向。是不是？」

她無言以對，只能盯著他，偷偷揣測他的靈魂是否已經在地獄的櫃檯上交易過了。

「妳餓嗎？妳喝啤酒的樣子看起來像是能吞下一頭牛。」

他輕拍她的手背，沒有一點兒輕薄的意思。她拚命點頭，因知道晚飯可能有著落了。

「妳最想吃什麼？」

「牛排、麵條、牡蠣，最好再來一整隻烤雞！」

說話間，她口水已流到嘴邊，這些食物之前她一直不敢說出口，然而只是在腦子裡轉一轉，胃就像被刀片刮過一樣難受。

「還有呢？還想吃什麼？餐後水果呢？」

「那就用紅得像寶石一樣的石榴籽裝飾我的餐盤。」

「妳叫什麼？」

「瓊安娜。你呢？」

「斯蒂芬．韋伯。」

「那麼，斯蒂芬先生，剛才我點的那些該死的食物怎麼還沒上來？！」

他發出一陣爆笑，隨後打了個愉快的響指，侍者步履輕盈的走過來，他遂在侍者耳邊低語了一會兒，對方以殷勤的低沉嗓音回道：「對不起，石榴不是這個季節的食品，您想嚐嚐蘆筍嗎？」

於是，瓊安娜吃了一頓沒有石榴的晚餐，咀嚼間幾乎幸福得要落下淚來。斯蒂芬單手托著腦袋，什麼也沒吃，只是看著她。

她一面填肚子，一面在心裡發誓，只要不是丟掉性命，她可以為他做一切。受過他的恩惠之後需要幹些什麼，她已經從巷子裡那些孤兒身上見識過了，他們多半都會用猥瑣的眼神打量「獵物」，然後花幾個便士過過癮。

她慶幸自己不在這個行列中，一來是因為亞洲女人在那兒不是很受歡迎，二來她還可以扮成吉卜賽女人用塔羅牌騙幾個小錢。當然，必要的時候，也能從他們口袋裡順走明天甚至後天的「麵包」。

但是，她一點兒也不擔心斯蒂芬會對她怎樣，他把報紙放在餐桌上有水漬的地方，隨後發現了，亦不過用手絹輕輕擦拭一下，然後繼續閱讀——這說明他不是完美主義者，這樣的人只是普通紳士，即使有城府，也是純粹利益上的算計，斷不會有什麼恐怖的執念。

「可惜。」她心滿意足的放下刀叉，每一個手指都帶著油香，「沒有我喜歡的紅石榴。」

她並不喜歡吃石榴，只是無端的認為他會對挑剔的女人更有興趣。

「那就請瓊安娜小姐在明天這個時候再來，會給妳滿意的答案。」

次日黃昏，瓊安娜再次走到那桔黃色招牌底下的時候，鰻魚酒館不見了，只有「紅石榴」的簇新銅字招牌正散放鹹鹹的金屬氣息。

「這是瓊安娜小姐點的餐，請盡情享用。」

斯蒂芬的修長身材在室內的暖光下拖出魔術般的長影，臉上掛一抹鮮嫩的笑意，將瓊安娜完全融化，她甚至都沒意識到自己先前藉塔羅牌之名下過的錯誤判斷原因何在，只像個傲慢的小孩，對讀不懂的書總是特別介意。

有斯蒂芬的日子裡，瓊安娜一直踩在雲端，任何事物在她眼裡都是玫瑰色的，被陰雨侵襲時覺得滋潤，被乞討的孩子吐唾沫罵「中國豬」時她覺得有趣，把鑰匙丟還給從來沒給她好臉

色看的房東太太時也頗為揚眉吐氣。

看見斯蒂芬站在樓下，房東太太布滿黃褐斑的面孔擠作一團，親自為瓊安娜搬下所有的行李，不多，只有一箱衣物和兩箱書。

一個月以後，瓊安娜發現斯蒂芬的幽默裡總帶一些目的性的試探，比如他會調侃一個經常來店裡吃飯的交際花，說她穿這樣的裙子總讓別的客人分不清哪個才是放在店門上的鸚鵡。調笑完了，他又會問她：「妳熟悉巷子裡的那些妓女嗎？她們挺不容易，身上沒一件像樣的衣服。」

她隱約辨出他像是對這些女人格外有興趣，但也假裝沒發現，她希望自己表現得和其他女孩不一樣，所以從不打聽男人的秘密。

偶爾斯蒂芬會和她說說自己在美國淘金的事，講那些好事的黑人總是隨身帶一支尖錐，誰若是在躬身洗沙的時候狂呼「我要發財了！」，他們就會圍上去把那位「幸運」的傢伙扎成馬蜂窩。

對於這些奇聞，瓊安娜總是一笑置之，她認為自己在書裡讀到過的內容更加可靠，只是那些真相與她離得太遠。

斯蒂芬喜歡在午夜出門，穿衣服的動作很輕巧，步子踏得像貓一樣。瓊安娜總是故意裝睡，有些事情她不想去打探，怕知道了反而會難過。

在紅石榴同居的兩年裡，她對他知道得夠多了，譬如除了紅石榴樓上的那個睡房外，他還有另外的秘密居所，就在隔了大概兩條的地方，原來是那像鸚鵡的交際花住的地方，後來聽說那交際花感染了梅毒，他們把她送進瘋人院等死。

她之所以知道這個，兼因第二天早上見到他的時候，總能聞到他身上甜膩的香粉味，與交際花的一模一樣，那些廉價蜜粉早已沁入她的皮膚裡去了。

她惱恨過、咒罵過，於是氣沖沖去找那隻「鸚鵡」理論，後來計畫有變，她拎了一桶清漆潛入交際花的住所，打算在那女人的珠寶和衣服上都搞些傑作，結果卻發現屋子裡空蕩蕩的，客廳變成只有一個壁爐的用餐室，長長的餐桌上擺著縮水的鮮花。

起初瓊安娜以為那兒是他打算擴張的一間餐館，但當看到地下室內關著的一個大肚子女人時，才明白事情絕非她想像中那麼美好。那女人不停的向她吐痰，身邊堆著雞和魚的骨頭，肚子沉得快要砸到腳背。

對方也是黑頭髮的亞洲女人，髮絲間爬滿了蝨子，像是越南或者馬來西亞過來的，只能用蹩腳的英語和她交流。

瓊安娜從中得知她是在附近做皮肉生意的，懷了孕要去墮胎，到了私人診所之後被那長期做引產的老太婆告知太危險，必須生產，她只得回去想別的辦法。孰料當晚就有一個古怪的男人包了她的夜，帶她到這間公寓來快活。

按那孕婦的話講：「那該死的男人太漂亮了，就算明知他是開膛手傑克也會跟他走的！」孕婦嘮嘮叨叨講了半個鐘頭，意思便是斯蒂芬什麼也沒要她幹，只是將她關在這裡，每天定期給她送吃的，現在她快要生了。可是，那妓女臉上一丁點都沒有即將身為人母的喜悅，她只是說斯蒂芬會給她一筆錢，讓她離開這裡，但要把孩子留下。而隨著產期臨近，她越來越不安，只想儘快離開這兒，於是跪下求瓊安娜放過她。

瓊安娜沒有這麼做，在證實那婦人的話之前，她依然把孕婦關在那兒，然後回去繼續煮湯，擦乾淨每一張餐桌。

「親愛的，讓我給你算牌吧。」

打烊後，洗完手，鋪好床之後，她這樣對他說著。

他愣了一下，還是同意了。

「要算什麼？」

「算秘密。」他這樣跟她講。

她急急將牌拿出，都未讓他沾過手，便在床上排出陣形。

過去牌：逆位的戀人。

「你過去的秘密來自於愛人和錢，這兩件給你的傷害很深，你必須從中有所取捨。」她完全不相信那些淘金之類的鬼話，寧願為他編造一個相對公平的過去，有美麗的未婚妻，有大好前程，直到貧窮毀了他的信仰。

現狀牌：正位的惡魔，正位的世界。

「幸運的是，你現在可以把女人和錢財都抓在手裡，女人能為你賺錢……」她頓了一下，翻開了最後一張牌。

未來牌：逆位的死神。

「你以他人的命運換取自己的重生，這是和魔鬼在交易，終將受到神的懲罰。」

她感到後頸被一股凶險的力量緊緊抓住，儘管看不見斯蒂芬，她仍可以由那手勁想像它窮凶極惡的主人。

他貼住她的耳膜，吐出的每一個字都扎得她生疼：「我這一輩子都不知道窮的滋味，但我見識過別人的窮，很多人其實都不該被生下來，他們不會像我那樣幸運，受過最好的教育，每一餐都有魚子醬，酒窖裡的酒可以用來洗一輩子澡。但是我明白，並非人人都能享受這些，這

個世界弱肉強食，強者會變得更強。所以不必在我身上套用什麼苦難的劇本，我生來就是要站在很多人的頭頂上，打開他們的腦殼吸食腦漿的！」

當夜，瓊安娜在那曾經屬於交際花的私宅裡見識了一場豪華晚宴。那些戴著各式面具的男男女女抽著印度大麻，將葡萄酒當成香水點綴在耳後，把肉凍包在麵包裡吃掉，在搖曳生姿的壁燈燭火中低聲交談，眼裡燒著一把飢渴的烈焰。他們坐定後，那孕婦上臺、躺穩、接受注射，眼神懶懶的，神智彷彿在另外一個世界……

那個為孕婦接生的老太婆，瓊安娜認出來了，是手上犯過許多人命的惡老太婆蘿絲，她總是用沒消過毒的鉗子夾碎妓女肚子裡的嬰兒，那些妓女因此而患上盆腔炎，最後連走路都變得困難。

整個生產過程，那些戴面具的觀眾都用手捂著嘴在看，嬰兒自產門中擠落時，席間爆發出熱烈的掌聲。瓊安娜面無表情的坐在角落，手裡端著一只水晶杯，裡面裝著血色琥珀般的液體。直到一位神情嚴肅的僕人穿著考究的長禮服，將餐車緩緩推出，給每個人的盤子裡分肉排的時候，久久滾動在她喉間的穢物才自口中噴射而出。

斯蒂芬站起來，向所有人鞠躬道歉，然後將她拉到另一個房間，重重甩了她一巴掌。

「這是我們目前為止最好的一樁生意，別他媽搞砸了！」

她繼續定定的看著他，但顯然已經不認得他。其實她也有些不認得自己，因是頭一次懷孕，肚子裡總有一股莫名的氣流在竄動。

「這樣的事，多久才會做一次？」

「要看我們能弄到多少無人認領的孕婦，我買通了那個惡老太婆，妳知道的。所以，運氣好的話，兩、三個月就可以舉辦一次這樣的晚宴。」

「這些客人付費特別高嗎？」

「高得嚇人，而且都是先行付款，這可是划算的買賣。」

「萬一出意外呢？比如生下的是死胎、畸形兒之類的。」

「那是意外，說好了不退錢的。但是，如果他們來了卻發現沒有想看的東西，那可就夠我受的了！」

她沉默了半晌，遂用一種幾近絕望的口吻問道：「那你有把自己的孩子奉獻出去過嗎？」

「瓊安娜……」他又披上了「溫柔紳士」的皮相，將她摟在懷裡道：「這怎麼可能呢？我還沒有完全把靈魂交給魔鬼，最多只交了一半。」

她沒有信他。

三個月以後，瓊安娜在斯蒂芬的秘密公寓裡發現了一個黃皮膚的孕婦，為防止她逃跑，斯蒂芬在她的一隻腳上戴了鐵鏈。

據說是那個女人情緒不太穩定，斯蒂芬叫瓊安娜去陪她聊聊天，有助於對方安胎，於是她在那兒待了兩天。那個女人向她討香菸，她說在中國的老家古江鎮經常抽一種叫黃慧如牌子的香菸。瓊安娜說沒有，卻為她弄來了幾支雪茄。

中國女人說自己原本是嫁到英國來的，這兒有個做絲綢生意的「指腹為婚」在等著她，結果抵達倫敦才知道那個男人早就已經娶了別的女人，為了敷衍還在中國的父母，才答應接納她。於是她一氣之下便離開那兒，想回中國，可又苦於沒有旅費，只好去下等酒吧裡幹活，所以被男人強暴是必然的，懷孕則是為她任性的行為雪上加霜。

於是，瓊安娜給了中國女人一百英鎊，並用挫刀銼斷了她的腳鏈。

當斯蒂芬看到只餘一條斷鎖的地下室後，他憤怒得雙目通紅，將瓊安娜重重摁在牆上，掐住她的咽候，彷彿要把她吞下去：「黃皮膚！他們這次指定要黃皮膚的嬰兒！他們出了兩倍的價錢！妳知道這樣做會有什麼後果嗎？啊？！我們會被吊死在紅石榴的廚房裡，再讓老鼠慢慢吃掉屍體！」

窒息中的瓊安娜為了自保，只得勉強用嘶啞的聲音道：「我懷孕了！別……別殺我……」

那雙本該擒住她生命的手果然鬆開了，斯蒂芬恢復了平靜，很突然，也在情理之中，詫異、困惑、欣喜、狐疑……至少有數十種表情自那張俊臉上掠過。

欣喜？

瓊安娜瞬間意識到犯了怎樣致命的錯誤，身上的每一顆細胞都在尖叫，只喉嚨發不出半點聲音。

地下室裡仍有那中國女人抽過雪茄的濃郁香氣，她怔怔坐在鐵床上，屁股下的鋼絲發出「吱呀」抗議。斯蒂芬在那裡給她留了一盞燈，一如紅石榴餐廳門口那盞，澄黃、溫潤、有邂逅初戀的迷人色澤。她在那盞燈下撫摸床鋪，用手一點一點抽出已經鬆動的那根鋼絲。鋼絲也許無法打開她的腳鎖，卻能將斯蒂芬擊倒！

她深吸了一口氣，褪下裙子，分開雙腿，將鋼絲緩緩推入。

是的，她沒有經驗，但書上有教過，書上什麼都有……

生命殞滅的那一刻，她痛得幾乎裂成兩半。

面對一片血色狼籍，斯蒂芬沉默了好一會兒，他沒有打她，也不曾暴跳如雷，那張漂亮的臉泛起沉重的鉛灰色。

「瓊安娜，妳以為我會把我們的骨肉也送給那些混蛋吃掉？妳在想什麼？」

她已沒有力氣講話，只躺在床上，看著天花板上某個類似彎月的神秘斑點。

「妳瘋了！妳真他媽瘋了！」他一面搖頭，一面打開她的腳鏈。

斯蒂芬臨走前說的最後一句話是：「我會讓妳付出代價的，比取妳性命更沉重的代價！」

不知為什麼，聽到那一句，她竟微微鬆了一口氣，因知道自己還會繼續活下去，直到他復仇的利劍自她頭頂砍下。

瓊安娜永遠記得回到青雲鎮的那天，她在張寡婦的雜貨鋪買了一包黃慧如牌香菸，正蹲於橋頭抽著，只見一個年輕後生「登登登」跑過來，看看她，又看看菸，咕噥道：「不像呀……」

「不像什麼？書呆子！」她轉頭對他笑了，露出一排很白的牙，它們是許多年以後才變得斑黃的。

「窯姐！」他挺了挺細瘦的胸膛，眼鏡片後頭有一對天真的眼。

她冷不防伸手拍了一下他的後腦勺，罵道：「書呆子！真認不得我呀？」

那後生取下眼鏡往衣角上狠擦一擦，再戴上，細看了半日，突然指著她鼻子大叫：「是春曉！杜春曉！我娘正跟妳娘商量，要退掉咱們倆的親事呢！妳還有臉回來？！」

聽到「杜春曉」三個字，她瞬間感覺自己又做回人了。

注三：么蛾子，老北京方言，意思指耍花招、出鬼點子、出餿主意。

第六章

失控的審判

潘小月好幾天都吃不下飯，整日惶惶的，記得十多年前有人給她算命，講她是福厚命薄，有得有失，財源滾滾卻無緣消受。於是她至今都與那算命的賭一口氣，吃最好的食物、穿最貴的料子、用最好的東西，只是心裡總有根弦吊著，正是那根弦彷彿在她錦衣玉食的生活裡下了咒，令她怎麼也高興不起來。

這根弦如今已在她身上越繃越緊，快要勒得她肝膽俱裂！從前以為不會在意的事、拒絕產生的情愫，隨著年紀增長、皺紋漸起，竟一點一滴的積蓄起來，把她逐漸軟化。

斯蒂芬回來之後，總講她美豔如昔，直至看到紮肉，才對她講：「妳變了，居然會相信這種騙子。」

她苦笑：「你也曾騙過我，何苦一百步笑五十步？」

每每抬頭看牆上那張畫，戴鬼面具的男子似乎都透過面具上那兩隻通紅的火眼瞪住她，彷彿在斥責她的軟弱——潘小月，妳越來越不像做大事的人了！

「小月，事情辦妥了。」紮肉穿著一件狼皮襖走進來，拍掉滿頭滿身的雪子，站在那裡。

「紮肉。」她指間的香菸已燒過半，一截松白如腦漿的菸灰落在鞋背上，「你對老鄉可真下得去手。」

「我只認錢，還有妳。」

她直覺背後有暖意，腰部被一對溫柔手臂輕輕環住，遂開始用力，雪子在擁抱裡融成水珠，濕濕冷冷，直鑽入她的夾襖裡去。

「我乏了，你也休息去吧。」她拿掉握住兩隻乳房的大手。那手還是用紗布繞著的，只沒先前那麼厚，十根手指又能靈活運作，將她伺候得欲仙欲死了。

「這是啥玩意兒？」他果然一眼相中桌上那只黃楊木雕的盒子，且記得已不是頭一次見，從前也曾驚鴻一瞥，只可惜她總是匆匆將它鎖進抽屜，好像見不得人。

今次她果然又是一樣的反應，忙將盒子拿起，放入抽屜，他竭力壓抑住好奇心，訕訕走出去了。她望住他的背影，呆滯了很久，恍惚覺得心底深處那個人又浮出水面，用一對陰紅的眼看她。

幽冥街的夜晚硬冷如鐵，紮肉站在賭坊外頭喝了一碗熱騰騰的羊肉湯，見老章蹲下石圈牆底下抽菸，便上前跟他要過一根。老章側一側身，沒有理他。

「我說爺啊，您這些年也不容易吶。聽人說『江湖第一神騙』章春富從前是宮裡的御廚，做的菜能把玉皇大帝從龍椅上勾下來，果然現今您都用在那地方了。嘿！嘿嘿！」

面對紮肉的戲謔，章春富也不動氣，只指著自己那半張殘臉，問道：「看見沒？知道怎麼來的嗎？」

紮肉搖搖頭，掏出火柴，為他新點了一根菸。

章春富深深吸了一口，彷彿為自己提了些傾訴的勇氣，方緩緩道：「不是讓你看傷，是看這兒。」他指的是下巴上花白的鬍渣，「若是能進宮做廚子，還能長出這個來？」

紮肉登時語塞。

「十四歲那年，我跟著宮裡出來的師傅學廚，未曾想有一日喝得半醉，大火炒菜的時候油鍋竄火，被燒了半邊臉。自此見火便有些心慌，再無力做這個了。迫不得已，才混了那見不得人的勾當。」

「那為什麼……」

「為什麼又到這鬼地方，跟著那婆娘幹下油鍋的營生？」章春富冷笑一聲，道：「原以為是永遠拿不起那鍋鏟了，可事事難料啊……」

「那個……咳咳！」紮肉嗓門有些發乾，卻還是問出一句：「聽說您是為了一個女人才金盆洗水的，那女人莫非是……」

「哼！若是潘小月，你還能在這兒跟我說話？」

章春富出人意料的拍了一下紮肉的腦袋，道：「唉呀，你小子如今做的事情危險得很，我

是一把年紀，生死都可置之度外，你還有很長的命要活啊！」

「爺這話說得可就不對了，咱們做老千的，最懂為自己鋪後路，既要幹這趟買賣，也自然有全身而退的算計。要不然，都不定死多少回了。」紮肉顯然有些激動起來，在前輩眼皮底下手舞足蹈的。

「小子啊，這一回，爺可沒見你給自個兒留多少退路啊。」

兩人彷彿說中了彼此的心事，都是一陣默然。最後老章苦笑道：「做騙子的，其實誰都得騙得過，除了自己。」

「沒錯。」紮肉點點頭，將匕首抵在老章腰後。

「考慮清楚啦？」老章臉上紋絲不動。

「清楚了。」

他的回答清晰、有力。

……※……　……※……　……※……

前不久剛上演過分娩大戲的廳內，彷彿還瀰漫著孕婦產門內散發的異味，兩個老千只憑手裡的一根火柴探路，總算磕磕碰碰的摸到了那張布簾。

老章打開鐵門，譚麗珍一臉迷濛的自夢中醒來，藉著火柴的微光，她發現杜春曉竟一直非常清醒的坐在地上，左手捂著肚皮。

「做……做什麼？」

她惶惶的坐起，看著老章。

「從這裡上去之後，千萬別從後門走，要光明正大自前門繞到賭場，隨便在哪個檯子上坐一坐，再晃出去。不要表現得驚慌失措，鎮靜一些。這是籌碼，到那兒玩幾把，免得裡邊的人起疑心。出去以後，埋頭繼續往西，東邊一路都有潘小月的人把守，往西只要繞過五個麻煩的叫花子就可以了。」

「還有，出去以後，寧願凍死餓死也別在哪個屯子裡留宿，睡到一半準被麻袋套上又裝回來了，寧願去荒郊野外的樹林子裡避著。我口袋裡有兩塊打火石，在那兒生一堆火，輪流值夜，第二天一早就趕到火車站去，據我所知，最早一班車明早八點就到。」

杜春曉在黑暗中聽完老章一字一句的交代後，默默的將譚麗珍扶起，出鐵門時從老章衣袋裡拿了那兩塊打火石。紮肉跟在後頭，神色嚴峻。

四人剛走出沒幾步，突然眼前變得煞亮，世界豁然開朗，吊燈的明黃色燈光將他們照得無

可遁形。只不過情形有些變化，竟是老章拿匕首抵住紮肉的喉嚨！

四人站在斯蒂芬與潘小月跟前，周圍尚有十來名壯漢，個個身上散發出叫花子的惡臭，剛剛黑暗中那氣味原來竟是這麼來的。紮肉登時明白了為何老章要搶在他前頭把所有的話一口氣講完，容不得他插半句嘴。

「老章，這些年你辛苦了，如今也該到歇歇的時候了。么蛾子出到這分兒上，可是一點都不覺得對不起我？」

潘小月說話的時候仍是笑吟吟的，一點兒也不像動過氣的樣子。

「潘老闆，今兒算我章春富對不起您了，放這兩個女人一條生路，要不然，休怪我傷您的心頭肉。」

潘小月忍不住笑出聲來，半天才道：「老章，你可把我潘小月看扁了，真以為我會為一個臭男人要死要活？要殺便趕緊下手。反正你們今兒誰也跑不掉。」

「何況紮肉和你是同夥，這齣戲你們演得可不算高明。」斯蒂芬擺出一臉痛惜的表情，拆穿了兩個老千的伎倆，「如果是你脅迫紮肉，剛剛進來的腳步聲就不會那麼分散。」

老章臉上的肌肉終於開始顫動，抵在紮肉脖子上的匕首卻未曾挪動過一寸，想來正在迅速盤算脫身之法。

「也罷。」杜春曉突然出手，一把奪過老章的匕首，將刀鋒抵住譚麗珍的肚子，笑著問道：「那這樣呢？」

剛剛還在得意的兩個人果然臉色變了。

「臭男人多一個少一個不打緊，錢沒了可是頭等大事呀！我若是當場把這裝了金元寶的肚皮捅破，下場如何，兩位可比我清楚吧。」刀鋒已刺破譚麗珍繃緊的棉襖。

「妳敢！」潘小月已是咬牙切齒。

「橫豎都是死，我有什麼不敢的？」

這一次，輪到杜春曉滿面笑意。

「你們三個人可以走，把她留下就好。」斯蒂芬指了指譚麗珍。

「成交。」

杜春曉的允諾令譚麗珍萬分不安，她撐大了眼眶，嘴脣哆嗦，意欲張口哀求，又覺得無用，於是只得哭喪著臉應對絕境。

四個人走出賭坊後門的時候，外頭早已圍了十來個叫花子，空氣像是隨時會炸裂。譚麗珍已有些神智不清，突然輕輕啜泣起來。潘小月與斯蒂芬始終步步緊逼，在刀鋒一般的寒風裡盯住原本已經叼在嘴裡的獵物。

「已經到外頭了，把她推過來，你們就可以走了。」斯蒂芬一臉生意人的表情。

「成啊。」她偏一偏頭，「叫你的人都把褲子脫了。」

「什麼？！」

「我說，脫褲子！連褲衩兒都脫！」

「脫！都他媽給我脫！」潘小月只得下令。

譚麗珍覺出被她肚皮上的體溫焐暖的刀鋒，已實實在在貼在皮膚上了，刺痛感隨之而來。

幾個叫花子面面相覷一陣後，紛紛解開了繫在腰間的草繩，利索的將褲子褪到腳踝，其中某幾個還刻意對住潘小月，雖冷得兩腿發顫，棉襖下襬還是有些蹊蹺的撐起。潘小月竭力不去計較這些，只死死瞪著杜春曉，若是眼神真能殺人，對方早已腸穿肚爛而死。

「我說了，只要把她留下，你們都可以走！難道聽不懂我說什麼？」斯蒂芬顯然也剝掉了紳士外衣，眉心擠成一條深深的直線。

杜春曉忽然笑了，她將譚麗珍抱得更緊了一些，道：「你不知道我跟騙子是老鄉？又怎麼會把發財的機會留給別人？」

未等斯蒂芬反應，只遠遠聽得一聲長嘶，一輛馬車直奔四人而來，遂在他們身後停下，車上落下大把的稻草，稻草後頭有人大喊：「趕緊上來！」

紮肉忙上前將譚麗珍抱起，往車上一放，杜春曉也跟著一躍而上，那趕車人還在不停的催促：「快！快呀！」

那催促冷不防被犀利的槍聲割斷，幾個叫花子急急想拉上褲頭卻已來不及，唯斯蒂芬尚有能力舉槍阻攔。那馬聽得槍聲便越加驚慌，突然揚起前蹄，車上的譚麗珍嚇得尖聲大叫，杜春曉緊緊護住她，紮肉此時也上了車。

「走了！」趕車人大吼。

「不行！還有老章！」杜春曉急道。

「快走！老章走不了了！」紮肉對趕車人大叫。

說話間，斯蒂芬已向馬車連開數槍，車身已隨驚馬的顛簸險些側翻，趕車人聽到紮肉指示，猛一甩韁繩，馬車遂衝了出去，只餘老章中彈的傷體匍匐在雪中。已穿好褲子的幾個叫花子裝模作樣的追了幾步，便不再往前去了。

「可惜了，不過終要有人犧牲的吧。」杜春曉對趕車的夏冰道。

「嗯，那位爺，是條漢子！」

小刺兒用斷腕狠狠拍了一下車板，表示敬畏。

……※……　……※……　……※……

這輛風風火火的馬車並未突破西口往外奔去，卻是撥轉馬頭向東，在聖瑪麗教堂前停住。五人下了車，卻見吊橋早已高高掛起，他們隔著一條鴻溝。

夏冰已急得出汗，只得對著杜春曉罵道：「事到如今妳還逞強？！讓妳往西妳非往東，如今可好了，這裡的人絕對不會讓咱們進去！」

杜春曉轉頭對紮肉罵道：「這樣的蠢人你還救他作甚？還有你，小刺兒！你都沒手，連身子都站不起來，是怎麼給他鬆的綁？！不如讓他在那裡餵狼得了！」

「哈爺說過，小刺兒再廢物，還得留個本事在身上，才不會餓死，這本事不能讓別人知道，所以怎麼給夏哥鬆的綁，小刺兒不能說！」小刺兒答得倒是理直氣壯。

「唉唉唉！我說姑奶奶呀，這節骨眼上妳就甭跟我賣這個乖了，把妳關起來那會兒一聽說男人被丟到黑狼谷餵狼了，急得跟什麼似的。爺好不容易保妳男人平安，奶奶妳倒擺起譜來。」紮肉邊說邊將積雪往溝裡踢，語氣異常沉重，似乎還在為前輩的死難過。

被搶白了一通之後，杜春曉只得忍住氣道：「潘小月不是傻子，既知咱們逃跑的計畫，必然也早在西街頭上布了埋伏，若往那裡跑就是送死，到時馬車還沒踏過界便被亂槍掃了。你都還在做夢呢！」

「那……咱們怎麼進去呀？」剛剛在一旁作柔弱羔羊狀的譚麗珍怯生生插了話，當下便切中所有人的心病。

唯紮肉笑道：「你們有所不知，我紮肉還有一手逃生絕技！」

「是什麼？」夏冰推了推鼻上的眼鏡，直覺十根手指都快被冰凍掉。

「移花接木大法！」紮肉邊說邊對住壕溝對面豎起的黑色橋背張牙舞爪一番，吹了三聲口哨，口中唸唸有詞。

正唸得唾沫橫飛之時，只聽得一聲怪響，吊橋竟緩緩往溝道撲來，在夏冰、譚麗珍與小刺兒的瞠目結舌中「碰」的一聲，重重落在他們腳邊，對面的教堂大門亦隨之開啟，雖夜色茫茫，卻仍能隱約看到裡面的玫瑰小徑與禮拜堂模糊的輪廓。

「這……這……真是神了！」

夏冰過橋的辰光還是一臉腦袋被迎頭澆了一盆冰水的模樣，直到看見橋那邊一道高大的人影在衝他們不停揮手，嘴裡叫著「阿巴」。

紮肉吐了一下舌頭，對夏冰道：「瞧，這就是爺法術的本源！」

「你們不能待在這裡，趕快出去。」

面對這五位不速之客，莊士頓當即下了逐客令，且指著阿巴道：「我不知道這個女人是怎麼溜進這裡的，希望天主寬恕她的罪。」

「可是神父大人，當初是你請咱們來辦案的，咱們才忍辱負重在賭坊埋伏，好不容易把案子查出點兒眉目來了，你又過河拆橋，要把咱們趕出去。你問問天主，可有這樣的道理？」杜春曉只得死皮賴臉道。

「你們每一次來，這裡都有血光之災，我不希望再出現這樣的事！」莊士頓心意已決。

「來不及了啊，神父大人。」杜春曉迅速在禮拜堂內的坐臺上擺出四張塔羅牌。

過去牌：正位的星星。

「從前是一派祥和，只可惜流星易逝，這裡的安寧無非是個表象。」

現狀牌：逆位的愚者，正位的戰車。

「你看，裝傻的日子已經過不下去了，聖瑪麗死了那麼多孩子，必定有其內因。若再不找出真凶，恐怕惡魔的戰車就要踏平這裡的寧靜！」

未來牌：逆位的審判。

「審判之日即將來臨，作惡者必將受到審判，所有劫數都是逃不掉的，一味逃避只會加速這裡的毀滅！」

莊士頓動一動嘴唇，似要解釋些什麼，卻聽得外頭譚麗珍歇斯底里的尖叫。眾人跑出去一看，竟是阿巴正抓著譚麗珍的頭髮，另一隻手掐住她的脖子往外頭拖去，夏冰與紮肉忙上前阻攔，卻已來不及。

譚麗珍捧著肚皮硬生生被拉出去三、四尺遠，於是叫得越發用力，阿巴亦激動萬分，嘴裡「阿巴」噢個不停。兩人女人在時常清掃卻仍在夜裡積起一層薄雪的磚地上纏作一團，阿巴顯然從力氣到個頭都比譚麗珍占便宜些，對方被她抓住了頭髮，只得聽她擺布，因此譚麗珍唯一的反抗方式便是尖叫。

待夏冰將阿巴死死抱住，被紮肉扶起推至一旁的譚麗珍已面容慘白，用發抖的食指指著阿巴喃喃道：「瘋子……瘋子……」

杜春曉突然回頭問莊士頓：「上一次阿巴發作，可是在鐘樓上見著喬蘇和費理伯的時候？」

「你們必須儘快離開，否則我就通知潘小月來這裡抓人。」莊士頓話畢，轉身便往寢樓走去，眾門徒跟在他後頭。

杜春曉點了一下人數，自言自語道：「奇怪……那白化病的兔崽子呢？」

「莊士頓！你他媽還是人嗎？！成天拜神拜上帝，到頭來真有幾條人命要你救，你反而要殺人，你他媽這算什麼慈悲？！全是狗屁！」紮肉在後頭又吼又跳。

莊士頓果然停住，猛回頭道：「人生而有罪，我們都需要在見天主之前先贖清自己的罪過，也許這就是你們贖罪的最好時機。而我的罪，自有時機去贖，只不是現在！」

「你……你……」紮肉張口結舌，已不知講什麼好。

阿巴還在「哇哇」撲騰，眼看夏冰細瘦的身子骨已壓制不住她。

此時小刺兒突然吹了一聲口哨，大聲道：「小玉兒！你倒是說句話呀！讓你師傅收留我們呀！人在做，天在看！小玉兒！」

阿耳斐終於轉過頭來，看著小刺兒，流露異樣的溫情眼神，有回憶、有畏懼、有無奈。那張如玉的清秀面孔瞬間沉浸在掙扎裡，只得對莊士頓擺出祈求的姿態。

「神父……暫時收留他們一晚，明早就送他們走。」

「不行。」莊士頓斬釘截鐵道。

「我也請求讓他們留下！」說話的竟是安德勒，他因緊張而將空氣含在腮幫內側，整張臉都鼓起來了。

「神父，也許救他們也是我們贖罪的一種形式，為什麼不向弱者施以援手？」雅格伯也振振有詞。

六個孩子將莊士頓團團圍住，令他進退兩難。

「你們……」

莊士頓舉手欲打，然而手掌卻硬生生凍結在半空，好一會兒才緩緩垂下，轉頭對那幾位不速之客道：「明天一早你們就得離開！」

那一夜，失控的阿巴被綁在冰冷的暖爐管子上，這不討好的活自然是紮肉做的；而譚麗珍則是躲在杜春曉房內，抱著被子哭泣，哭了半晌後想是累了，便歪在鋪上沉沉睡去，亦覺不出寒意。

杜春曉卻睡不著，只一面蹲在室外的走廊抽菸，反正屋內是一樣的冷，她唯有裹緊身上那件單薄的夾衣。

她的煩躁可想而知，尤其想起剛剛逃生用的馬車竟還丟在教堂外頭，於是更加不安起來，生怕過不了這個夜，他們一行人便會被潘小月的手下擒個正著。憂心忡忡之際，只覺小腿一緊，像被什麼東西拖住，低頭一看，竟是小刺兒。

「姐姐。」小刺兒破天荒的輕聲輕氣，「跟小刺兒去看看兄弟吧！」

「兄弟？」杜春曉愣了一下，遂笑道：「可是說小玉兒？你們是怎麼認得的？」

「不，是另一個兄弟。」阿耳斐自走廊另一頭悄悄走來，手裡舉著半截蠟燭，豆大的火光只能照出他半張線條精緻的臉。

「我和小玉兒還有天寶，從前都在五爺手底下討過飯，後來聽胖哥說，天寶腦子不得勁兒，會把行人嚇跑，就把他丟到黑狼谷餵狼，被這裡的神父救了去；小玉兒因是個健全人，五爺想挖掉他的眼睛再讓他去討飯，我給天寶帶了信，天寶便央求神父把小玉兒買過來的。雖然小刺兒跟小玉兒、天寶不是一路了，但還是兄弟！」

小刺兒蜘蛛一般攀爬在地的身影竟也有些偉岸起來，雙眸更是明亮如星。

杜春曉蹲下身子，拍拍小刺兒的腦袋，道：「原來那天寶還是你們倆的兄弟，那咱們就去見見。」

於是兩人便跟在阿耳斐後頭，一徑往鐘樓去了。

打開花房的門，藉助微弱燭光，總算看清裡頭的情形，仍是鋪天蓋地的乾花冷香，皮膚時不時與紙薄的葉瓣相互摩挲；還有某處混合著屎尿的腥臊，直往鼻孔裡鑽，杜春曉掩鼻欲往後躲，阿耳斐卻偏往那臭氣薰天的地方去。

隨後，杜春曉便看到一座巨大的鳥籠內，白鳥般的若望正蜷縮在那裡，從鼻尖到下巴均深深埋進雙膝，只露一對驚恐的眼；背上斑駁的傷痕層層疊疊，血紅與慘白交相輝映，被黃光染成一種詭異的橙色。

「這……這是為什麼？」她轉頭問阿耳斐。

「因為上一次我和天寶打架，之後他的失心瘋又發作了，只好把他關在這裡，這些乾花能讓他安靜下來。」

「天寶？天寶？」因好不容易見著老友，小刺兒叫得有些急切，無奈若望一動不動，保持先前的姿勢，眼神還是空洞而慌張的。

「天寶？若望？」杜春曉將手伸進籠內，在他裂縫的傷口內拿指甲輕輕刮了一下，若是正常人早該痛得驚跳起來，可若望卻始終還是那樣縮作一團，宛若凝固的石膏像。

「他怎麼不知道痛？」

杜春曉滿面狐疑的怔了半晌，然後拿出剛剛要脅譚麗珍用的匕首，一刀一刀切割起籠子上紮枝條用的繩子來。所幸紮得不算牢固，很快，那籠子便被抽掉了幾條樹枝，足夠將若望從裡頭弄出來。

然而他還是不動。

杜春曉深吸一口氣，進到滿地屎尿的籠內，強行將若望的頭顱掰起，這才發現他正在啃咬

自己的手指甲，啃得如此用心、用力，十根手指均被啃得光禿見肉，指尖皮膚都被口水泡皺了。

「娘……」若望終於吐出手指，開了口。

……※……　……※……　……※……

莊士頓很少出門，所以走路異常的慢，從東街頭走到西街頭，不過五里路的腳程，他卻是舉步為艱，手裡捧的木箱子冷冰冰的，儘管裡面鋪了乾燥的報紙，他還是有些不放心，於是把箱子抱得更緊了一些，彷彿用體溫便能將它護暖似的。

一路上，他驚奇的發現自己居然未曾被幽冥街的人遺忘，擺麵攤的朱阿三、經常施捨麵粉給教堂的屠夫彭一刀、在暗巷邊緣大聲吐痰的蘇珊娜……

這些人與他一樣不畏懼黑夜，只是朱阿三突然匆匆收了麵攤，湊上前對他畫了個十字，神色愴然道：「神父大人，賭坊像是出事兒啦！一群人追著馬車跑，那車子像是往你那邊去了，咱們都有點兒擔心，正想過來瞧瞧。」

「我好得很，有勞你上心。」莊士頓勉強擠出一絲笑意。

「神父大人，可有看見我妹子？」蘇珊娜也湊上來問，「她總算回來了，可沒幾天就又跑了，也不知去了哪裡！」

他張了張嘴，想給她一個安慰的資訊，一轉念卻又將話吞回肚子裡去，只拍一拍她的肩，笑道：「願主保佑妳。」

「神父大人，老闆請我來帶路的。」

臭烘烘的叫花子亦擠上來。瞎了一隻眼睛的他，頭上胡亂壓著一頂破洞的皮帽子，那隻健全的眼睛裡滲出一絲乳白的黏液，教人不得不聯想他周身也許都已滲出那樣噁心的膿物。

莊士頓跟在叫花子後頭，步子似乎加快了許多，沒多久便走到賭坊門口。站在賭坊外頭，他背上不由得一陣發冷，因已經很久沒有看過它的正門，還是土壘牆，兩層的建築，屋簷下掛一排碩大的紅燈籠，上書「財運亨通」四字，底下幾個叫花子擠在燒得正旺的炭火旁邊，縮成一團打盹。

「賭坊裡頭的路，神父大人想必自己也認得，我就只領到這裡了。」

叫花子說罷，便往那屋簷底下一坐，與其他幾個一道打起盹來，好似一直未離開過。

進門之後，是另一番天地，撲鼻的鴉草香氣抵得過在腦門上塗一整盒萬金油，莊士頓深吸了一口，頓覺神清氣爽，待要往裡去，已有一位豐乳肥臀的女子，穿著繃緊的桃色旗袍，頭髮用薔薇花蕾挽住，上前笑吟吟為他引路，略微暈開的口紅裡吐出幾個字：「這邊請，潘老闆正等著呢。」

見到潘小月的時候，莊士頓的心臟被一隻無形的手悄然捏住，無論再過多久，他只一見她便痛不欲生，這似乎成了定律。

他深信，只要兩個人都活著，便是彼此的冤孽。

如今她依然是烏髮紅唇，身板纖薄卻有一股倔強的精氣神，使得她與「弱女子」有所區別，這是在磨難中摔打出來的蒼涼之美，被歹毒經歷提煉出的精明幹練。而他亦與年輕時一樣清雋、俊朗，那對細長的眼、那張扁平的唇，側面看略有些平板的五官，乾淨細潔的黃皮膚，都是曾令她又愛又恨的見證。

「那幾個人還在你那裡？」她開門見山，聲音平平直直，沒一絲波瀾。

「是又如何?早晚都是妳手裡的人命。」

他放下箱子，打開，薔薇枯涸的香氣幽幽冒出。

「可你還是收留了，這是要與我作對？」她俯下身，自箱中撈起一捧薔薇，花蕾窸窸窣窣的從她手掌上滑落。

他忽地出手，緊緊抓住她一隻胳膊，咬牙道：「妳這是與整個世界作對，再不放手，罪孽會更深！」

她瞇起眼睛看著他，驚覺他頭髮竟已有些花白，原來愛與恨都是抵不住衰老的，於是眼圈便紅起來，忍不住鬆了那一捧薔薇，去撫他的臉，他卻下意識的躲過，似避開蝮蛇的毒信。原來她在他心裡眼裡，早已是地獄惡煞，他卻是與天主站在一道的，高貴、慈悲，只懂憐憫弱者，厭棄強者。

「莊士頓神父，即便我罪孽深重，說到底，也是託您的福啊！伺候天主太久，您是貴人多忘事了吧？」

「但是……我的罪孽不該報應在無辜的人身上！妳放過他們，也許我們還有機會……」

「有什麼機會？你有履行承諾，把我娶過門的機會？當初咱們都走到那分兒上了，你居然幹起了這個，不就是要逃過我嘛！為了逃過我，你和其他女人結婚；為了逃過我，你把我送到這兒；為了逃過我，你他媽寧願在那破教堂裡待著，寧願陪著看不見、摸不著的什麼狗屁天主！呂頌良，我潘小月這輩子都毀在你手裡，你居然還有臉要逃過我？你逃得過嗎？你的良心逃過得嗎？就算我他媽現在是個沒心沒肺的惡人，那也是他媽你的罪過！你的罪過！」

莊士頓能清晰的感覺到她在他的手心裡發顫，她是那麼的弱小，彷彿抱得用力一些便能將之壓成齏粉，然而他無法擁抱她，即便他一直明白兩個人都是一樣渾身腥臭，沾滿了厄運與貪

欲的殘渣。

他放掉她的胳膊，在胸口畫一個「十」，口中唸道：「願主保佑妳。」

「保佑？」她茫然抬頭，看他站直的身子，顯得高大，下顎處有一個淺淺的凹陷，她記起頭一次見到他的辰光，便是仰視的，於是錯將其視為神靈，能左右命運、擺布人生。

她心緒迷亂之際，他已轉過身去。

他總是比她要早一步清醒，她遠遠看著他奔忙的背影，為他赴湯蹈火，見他踏入泥沼，她便也跟著踩入，孰料才剛剛將身子埋進去，他卻已抽身而退，她只得在裡頭望著他，希冀他能拉她一把，無奈他留給她的依然是一個匆匆遠去的背影。

她這一世，都活在他背影投射的陰暗裡，不得超生。

每每想到這一層，潘小月便要哀嘆過往，從而又為自己的心臟多刻下一個傷口，每一個傷口都是恨意，痛楚且痛快。

他的背影消失之後，她頹然倒地，一隻手復又插入那箱乾花裡，這些經過培育、如殭屍一般的植物給予她虛無的暖意，直觸到底下一個方硬的物品，她將它撈出，竟是一個黃楊木雕的盒子，上頭沾滿了乾花的粉色碎屑。

她似被閃電擊中，腦中一片空白，遂又悲從中來，對住那盒子一字一頓道：「呂——頌——

——良，你——等——著！」

……※……　……※……　……※……

「年紀輕輕，生得又好，家裡又是做絲綢生意，還留洋唸書。也不知哪裡修來的福氣，竟是指腹為婚的，可算撈到便宜了！」

每每街坊提及潘小月的婚事，便是用這一套說辭，好似開梳子店的便活該要被看低，與做絲綢生意的不可平起平坐，於是她就成了「飛上枝頭變鳳凰」的小家碧玉，必是祖上積德，才換得如今的好運道。這是她在古江鎮的歲月裡最憋氣的地方，彷彿她是因爹娘的英明才得以享福，若靠了自己便會潦倒終生一樣。

事實上，潘小月對那喚作呂頌良的未來夫婿並未有一丁半點的好印象，雖兩人初見時一個才八歲、一個僅五歲。

那天，呂家大太太倚在椅子店門口與她娘聊天，只給他們一人一包蔥管糖，讓他們一道去外邊玩。他細眉細眼，身子骨尤其靈活，將長衫下襬一撈便在石板路上跳來蹦去，腳落在黑石板上便算輸；她是大眼稀髮，辮子紮不起來，只能嘴裡含著蔥管糖跟在後頭，因腿太短，竟怎

麼也無法一次蹦過數塊黑石板，於是他轉過頭來扮鬼臉笑她，她心裡一急便「哇」的哭起來。

此後逢年過節，兩家串門拜年，她都躲在娘身後不肯見他，直躲到十歲上，他已是十四歲少年，她自客廳的紗織屏風後偷看過他一眼，仍是細細長長的眼，面目較童年時更乾淨了，斯文清透，笑起來羞澀中有自信，剪極簡單的平頭，暴露完美的顱骨。

那個辰光，她仍是厭棄他的，只是這「厭棄」裡卻有些微妙的心跳，後頭每每抱怨起來，都會面紅耳赤，被丫頭笑話說：「我看小姐是喜歡上人家了，不然何以嘴上天天掛著他？假裝恨，心裡卻是愛得緊吶！」

她方才意識到戲竟有些演過了，索性安下心來，期待這命中註定的男人在鞭炮聲裡帶著花轎來迎娶她過門。孰料花轎不曾等到，卻等來他留學英倫的消息。

呂太太隔三差五便來安慰潘太太，講是短則兩年，長則五年便歸，恰恰是小月出落得最水靈的辰光，嫁過去可是真真正正的佳偶天成。潘太太信了這話，兩家照樣你來我往，在似水流年維持最平常亦且最必須的交際。

到第四年的辰光，潘太太已有些急了，便旁敲側擊與呂太太講：「小月眼看也大了，再不出閣便要被笑老姑娘的。」

呂太太亦是一臉為難，道：「已寫了好幾封信去，講好了要回來的，快了、快了。妳可先將嫁妝準備起來。」

到第六年，潘太太準備的那幾床絲棉被子拿出來曬了又曬，那「乘龍快婿」還是沒有回歸的跡象。潘老爺自然有些急，於是託人將彩禮拿去退，並叫了族長來評理；呂老爺自知理虧，又寫了信去，這才來一回信，內附一筆錢並一個位址，說是讓新娘子去英國。

潘老爺暴怒，當下便扯住呂老爺的衣領子要拚命！關鍵時刻，女兒站出來平平靜靜說了一句：「我去。」

於是，在爹娘與未來公婆的千囑萬託之下，她踏上漫漫長路，去到陌生國度，只為找一個未見過幾次面的男人，之所以放不下他，兼因那對狐靈的眼硬生生將她魘住了。

潘小月一踏入洋人地界，便有馬車等在那裡。神色肅穆的英國老頭子來接她，用生硬的中國話告訴她要去哪裡，問她是否馬上需要休息，口味偏甜還是偏鹹，她卻已是精疲力竭，辨別對方的中國話又特別吃力，只得一味點頭應著。

呂頌良住的房子與他古江鎮的老家差不多大，只多了些尖頂的耳房。馬車踏行好一會兒才到門口，迎接她的是兩位穿白色木耳邊圍裙與純黑衫裙的女傭人，之所以識別得出，兼因她也會看《理性與感性》之類的四毫子小說（注四）。

她到了客廳坐下，手邊便多了一杯紅茶，啜了一口，竟是甜的，有些不大受用，遂將杯子放下。接著，她見一婦人走出來，白色花邊鑲滿長裙，領口繫得比她的旗袍還高些，一串鑽石項鍊裸在外邊；褐色捲髮仔仔細細圍住額頭，露出曲成細碎髮圈的鬢角；面孔生得不算漂亮，然而極富韻味，鼻翼與嘴角都是寬厚的，面頰的毛孔粗大，且有點點雀斑。

她面對傳說中的「洋鬼子」，竟也不曾有一絲怯意，只覺得哪裡被冒犯了，卻又講不清問題所在。

那女子告訴她，自己是呂頌良的正妻，她供他吃穿，為他打點一切，在英倫有許多像她這樣遺產多到無處花銷的寡婦，彷彿丈夫死後才能享受真正的人生，如今她的未婚夫就是其享受的一部分。

潘小月怔怔聽完，雖然那番中國話灌進她耳朵裡仍覺混沌，卻還是一字一句釘在她心口上，令她初嘗痛不欲生的感覺。

「是我向頌良提議寫信把妳接過來，你們中國人講究三妻四妾，所以我不介意遵從這樣的規矩，而且……可能還會更好玩。」呂頌良名正言順的妻子這麼講的時候，眼裡掠過一絲妖魅的浮光。

她雖不曾經歷過性事，卻仍能捕捉到裡頭關乎情慾的蛛絲馬跡，不由得恐懼起來。

「妳來了？」

呂頌良自樓上走下，身上套著鬆薄的絲綢睡衣，下襬印滿金棕色的孔雀尾巴。

她站起來直視他，一言不發，因知道自己做不成什麼，然而又不願將「無能為力」表現在面上，所以只得盯住他，想看出一個「交代」。

他頭髮已留長，束在後頭，顯得越發英俊。

他不敢回視她，只垂著頭走到她跟前，四目方才交會，這一交會，彼此竟都有些眼熱，因探出了埋藏於各自心底的愛情，生出錯緣失緣的悵然，她在他那對狹長的眼裡觸到了無奈與欣喜——複雜，然而清澈。

隨後，她便摑了他一掌。

他沒有躲，也不曾惱，五個雪白的印子在他面頰上慢慢泛出桃色。

當晚，潘小月便提著沉重的行李走出呂頌良的新家，她知道那裡沒有她的位置，她只是住在他心裡，最深處、最暗處，最見不得人處。她寧願從此逃去那裡，也不肯將自尊丟到光天化日下燒成灰燼。

走出呂頌良所居莊園的路很長，古江鎮的石板換成被豔陽和雨水輪替關照的黑泥之後，腳

下又濕又軟，走不到兩里路，鞋底已經鬆了。好不容易走到有人煙的地方，已是傍晚，她肚子叫喚個不停，卻不知該如何用兜裡的便士買麵包，腦中蹦出的洋文實在有限，她甚至已記不清要如何走到車站，那條通往古江鎮的路就那樣自動封閉了。

此時，一個戴著鴨舌帽的年輕人向她走來，腳上的皮鞋後跟墊著報紙，嘴裡叼一根菸，表情很機靈，是她最怕的那一種機靈，於是她轉過身去，妄圖避開他的注意，然而耳邊還是傳來一記輕薄的口哨，抬起頭來，發現他正衝著她轉圈，嘴裡爆出一連串英文，她一句也聽不懂，只得不停的搖頭說「NO」。

他覺出她的強硬與防備，於是聳聳肩，走過去了，離開時刻意狠狠的撞了她一下臂膀，一直緊緊提在手裡的箱子順時落地，所幸沒有裂開，她正欲將箱子拾起，那年輕人已搶先她一步拾起，她即刻緊張得心都快跳出胸腔，未曾想他卻笑嘻嘻的將箱子遞還到她手裡。

這一出人意料的友善舉動，終於擊碎了她最後的自尊防線，她突然蹲在地上嚎啕起來。

年輕人被嚇得不知所措，有個穿黑制服、戴著鋼盔狀帽子的人走過來，一把拎起年輕人的衣領，用手裡的棍子不停打他的肚子，那年輕人疼得齜牙咧嘴，只好拿求助的眼神看她。她意識到自己的失態給他帶來了困擾，只得抹掉眼淚用手輕拍他的肩，表示友好，那警察看了他們半天，方才滿面狐疑的放過他。

之後發生的事情，是潘小月一世都不願想起的。

她對著他摸了一下肚子，表示餓了，他似乎聽懂了，做出一個點錢的動作，她明白他的意思，於是從手絹包裡摸出兩個便士，又打開箱子，找了一包香菸——黃慧如牌香菸。

她在古江鎮學會的唯一惡習就是這個，沒有誰教她，只聽聞黃慧如本是大家閨秀，因與一個下人有了私情，於是選擇私奔。這樣風月含情的故事總能牽動她的情懷，於是偷偷買了一包，然而抽第一根的感覺竟是絕望，沒有造作的咳嗽，只是無謂的吞吐，最後肚子裡只餘一線對死亡的渴望。

後來，她聽聞洋女人都會抽菸，英國甚至有專為女子製造的菸斗，細長的楠木菸斗，雕刻有夜鶯圖紋，她們都把香菸插在菸嘴上點燃，像舉著一根筆直細長的馬鞭。

在一家名喚紅石榴的餐館內，年輕人與她分享了麵包和熱湯，還有黃慧如牌香菸。他似乎和這裡的老闆認識，還和對方打了個招呼。

夜裡，他帶她去了一間小旅館，那兒很小，但不算髒，有洗臉盆和白色床單的床。她放下行李，坐在床上，他沒有離開，只是看著她，這時她才想到去猜他的年紀，那麼年輕，手指那麼修長，和呂頌良的手指一樣，而且指背上沒有討厭的黑毛。

她這才意識到當晚必須付出的代價，那滿臉雀斑的富有寡婦的形象遂浮現在眼前，胸口於

是變得堵堵的，想要有個人替她通一通。

初夜在她的想像裡，總有些任人宰割的殘忍感，可實踐起來卻發現它只是在一具木訥的肉體上壓了一隻獸，氣喘吁吁，動作很大，有些歇斯底里，卻沒有把她生吞活剝，所謂「撕裂般的痛楚」竟飄出她的感知範圍之外。

之後每天他們都做同樣的事，他會想辦法弄到火腿和麵包，可因為她身上的錢不多，偶爾還會遭他的白眼。

就這樣過了大半年，古江鎮的方言與石板路已消失在記憶裡，直到某天她在街頭遊蕩，恍惚間與呂頌良擦肩而過，忙轉頭看去，只見他腳步匆忙，瘦長背影因灰色西裝裡縫了墊肩的緣故顯得偉岸起來。

他東張西望，卻偏偏沒有往她這裡瞧。

後來有個經常遊蕩在戲劇院門口賣玫瑰花的女孩指手劃腳告訴她，這位看起來挺有錢的中國男子已經在這個區晃一週了，問遍每一處旅館，似乎是在找一個叫月的女人。

潘小月有些想笑，因現在穿的是能撐開腹部的大碼長裙，戴著防風的繡花軟帽，懷胎六月的肚皮高高鼓起，與初來乍到時純潔如百合的潘小月判若兩人，他要能認出她才怪。

那時她還不知道，兩個月後，把她的肉體開發得極為全面的扒手湯姆會把她送進一間豪宅的地下室，那兒有噴了香水的床、豐盛的早餐，以及血流成河的結局。

被關進地下室的那一刻，她無限想念呂頌良的背影，那是在尋覓她蹤跡的背影，她卻白白錯過。湯姆把她鎖在地下室之後，就像當初見著她的時候一樣吹了記輕飄的口哨，便離開了。接下來，每天為她送餐的是紅石榴的老闆，一位表情世故、舉止溫存的美男子，他百般勸慰她。

直到某一晚，有一位疑似快要難產的孕婦被送了進來，她無法用蹩腳的英語與之交談，何況對方已痛得語無倫次。那孕婦在兩個鐘頭之後被餐廳老闆抬出去了，隨後她聽到一記慘叫，接著便是嬰兒嘹亮的哭聲與零零落落的掌聲，她猜想那只是個供某些富人取樂的小遊戲，直到生產後的孕婦再也不知去向，才覺得事情有些蹊蹺。

她只得求那位叫斯蒂芬的老闆告訴她，自己將會面對什麼樣的情況。而斯蒂芬畫了一張圖給她，上面是一個舞臺，以及正在分娩的女人，下面坐著觀眾。

然後她問：「那生完孩子以後會怎麼樣？」

斯蒂芬沒有回答，只說：「妳還是別問得太清楚比較好。」

她瞬間洞悉了自己的命運。

後來，一個叫瓊安娜的女人開始接替斯蒂芬來為她送吃的，因為也是中國女子，她們便有了短暫的交流。瓊安娜比她更年輕，有一對飽含疑惑的雙眸。她原本打算在分娩之前請求瓊安娜，幫她將信寄回古江鎮老家，孰料瓊安娜能給她的恩惠卻更多——瓊安娜銼斷了她的腳鏈，讓她獲得完全的自由。

潘小月拿著瓊安娜給她的路資，卻沒有回中國，只是叫了馬車，回到那有錢寡婦的莊園。那天寡婦不在，接待她的是呂頌良。

「你可有什麼要講的？我現在這個模樣，都是拜你所賜。」

她驕傲的挺起肚皮，他則張口結舌，與將她迎進屋內的那個老管家神情一致。然而片刻之後，他便落下兩行清淚，只叫她等一下，便飛快上樓。他下來的時候，已鉸去了辮子，頭髮亂蓬蓬的披在肩上，穿的還是黑綢長衫，在古江鎮老家時的那一身——她依稀記得紗屏後頭看出去的模樣，便是那樣的裝束，只是如今手裡多一只輕便藤箱。

「你當你這樣做，我便會原諒你了，讓你娶我過門了？你把我潘小月看得太輕賤了！」

話畢，她獨自離去，讓呂頌良一個人僵在原地。

她不是不要他，只是如今已要不起他，只想讓他徹底放棄找尋，才帶著渾身汙痕在他跟前坦白，孰料他是這樣的反應，搞得她悲喜交加，險些想與他遠走高飛。只是她明白，事情無從挽回，她沒有臉將一個被無賴反覆輾壓過的身體再託付給他，那是尊嚴的底限。

回古江鎮的路很漫長，漫長到令潘小月失去了回鄉的信心，於是在遜克縣便下了火車。記得哪本四毫子小說裡講過：「人若想重新開始，就得去一個沒人認得你的地方。」細細算來，古江鎮與倫敦都已是另兩段人生，她都想斬去不要了。欲重新開始，也許在這個地方比較合適，有她聽得懂卻講不慣的方言，有洋人與中國人交錯雜居，有她不熟悉的風土與世故人情，怎麼想都是與過去斷了根的世外桃源。

所以當斯蒂芬來到她眼前的時候，她正在大姨婆手裡痛得死去活來，以為死神兀自降臨，嚇得連生產都忘記了，只瞪大雙眼看著他，濕頭髮都糊在額頭上。

「沒事兒，妳繼續。」

斯蒂芬融霜化雪的微笑，在她心底匯成了一股邪惡的暗流。

⋯⋯※⋯⋯　⋯⋯※⋯⋯　⋯⋯※⋯⋯

幽冥街的曙光與別處一樣，是自深藍色的天空裡漸漸睜開一條白線，那線越來越粗，有金

紅色的雲層自線內流出，隨後積雪在光線下晶瑩透亮。

張五麻子將裝了一個大爐灶的車子匆匆推往菜市場門前，等待早起要吃煎餅果子的娃娃們光顧。可是今天，他卻被早起出去倒糞籃的老婆扯住，死活不讓他跨出家門半步。

「剛見一大群人都往東街頭趕，手裡拿著刀棍，嚇人呢這是！你今兒在家待一天，等知道出啥事兒了再出去，萬一有個三長兩短，咱娘兒倆怎麼活？」

於是張五麻子忙卸了車，只走到前院口往門縫外頭瞅。

遠遠看見一群面相不善的漢子往聖瑪麗教堂去了，手裡不是提刀便是背著火藥銃，似是要做什麼驚天動地的大事。張五麻子正納悶呢，偏巧認出其中一個是平素常在他那裡吃煎餅果子不給錢的痞子，對方人雖橫一些，倒也不找麻煩，偶爾還嘮個嗑，然而今天看起來卻是嚴肅得很，一張臉繃得刀劈不進。

張五麻子只得將門關緊，對著家裡的婆娘長嘆一聲道：「恐怕，潘小月要血洗幽冥街啦！」

這邊廂杜春曉與夏冰一行六人正收拾行裝，欲離開聖瑪麗，卻見吊橋不曾放下，大門也是緊閉的，匍匐在地的小刺兒已自底邊門縫探到外頭情況，驚叫道：「外頭一群人圍過來啦！都拿著槍呢！」

他們只得退回到禮拜堂內，卻見莊士頓的門徒都在那裡吃東西，包括若望在內，每個人手裡都拿著乾硬的窩頭，就一碗熱米粥。莊士頓跪在祈禱臺前，雙手握住十字架珠鍊，正向高高掛起的耶穌像唸唸有詞；門徒們沒有人抬頭看他，只顧著吃，彷彿生下來就只是為了填飽肚子。

「莊士頓，趕緊把吊橋放下來，讓我們出去。潘小月已經帶人包圍這兒了。」杜春曉說得又急又快，「不過，麻煩你收留一下小刺兒，這事兒惹出來都是我的錯，可這孩子是無辜的。」

莊士頓過了好一會兒才抬起頭，神色平靜如水，他緩緩起身，道：「小刺兒，餓了吧？」

「餓！」小刺兒爽快回道。

「來。」

他招一招手，安德勒會意，從旁邊的粥桶內又舀了一碗，並兩個窩頭，遞到小刺兒嘴邊，小刺兒咬住碗邊呼嚕呼嚕喝起來。

「你們餓不餓？餓的話可以吃東西。」莊士頓走到小刺兒跟前，低頭撫了一下他的腦袋，眼中流露出的慈悲教人不寒而慄，「如果不吃的話，恐怕以後你們都沒機會吃了。」

「這意思是看準了咱們躲得過初一，躲不過十五了。也罷！」杜春曉大大咧咧的坐下，向安德勒要了一碗粥，笑道：「那就死前先混個飽，免得做餓死鬼！」

「那不成！」挺著大肚子的譚麗珍尖叫起來，「我……我身上可是兩條人命！你們……你們……要不然，我也留在這兒，我……我可以躲！把那娘兒們丟出去，反正她瘋了！」

譚麗珍指的是雙手仍被紮肉用繩子反剪了雙臂的阿巴。其實阿巴折騰了半夜，已再無力氣嚎叫暴跳，只歪著頭，乖乖跟著他們。但譚麗珍還是將她視作虎狼，總是避她遠遠的。

「都要死。」

莊士頓的話讓譚麗珍硬生生閉上嘴，因有些懷疑自己聽錯。

「都要死。」他凹陷的雙頰裡透著病態的安寧，「再過幾個小時，這裡將沒有活口。這是我們所有人的最後一餐，只是委屈了這些孩子，不能吃上一頓好飯就去會天主。所以只能保證他們吃飽，這樣身上不會冷。等一下……」

杜春曉及時用一記耳光阻止了莊士頓的死亡預言，她眉頭緊皺道：「你這樣的人也配叫上帝的僕人？良心早讓狗吃了吧？大難當前不是想著如何逃脫，保護這些孩子的安全，竟是想著等死！怪道你這教堂裡除了孤魂野鬼之外，就剩這些跟孤魂野鬼只差了一口氣的孩子，你不如現在就抹脖子得了，還乾淨些！哦……對了對了，你們有教規，還不能自盡，所以只能等人上門來取命！這個容易，等我吃飽了，便來抹你的脖子，等著！」

話畢，她將匕首狠狠扎進木頭桌面，繼續低頭吃粥。

其他人倒反而停了，抬頭看著她。

一個粥碗猛地飛向莊士頓，自他右耳邊呼嘯而過，在懺悔室門上撞成一片碎花，乳白的粥液從莊士頓額上流下。

「我不要！我不要死！我不要！」扔過粥碗的安德勒大叫。這是屬於孩子的恐懼，面對劫難他們無能為力，只能用最脆弱的憤懣表達不滿。「都是你害的！要不是你收留他們，我們就不用死！都是你害的！都是你！」

歇斯底里的安德勒挨了一掌，竟是若望給他的，他蒼白的嘴唇間已不再吐出「娘，我是天寶」這樣的口頭禪，說的竟是：「膽小鬼！有我在，你們都死不了！」

這才發現，若望穿得異常整潔，昨日深夜沾了糞便的頭髮也已用冷水沖乾淨了，因氣溫極冷，髮梢結起白霜，令他瞬間老成了五十歲。他站在莊士頓身邊，竟有些平起平坐的意思。

「神父大人，你挖的那條溝就是為了抵擋外敵的吧？他們只有捆兩把長梯才能架過界，進攻這裡，如果我們抵禦得當，也許能活得長久一些。」紮肉若有所思的摸著下巴，正考慮自己的後路。

「沒錯，但是這裡的食物只能維持五、六天，如果在這段時間內逃不出去，我們就只有餓死在裡頭。雖然因為下雪，不愁水源，不過潘小月會用別的辦法讓我們在這裡面活不下去。」

不知為什麼，莊士頓的語氣平靜得像在談論一杯隔夜的咖啡。

「但是我相信會有辦法多撐幾天，她不過是統領了一條街，總有一些地盤是她管不到的。」夏冰亦燃起了鬥志。

渾身發抖的安德勒顫聲道：「我……我們……什麼武器都沒有，怎……怎麼撐？」

「並非什麼都沒有。」

莊士頓的目光突然變得堅毅，所有人都隱約覺得，「希望」並非隨著外頭那些虎狼的圍剿落荒而逃。

得到指令的多默搭梯攀上教堂大門一側的圍牆向外窺視，興許是食物讓他們精力變得旺盛了，他行動敏捷，在背上綁滿枝條，把自己與光禿的柏樹枝枒混在一起。每隔一刻鐘，他便轉身向底下站著的夏冰擺一個手勢，左手伸一根手指就是一個人，右手若用拇指與食指環一個圈便是十，他最後左手舉五，右手環圈，後來將左手又變化為六的形態，隨後又換成了四。

夏冰示意他下來，轉回禮拜堂對杜春曉道：「一共六十個人，四十個在大門口守著，另二十個繞到後邊去了。」

此時已能聽見外頭隱隱約約的槍聲，多默自告奮勇再次攀上樹頂，剛剛勾到能俯視外頭的高度，只覺耳邊一陣發麻，下意識的摸一下耳垂，已是濕滑一片，一手鮮紅液體散發溫熱的鐵鏽味。

隱約聽得一個女人在大聲咒罵，槍聲遂戛然而止。

多默神色茫然的轉頭往下看，只見夏冰在底下拚命揮手，示意他趕緊下來。多默害怕起來，血液讓他想尖叫，卻又異常振奮，紅色鼓勵他繼續登在巔峰，成為暫時的「上帝」。

「多默！」

莊士頓邊喊邊從禮拜堂跑出來，杜春曉和紮肉跟在後頭，譚麗珍已不知躲去了哪裡，再也不見；阿巴被鬆了綁，正興沖沖把粗硬的玉米窩頭往嘴裡塞。

莊士頓跑到大門下的石牆邊，氣喘吁吁的抬起頭，對上邊的孩子喊道：「別下來！待在上邊更安全！」

夏冰一臉詫異的望著莊士頓，他什麼也沒有解釋，只是轉過頭對杜春曉道：「跟我來。」

這個時候，莊士頓周身散發某種罕見的領袖氣質，杜春曉與紮肉互望一眼，竟陡增加了一些信心。

莊士頓引領他們來到鐘樓的最後一個房間，看起來像是倉庫，很大很空曠，到處灰撲撲

的，麵粉的塵埃在空中飄浮。一個大瓦缸用木蓋子蓋住，夏冰難掩好奇心，打開看了，裡頭的米已剩下不到三分之一。數袋玉米麵粉靜靜躺在角落，對面有七、八個小罈子，莊士頓打開其中一個罈子，裡頭盛有黏稠的明黃色液體。

「這是燈油，可以點火，他們爬過梯的時候，我們用它來燒退他們。」

「沒用。」杜春曉拿手指在油缸邊緣拈了一些，摩挲起來，「他們人多，這些油不夠，再說這些孩子年紀太小，就算點了火把丟出去，也丟不遠。」

「那要怎麼辦？」

杜春曉笑道：「確實是有更好的辦法，你那白花花的兔崽子肯定有些我們感興趣的寶貝。」

三人出來的辰光，夏冰正面色凝重的向他們走來，手裡拎著一個草繩編起的網兜。

「這……這是剛剛他們扔進來的。」

網兜裡，竟是老章的頭顱！那半邊殘缺的臉血跡斑斑。

所有人都明白，那是潘小月發出的警告——再不投降，格殺勿論！

……※…… ……※…… ……※……

斯蒂芬已經不再暴躁了，他知道發脾氣只會壞事。

「如果你要打倒敵人，就必須比對手更冷靜，本事大的人從來不發脾氣。」

這是他在上海的時候，從一個叫杜月笙的大亨那裡聽來的。

所以，他寧願在火爐旁等待最好的時機，然後拿不屑的眼神看潘小月。這個女人很快就要自取滅亡了，她不夠狠毒，雖然那是有原因的，但感情總讓人變得脆弱，對誰都一樣。因此斯蒂芬只是盡可能的保持禮貌，儘管他現在只想掐斷那個廢物女人的脖子。

梯子已經紮好兩架，那些笨蛋正在爭先恐後的往上走，梯子吃重之後發出慘叫，他們仍然在上頭健步如飛，直至被教堂牆頭上飛出的第一顆火球擊倒。跑在最前頭的幾個叫花子紛紛掉落在壕溝裡，他們只好不停往上攀爬，但很快整個身體就沉入裂開的冰面！原來那並不是土溝，只是被冰封住的深水潭，遇熱量與重壓之後便露出猙獰的原型，他們只能眼睜睜看著頭頂上正熊熊燃燒的梯子。

「多紮幾架，距離分開，前後都要搭。我就不信進不去！」

潘小月的指揮讓斯蒂芬啞然失笑，但他沒有阻止。

於是，更多的叫花子掉進了冰洞，在堅硬的冰殼底下不斷掙扎，可折騰不了幾下便不再動

彈了。潘小月恨得手指甲都快掐破掌心，每每抬頭看攀在石牆上的幾個少年，他們亢奮而陰鬱的臉在鑲滿紅磚的邊緣若隱若現，她便怎麼也無法平定心緒，做出正確的部署。

「奇怪，憑這些人手，潘小月有一百種方法可以強攻進入，為什麼都沒做？那婆娘看起來沒那麼笨吶！」

面對外頭那一片掉落冰窯的慘叫聲，紮肉終於吐露了他的疑惑。在他看來，潘小月再搭上幾架梯子，用槍射下在牆頂的孩子，一切就結束了。可是莊士頓的命令卻是：「讓他們待在上邊！」

除了時醒時夢的若望，其他幾名少年都在牆頂等待天主召喚，手裡拿著火摺子和一捆用澆了油的麻布包纏的木片。這些少年有如神助，每一塊燃燒的木片都擊中要害，雖然丟不遠，卻總能確保那些窮凶極惡的叫花子抵達對岸之前讓他們掉進深淵。

「因為她有顧慮。」杜春曉仰頭望著高高在上的安德勒等幾名少年，他們如今成了真金實銀的「守護天使」，保衛聖瑪麗不受惡人侵襲。

「顧慮什麼？」

「男人唄！」她冷不防往紮肉肚子上出了一拳，笑道：「俗話說一日夫妻百日恩，你們做了那麼多日，早稱得上海枯石爛了，她哪裡捨得衝進來一槍把你蹦了？」

「她捨不得，那洋鬼子呢？他總捨得吧？而且這傢伙一肚的鬼點子。」比起潘小月，紮肉果然還是更怕斯蒂芬。

「那洋鬼子也有捨不得的東西。」

「是什麼？」

「我。」杜春曉指間猩紅的菸頭閃閃發亮，映照她憂愁的眉宇，「我的死。」

「妳的死？」

「他捨不得我那麼早死，所以要再多折磨兩天才會動手，我只要多活一天，就是他的樂趣。」

「嗯，這洋鬼子夠狠吶！」紮肉長嘆一聲，抬手勾住她的脖子，兩人此刻更像是一對好兄弟，「恐怕，當初愛得也狠吧？」

她冷笑，又往他肚子上打了一拳，這次用了真力，他的五官瞬間擠作一團。

攻城不利，潘小月自然不讓她的手下好過，她命他們在壕溝對面架起火爐，頗有「安營紮寨」的意思，這意味著這些人得在聖瑪麗外頭過夜。

朱阿三被叫出來準備麵條，雖有些不情願，卻也只得在那裡煮水下麵，期間一個叫花子過來，惡狠狠的在他手裡拍了兩個大洋，似乎是想讓他多些幹勁。朱阿三於是提了提勁兒，不停用一雙長筷攪動熱氣騰騰的鐵鍋內翻滾的麵條。

此時，朱阿三斷想不到有一隻「黑蜘蛛」已悄悄爬到他腳下，趁他轉身撈麵之際，順著火燙的爐子往上攀，然後將咬在嘴裡的一包東西丟入。那「黑蜘蛛」跑得極快，牠選布防人數最少的地方，自叫花子們的腿邊潛行，爬下壕溝，越過冰洞，再攀上凍硬的泥溝壁過岸，隨後迅速潛到聖瑪麗門下，在看起來連一條胳膊都塞不進去的窄縫前，牠的身體竟突然縮小縮薄，輕鬆的鑽過縫，成功消失在大門後頭。

「成啦？」杜春曉正蹲守在大門邊守著那「蜘蛛」。

「杜姐姐，我小刺兒辦事，妳放心！」

小刺兒斷手上綁著兩只鐵鉤爪子，上頭滿是濕泥。

「好樣的！」杜春曉摸一摸小刺兒的頭頂，自言自語道：「接下來，就看那兔崽子的東西靈不靈了！」

她口中的「東西」，此時已紛紛自潘小月爪牙吃的麵湯吸進肚裡去了。

「你給他們下的什麼藥？」

「這個。」若望手裡捧著一把紫色乾花，足有半米來高，細碎的紫花瓣在枝尖聚成一串，宛若風信子，卻比風信子更稀散一些。

「這個喚作紫花高烏頭，是東北與俄羅斯地界上的特產，它的紫色色素裡有種叫烏頭堿的東西，既能鎮痛，也可以要人性命，只看用量多寡。」若望將紫花抱在胸前，將它視作某個珍貴的物品。

紮肉卻不由得倒退半步，結巴道：「難……難道……喬蘇也是吃了這個死的？」

「看症狀，像是心臟病突發而死，吃烏頭堿確實是有那樣的功效，不過她當時嘴裡出了血，舌頭竟是破的。」杜春曉說著說著又突然興起，亦往牆根下多默爬過的樹上攀去。

「妳幹什麼？」在一旁做「火焰彈」的夏冰見了，忙喊道。

「看看藥性！」說畢，她已上了牆頭，還將一條腿騎在大牆外側。

只見外頭已火光一片，數個取暖的火爐子正熊熊燃燒，每一個爐子旁邊都圍著人，每個人正大口吞嚼碗裡的羊肉麵，身上掛著的火藥銃背在後頭。不遠處停著數輛馬車，其中一輛大的尤其觸目，兩匹烈馬鼻子裡正噴著大團白霧，車身長方，掛著厚厚的棉布簾子，想是罪魁禍首就在裡頭。

「這個女人瘋了？居然還敢探出頭來！」

簾子挑開了一點兒，露出潘小月幽怨的臉。

「妳只要一聲令下，就能把她從牆上打下來。」斯蒂芬用一把銀晃晃的銼刀，整平了自己左手上的五個指甲。

潘小月未搭理他的話，復又憤憤瞪了一眼那些捧著麵碗正狼吞虎嚥的手下，他們吃得熱火朝天，額上滾下豆大的汗珠；有些人甚至吐著舌頭就地而坐，一面狠拍自己的心口，最後竟一頭栽倒在地，口中流出一串白沫，隨後便有了第二個、第三個、第四個……

「怎……怎麼回事？」

她到底忍不住了，一記躍下馬車，恰逢一個面容慘白的叫花子翻著白眼倒在她腳邊，她蹲下身測了一下對方耳下的脈搏，疾速痙攣一陣之後便回復平靜。

那些尚未吃麵的叫花子紛紛摔了手裡的碗，將朱阿三綁到潘小月面前，道：「就是這王八羔子下的毒！」

朱阿三已嚇得魂不附體，只得一個勁擺手磕頭，叨唸「冤枉」。

潘小月亦不聽他解釋，抬手便在朱阿三腦殼上轟了一槍，對方便這樣頂著開了血洞的腦袋見了閻王。

「還有幾個人沒吃？」她問身邊背著火藥銃的一個叫花子。

「沒……沒幾個人了！最多五、六個吧！」那叫花子亦是又驚又急，抬眼望見牆頭上看好戲的杜春曉，忙道：「奶奶的！定是那婊子使的壞！我去一槍把她打下來！」

「不用！」她按住叫花子的槍桿，淡淡的下了撤退的命令：「回去吧。」

於是，餘下的人馬只得將沒氣了的屍體及正趴在地上苟延殘喘的病人，各自搬上幾輛馬車，倉皇而去。

「嘖嘖……」斯蒂芬攤開十指，仔細端詳著精心修飾過的指甲蓋，慢條斯理道：「這可真是老話裡說的『一敗塗地』啊！整整一隊的人馬，居然還鬥不過教堂裡幾個娃娃。潘小月……」

「閉嘴！」她布滿血絲的眼睛直視前方，身上沒有一塊肉是柔軟的，彷彿已將自己凍成冰塊。

「所以說，女人很難辦成什麼大事，只不過抓幾個人，把禍害除了，到了妳那裡，居然也成了麻煩。真不知道我走了之後，這賭坊是怎麼維持到今天的。」斯蒂芬偏不閉嘴。在他眼裡，她如今已是一名愚不可及的怨婦，一錢不值。

「我叫你閉嘴！你聽見沒？！」

她將剛剛斃過朱阿三的手槍抵在斯蒂芬的太陽穴上，他臉上的皮膚都能感觸到她急促而憤怒的呼吸，那把銀白色的手槍小巧玲瓏，柄上鑲著一圈珍珠。

「女人就是女人，連手槍都像首飾，能辦成事可就怪了。」

潘小月的表情像是能一口將他吞下。

斯蒂芬好似仍覺得這刺激不夠，繼續道：「妳現在開槍，就能把所謂的前世恩怨全了了，可這一世的冤家卻還待在那破教堂裡對妳百般嘲笑。所以想清楚一些，要先了哪一樁好。再說……聖瑪麗的大門很快就會開了，妳不想進去？」

過了半晌，吐息漸趨平靜，潘小月才緩緩將槍口轉開，那把被戲稱為「首飾」的手槍重回她的手袋，遂繼續直視前方，她先前的失態舉動彷彿只是一場夢。

……※…… ……※…… ……※……

聖瑪麗教堂內有種悲怨與喜悅交雜的複雜氣氛，他們作困獸之鬥的成果儘管顯著，但要從裡頭成功出逃，恐怕仍屬天方夜譚。杜春曉清楚得很，恐怕吊橋只要一放下，潘小月的人便會蜂湧而入，將這裡的一切撕成碎片。

結束戰鬥的孩子們紛紛回到禮拜堂內，莊士頓為他們準備了寒酸卻足量的晚餐，竟是白米飯配鹹菜。

夏冰悄悄對杜春曉道：「奇怪，雅格伯下身殘疾，猶達又在生病，他們是怎麼能爬到樹上去的？」

杜春曉眼中掠過一縷淒色，回道：「有些事，還是不要問得好。我們都罪孽深重，今兒還害死了無辜的麵攤老闆，接下來說不定還會害死哪一個。」

「我的手……」多默的頭顱已用紗布纏了厚厚一圈，那隻受傷的耳尖仍在不停的滲出血絲，他拿著湯勺的右臂直垂，竟提不起來去拿眼前的飯碗，只神色惶惶的叨唸：「我的手……」

紮肉忙上前抬起多默的手臂，多默當下疼得冷汗直冒，紮肉轉頭對莊士頓道：「給我一片夾板，這小子胳膊斷了，竟還不知道。」

這頓飯於是吃得越發沉重，莊士頓幾乎粒米未進，只跪在禱告臺前，那個銀色的小十字架快要戳穿他的手掌。

「我們……可以睡覺嗎？」

猶達弱小的聲音鑽進每個人的耳朵裡。

是啊，可以睡覺嗎？曾經是極簡單的一件事，在這特殊處境裡做起來，竟也成為奢侈。

「讓孩子們都去睡覺，我們來守夜就成了。」紮肉向莊士頓提議。

莊士頓怔了一下，便點頭同意了。

「小刺兒不用睡覺，小刺兒要跟杜姐姐和紮肉哥一起守夜，聽紮肉哥講當年怎麼把大將軍打慈禧墓裡盜來的夜明珠騙到手的故事！」小刺兒興沖沖的舉起手。

「別胡說！你紮肉哥那哪是騙？那叫劫富濟貧！懂不懂？」紮肉忙彎腰拍了一下小刺兒的後腦殼。

「懂！紮肉哥是劫富濟貧！」小刺兒急忙改口。

看著阿耳斐與多默他們去往寢室的背影，夏冰心底湧起一股酸澀的暖意，因想到再過沒多久，這些短暫的幸福都極有可能被毀滅。

夜幕還是一如既往的降臨在聖瑪麗，更難得的是當晚月光如水，灑在曾經布滿血色的鐘樓上、禮拜堂的尖頂，乃至葬過太多孤魂的墓地。

墓地裡果真有鬼魅自地獄底層爬出，那鬼踏著緩慢輕巧的步子來到大門邊，解開滑輪上的纜繩，一寸一寸吃力且小心的將繩放鬆。那鬼清楚，繩子一旦放到盡頭，滑輪開啟，蠢蠢而動的鉸鏈便會發出「咯咯」的可疑動靜，那是鬼門關洞開的聲音，讓教堂內每一個聽見的人心驚膽戰。

繩子在「鬼手」中沉沉移過，拴住吊橋的粗鏈彷彿被機關喚醒，亦發出慵懶的聲調，隨後逐漸清晰，在鬼耳邊奏響了危險而愉悅的凱歌。雖然推動滑輪要些力氣，可鬼還是咬緊牙關繼續，抬頭怨恨的瞪了一眼月光——月光太亮，什麼秘密都被暴露了，那鬼只得祈求能早些結束。

終於聽得門外悶悶的一聲響，想是吊橋總算轟然倒下，那鬼鬆一口氣，遂又沿著玫瑰小徑奔跑，隱到暗處去了。

橋面與鴻溝對面結冰的地面碰撞出一聲轟響，將守在禮拜堂後方的杜春曉自沉思中驚醒，她當下神色凜然，喃喃道：「沒想到，這麼快就來了……」

聖瑪麗被火光照亮的時候，莊士頓與杜春曉、紮肉他們已站在門前不遠處，大門洞開，潘小月與斯蒂芬在一眾舉著火把的壯漢簇擁下，終於踏入了聖瑪麗。

「喲，這兒待客倒也隆重，那麼多人來迎接咱們。」潘小月身披狐皮大襖，將原本嬌俏的氣質稱得雍容華貴。

「怎……怎麼啦？！我就說……我就說！」

譚麗珍一面尖叫、一面衝出來，看見那熊熊火光便又縮到紮肉後頭躲著，嘴裡還不停的咕

嚨：「早說了讓你們去跟潘老闆求個情，也就沒事兒了。你們偏要……你們偏要……這下可真要死無葬身之地了！」

紮肉轉過頭結結實實抽了她一嘴巴，她這才不再言語。

「瓊安娜，這一回妳又輸了。」斯蒂芬語調悠然，緩緩摘下鹿皮手套，搓了搓雙手，彷彿已準備要大幹一場。

杜春曉冷笑回道：「可見咱們倆到底是老夫老妻，竟都學會了互相暗算那一招，我下藥暗算你的人，你在我這兒安插內鬼，還真是公平。」

「內鬼？」

夏冰一臉錯愕，這時小刺兒悄悄鑽到他腳邊，拎了拎他的褲管，道：「我那幾個兄弟咋辦？要不要我通知他們想辦法躲去別的地兒？」

「哪兒都躲不了了，甭做夢。」潘小月一對眼睛緊緊盯住小刺兒，好似已猜到讓她險些全軍覆沒的人便是這小兔崽子。

「瓊安娜，妳錯了。」斯蒂芬吸了吸鼻子，看對手的眼神宛若掃過幾頭待宰羔羊，「妳暗算的不是我的人，是潘老闆的。如果說我曾經有人，那個人也是妳。」

「你現在有另一個人了，就在我們中間，放下了吊橋，打開了大門，把我們其他人置於死地。」她嘴角掛了一抹苦笑。

「是誰？」紮肉回過頭來，試圖看清每個站在自己這一方的成員，他們神色各異，但最多的是認命式的絕望。

「她不是會算嘛？可以讓她算算。」斯蒂芬走上前，單膝下跪，在雕有浮紋的石板上鋪了一塊褐色手帕，抬頭對杜春曉道：「瓊安娜，妳露兩手的時候到了。」

杜春曉緩緩下蹲，在手絹上擺出四張牌，火光將其面色照得緋紅。

過去牌：逆位的高塔。

「這個人，原本也是受過許多苦，有供許多人踐踏的命運。」

現狀牌：正位的國王，逆位的力量。

「是你放下吊橋，開的大門吧？」杜春曉轉過頭來，指住紮肉。

「什麼？我？！」紮肉瞪大了眼睛。

所有人都不由得往後退了一步，拿錯愕的表情看他。

「不，是你後邊那位。」

杜春曉指的，是一直躲在紮肉身後的譚麗珍。

「如果說，我們這裡還有誰能夠有資格和潘小月談條件，躲過教堂血洗之劫的，就只有妳

了，譚小姐。雖然妳是咱們裡邊最弱的，但也是最強的，有神靈護體嘛！」

她盯住手帕上那張力量牌裡鬚毛鬣張的怒獅，緩緩道：「妳產期將近，正是賭坊下一場豪賭的重注，潘老闆怎會就此把她的搖錢樹弄死在這裡？我們這些人裡頭，唯獨妳被殺的可能性最小，即便要死，亦會等到賭局結束之後，把妳像廢品那樣處理掉。螻蟻尚且偷生，何況妳一人兩命，即便知道最後孩子生下來亦是活不長的，可妳自己的命更重要，所以才背叛了我們。是這樣吧？」

再看譚麗珍，她已一掃先前的畏縮，仰面大笑起來：「哈！哈哈！好死不如賴活著，我譚麗珍這一世都倒楣，總是別人負我，難得我負人家一次，又怎麼啦？！總不能像你們這些傻子似的，一個個死無葬身之地吧！」

話畢，她拖著笨重的身子逕自往潘小月那裡走，還未走近她，眉心已跳出一個血洞，她仰面倒地前，還拿一對驚訝的眼死死瞪著賭坊老闆娘手裡，那把造型精緻的槍。

「有些人，就是因為想得太多，才會死得更早。」潘小月搖頭嘆息，雙眸依舊是兩潭深不見底的冰淵。

對面那一排「待宰羔羊」中，唯獨杜春曉沒有半點兒驚訝，彷彿已經預見到叛徒的下場，她翻開最後一張未來牌——正位的隱者。

「譚麗珍不是叛徒，她是臨時起意。」她抬頭看著斯蒂芬，眼神冷冷的，「倘若不是有人裡通外合，她又怎知何時是放下吊橋、打開大門的最佳時機？必是潘老闆帶了人在外頭候著的時候，她才能配合得當。」

「只是，這裡隔著壕溝，往來根本不通，譚麗珍又是如何被勸降叛變，替你們開了門的呢？必定有人捎了信給她，說服她這樣做，並承諾會饒她一死。而這個人……應該是能自由往來於教堂與外界之間，自己還得因為某種原因而無法啟動鉸鏈放下吊橋的，所以必須得讓譚麗珍來做，此人則負責麻痺我們，於是自告奮勇看守大門，以便她在神不知、鬼不覺的情況下將敵人引渡過來。是這樣吧，小刺兒？」

小刺兒如蜘蛛一般往杜春曉身邊爬來，被絮肉一腳踩住腰部，動彈不得。

「我當時就奇怪，為什麼你說不用睡覺，要求和我們一起守夜，而且守的正是這裡的大門。只要換一個人去守，譚麗珍拖著那麼笨重的身子去放吊橋，必定會被發現，可偏偏是你守的，而你先前剛剛溜出過教堂，給潘老闆的人下藥，你既可以出去下藥，也可以替斯蒂芬帶信回來，說服譚麗珍開門。」

「因為你沒有手，又不能站立起來，即便站起，最多不過拿牙齒咬開不夠粗的繩結，就像上回救夏冰那樣，只可惜你牙再硬，也咬不斷鐵鉸鏈，所以非請手腳健全的人幫忙不可。小刺

兒，你煞費苦心出賣我們，是為了什麼？」

小刺兒此刻已淚流滿面，哽咽道：「小刺兒知道錯啦！可那個洋鬼子說我娘沒死，可以讓我見著我娘！」

「兔崽子！他何時跟你說的？」紮肉不由得鬆開踏在小刺兒身上的腳，孰料小刺兒卻沒有爬向潘小月的陣營，仍俯伏在地上啜泣。

「小刺兒……小刺兒剛爬出來，就被那洋鬼子逮住了！」小刺兒抽抽噎噎道：「他……他沒殺小刺兒，只是告訴小刺兒，說小刺兒的娘姓陳，叫翠蓮。如果小刺兒想回到娘身邊，就得聽他的話！」

「你個傻小子，那是被唬了！」紮肉不由得大叫。

「不是被唬的！」小刺兒猛抬頭對紮肉道：「哈爺從前也跟小刺兒提過，說小刺兒的娘叫陳翠蓮，生下我就不要我了，把我賣給他的。所以我才……」

「如此說來，小刺兒也是在賭坊裡產下的孩子？」杜春曉將牌收起，把隱者舉過頭頂，質問斯蒂芬。

斯蒂芬笑道：「這已經不重要了，重要的是，你們今天一個都逃不過……」

第二聲槍響打斷了他的自鳴得意，小刺兒終於永遠的躺下，頭頂一個血洞正汩汩流出腦髓，兩隻斷腕還伸向紮肉，像是在求助。

「這逃不過的人裡頭，還包括你。你居然讓那死孩子下藥害我的人，一樣罪可當誅。」

潘小月邊講邊將冒煙的槍口對準了斯蒂芬。

與此同時，仰躺在地上的譚麗珍亦正用一對死灰的眼瞪著斯蒂芬，腦後流出一灘染成粉色的腦漿。

注四：四毫子小說，是由「三毫子小說」引申出來的。在過去的年代，指廉價、速食的通俗小說，內容品位極低，每本售價港幣三角錢，口語就是「三毫子」。

第七章

魔術師的懺悔

禮拜堂內高高在上的耶穌，仍以悲天憫人的痛楚表情俯視蒼生。紮肉被剝得精光，在臨時用粗木樁紮起的十字架前痛哭流涕，胸前的肉蝴蝶漲得通紅，兩隻早已受過「釘刑」的手掌再次被鐵釘扎穿，只這一次被強扭成張開雙臂擁抱噩運的姿態，儘管躺在那裡，紮肉也已生不如死。

「潘婊子！快給爺一個痛快！」紮肉嘴裡不停咒罵，嗓子已嘶啞不堪，許多詛咒都說得斷斷續續。

「別急呀。」潘小月上前，拿帕子給紮肉擦了擦額上的汗，「再等上一會兒，我自會給你一個痛快，如今只是宴桌上的冷盤，還沒到上正菜呢！」

周圍每一個被綁的圍觀者都不由得別轉腦袋，不忍見證昔日戰友的慘狀，唯獨斯蒂芬還面不改色的跪在那裡，儘管亦與其他人一般被反剪了手，腰桿卻挺得筆直，頭髮有些凌亂，然而還是極俊朗的。

另一個與他一樣鎮定的，則是莊士頓，他亦是這些人中間唯一一位沒有被綁的，面容雖僵硬，卻沒有一絲一縷的崩潰，彷彿眼前發生的一切都是理所當然。他的七位門徒都站在禱告臺前，背對釘了紮肉的十字架，一條粗麻繩將他們串成「人肉糖葫蘆」。

「紮肉啊，你可曉得人忍痛的極限在哪裡？扎穿手背的痛其實算不得什麼，待會兒腳上那

一下，才是真考驗。你是我的男人，可別替我丟臉，得捱住。」

「妳……妳……」棨肉痛得大口喘氣，儘管是寒冬臘月，身上卻在不停的冒汗，肉體的健美曲線在疼痛折磨下不停的變幻形態。

「別怕，咱們試試看。」潘小月終於示意。

兩名壯漢上前，將棨肉的兩隻腳踝對疊捆棨在木椅子上，一人拿出一根末端粗方的鐵錐對準疊在上層的那隻腳背，另一個人則掄起石錘……

「不……不要！不要啊！潘婊子！妳他媽不得好死！下輩子被男人操得腸穿肚爛！潘婊子！妳敢！臭婆娘！臭婊子！有種現在就宰了爺！宰了爺吶！」棨肉似是抱著必死的決心在那裡洩憤。

「等一下！」杜春曉突然大叫，腦中卻是一片空白，因不知如何才能救下棨肉。

「妳既然救不了他，就別太激動，把王母娘娘惹惱了，只有自己吃虧，反正很快就輪到妳了。」斯蒂芬在一旁冷笑。

潘小月聽聞，果然叫那兩名壯漢停手，走到莊士頓跟前，笑道：「斯蒂芬這一說，倒是提點我了，這權力交予你便是。」

莊士頓雙唇微張，驚訝的看著她，臉上充滿不解。

「這裡的每一個人，都要受到處罰。不過呢，這些人裡頭，與你的交情也分個深淺的，你好歹也做過我未婚夫，既有這樣的恩情，不如將生死大權交予你，你來選擇讓誰先死。哦，對了，這一個已經做了一半了，要不要放了？」

她湊近他，刻意讓他看清楚她臉上的每個毛孔，其實更是要他看清楚她是否仍為他的最愛。

他聞見她身上淡淡的脂粉香，那是從前在古江鎮老家不曾聞見的，當年自她身上散發的氣息是混了白蘭花味的甜香，可恨年紀小，聞過便算，以為那些都不重要，卻不想年歲一久，人都會「變味」，包括他自己。

「放……放了他！」他吞一吞口水，嗓子也有些啞，口齒倒還清楚。

「我可提醒你吶，這一放，等一下還得吃苦頭，早晚的事情，不如讓他們做完了？」她眉宇間蕩漾的殺氣似乎要「見血封喉」。

「放了他們，我給妳想要的。」他試著與她做交易，語氣卻很無力。

她將臉挨到他的鼻尖，注視他良久，他方才發覺曾經讓他怎麼也放心不下的那對倔強、貞潔的眼已經不見了，取而代之的是兩塊寒冰。他意識到，她也許早已不愛他了，這些年來兩兩相望只是為了折磨，讓他不至於淡忘犯下的罪。

「我想要的？你知道我想要什麼嗎？」她搭上他的肩膀，將下巴枕在他右側突起的肩胛骨上，輕聲道：「我想要的，你當初不曾給我，現在更不能給我。所以，我早就知道，從你那裡什麼都得不到，縱是你有的，也不會給我。」

「不是的！」莊士頓大叫，七個門徒遂回過頭來悄悄張望。

潘小月冷然道：「好，先放了他。」

兩名壯漢面無表情的取出釘在十字架上的釘子，換來緊肉兩聲慘叫，之後他便暈厥過去，再也不動。

「現在，你可以選了。快！」

死神將手中的鐮刀交予莊士頓，他握住它，感受它沉重的分量，身體變得遲滯。

「他！讓他先死！」他指向斯蒂芬。

斯蒂芬遂發出一陣爆笑，像一把音色原本柔美清亮的小提琴突然奏響了雄渾的凱歌。他笑得幾乎暈厥過去，兩名壯漢已將他拎起，解開繩索，強行把他的身體平鋪在已經濺血的十字架上。

「潘小月，如果妳現在派人到門口仔細看一看，就知道很多事情已經改變了。妳真以為把那大肚子一槍崩了，自己還能好過嗎？她可是閻大帥訂的貨。」

「我這輩子，最恨叛徒，只要欺騙過我潘小月，到頭來都得死！」

雖然嘴上還是硬的，然而聽見「閻大帥」三字，潘小月心臟已不由得縮緊。

此刻，外頭紛亂的腳步聲響起，禮拜堂外已殺來另一路人馬，均是著土黃色戎服的士兵，槍桿上刺刀鋥亮，刀刃直指裡面所有的人。後頭進來的人訓練有素的站成兩排，迎接穿著筆挺的黑色軍服、肩部與帽簷均鑲了金色流穗的肥高男子，因胖得有些過分，肚子幾欲突破綳緊的軍服而出；男子大眼厚唇，臉膛油光光的，軍帽下露出的兩隻耳垂圓潤亢長，頗有佛相。

「喲，來老熟人兒了。」紮肉不知何時已醒來，忍著痛笑道。

「你果然是九命貓，怎麼都弄不死，居然還能搬來這樣的救兵？是哪裡攀到的貴人？」杜春曉眼見紮肉兩隻軟塌塌的血手，心情頗為沉重，因為此後恐怕它們已徹底廢了。

「那次潘婊子帶我見識食嬰宴，他是其中的一位客人，當時雖戴了面具，只額上那一圈白痕太明顯了，必是當兵的戴大蓋帽戴出來的……」紮肉話未說完，便呻吟一記，復又合上了眼，像是在等死。

「小月，妳這又是什麼排場？」

斯蒂芬口中的「閻大帥」笑嘻嘻的，手中兩顆乳白色帶黃絲紋的玉球還在不停轉動。

「閻大帥，這是賭坊的私事兒，還有勞您出面？」潘小月強笑回道。

閻大帥指了一下被按在十字架上的斯蒂芬，道：「今晚有人報信，說是幽冥街賭坊的人跟教堂裡的一群和尚幹上了，還說妳這邊損失挺慘重。我想妳潘老闆何時變得這麼沒能耐，居然連一間洋廟都搞不定了？這一路過來的時候我還不信，進了門，看到死在那裡的兩個人兒……那娃娃咱就不講了，另一個大肚子女人……可是咱們訂的貨？」

潘小月面色慘白，只得垂頭不響。

「還真的是呀？」閻大帥的玉球驀地停止旋轉，四下瞬間靜默得可怕，「潘小月呀潘小月，果然女人辦事兒就是感情用事！」

「還有更感情用事的地方，大帥您有所不知呢。」斯蒂芬順勢火上澆油。

潘小月迅速舉槍，意欲一槍結果了斯蒂芬，卻被閻大帥按住；同時，他手下那幫人的刺刀整齊劃一的指向她，是警告，更是暗示——這裡如今已不是她做主了。

「你，過來！」

閻大帥氣定神閒的對斯蒂芬勾一勾食指，斯蒂芬忙上前幾步。

「你說。」

斯蒂芬笑道：「大帥，潘老闆這一次要處理的，確是一件私事兒。可惜女人做事，終究公私不太分明，做著做著，便耽誤了生意。您也瞧見了，外頭那屍體……」

「我可以退您訂金！」潘小月乾著嗓子提議，臉上笑意全無。

「這個……」閻大帥肥大的臉上隱約浮起一股怒意，卻還是強忍住了，指節毛茸茸的掌心裡仍恢復了玉球相擦的「嗡嗡」聲，「別把訂金看得太重，咱們要的是誠信。啊！妳看老蔣跟我閻某人做交易，要槍要炮要糧，都是一句話的事情，那就叫仗義！叫兄弟！那千兒萬把的訂金，不要也就不要了，沒什麼了不起的。可是潘小月啊，我閻某人最痛恨的就是被人當傻子，妳以為那是退了訂金就能解決的？妳傷的可是我閻某人的心吶！」

「更何況，她一時之間還退不出訂金。」斯蒂芬又來火上澆油。

潘小月牙根一挫，怒道：「斯蒂芬！你別太得意！」

「妳是真想讓我把當年的事情全抖出來呀？」斯蒂芬轉過身來，聲量亦提高了許多，生怕閻大帥聽不見似的。

「你……」

「妳那點兒底子，早就被掏空了吧！」斯蒂芬指指躺在杜春曉身邊的紮肉，「錢在哪兒，如今恐怕得問他。」

潘小月隨即瞪著紮肉，狠狠道：「怎麼回事兒？」

「哼！」紮肉忍痛坐起，眼中有報復的快感，亦包含若有若無的憐憫與譏諷，「潘婊子，

妳真當爺是痴情公子哥兒，啥都不要就白白陪了妳個把月？爺若不從妳那兒拿點回扣，那還配出來混？妳那萬年不點火的壁爐裡，金磚銀洋和首飾還真不少，爺跟小刺兒搬了整整兩天才算完！哈！哈哈！」

「喲！這麼說閻某人如今想要回訂金息事寧人，都不成啦？」閻大帥見潘小月已被逼入絕境，反而興奮起來，那是聞到血腥味之後，施展殺戮的前兆。

「這主子都沒錢了，你們這幫狗腿子還跟著她混什麼？等著夢裡收錢嗎？走走走！」紮肉抬起慘不忍睹的廢手，向潘小月的人使勁晃了晃。

那幾名壯漢面面相覷了數秒，果真一個個貓著腰走出去了。

閻大帥遂饒有興致的指著紮肉道：「不錯啊！小夥子機靈！我喜歡！我喜歡！」話畢，便繼續盯著山窮水盡的潘小月。

「閻大帥，我潘小月沒用，落到這般田地，如今要殺要剮憑聽您處置！」

潘小月邊說邊走到閻大帥跟前，沒有下跪，卻是以迅雷不及掩耳之勢，用那把精巧玲瓏的珍珠手槍抵住了大帥肥厚的下巴。

潘小月的突然舉動，把所有人都嚇了一跳，倒是杜春曉對她生出無限的敬佩來，邊點頭邊嘆道：「我可總算知道妳這樣的女人是怎麼在幽冥街混到這個地位了！」

「不想腦袋被轟成爛西瓜，就讓你的人退下。」潘小月不理會杜春曉的讚美，只將槍口往閻大帥的下巴裡再戳深了一些。

閻大帥一臉陰沉的答道：「妳知道，我閻某人最不喜歡被人威脅。」

「我也不喜歡。」她不曾畏懼半分，頗有些豁出命去的架式。

「退下！都退下！」閻大帥只得大叫。

那些士兵愣了半秒，便齊刷刷往禮拜堂外頭去了。

「讓他們退出教堂。」潘小月一直步步緊逼，將閻大帥逼出禮拜堂。

外頭果然亦是重兵把守。士兵們看見這個陣勢，無不面露詫異，卻又很快回復鎮定，只等大帥一聲令下。

「出去！都退出教堂！」

閻大帥喊得有些歇斯底里，因覺得被一個女人要脅，怒氣早已蓋過了恐懼，又不想因衝動而喪命，便只得下了無奈的命令。隨後，這支剛剛還氣宇軒昂的小型部隊便再次挺起胸膛，以尊重的姿態列隊，往大門外退去，步伐齊整，一點也不似被擊退的，還是雄糾糾的。

自禮拜堂內往外張望的杜春曉不由得感慨：「這閻大帥倒是帶了支好隊伍！」

待部隊全都走過吊橋之後，潘小月將閻大帥推至門邊綁著的鉸鏈與粗繩索的機關，一字一頓道：「把這個拉下來。」

閻大帥再沒有半點掙扎與猶豫，雙手用力的轉動齒輪。那吊橋似被催眠師施了法術，自沉睡中醒來，緩緩起身，靠在了教堂的大門邊，隨後又倚牆而「眠」，彷彿剛剛只是走了個小小的過場。

「只要這裡出現一聲槍響，妳就會被我副官帶的人剁成肉泥！」閻大帥挑著一邊的眉頭道。

潘小月也不說話，只默默將他押回禮拜堂內，卻見莊士頓已蹲下來為紮肉料理傷口。

「你這會兒倒又裝起好人來了？」潘小月瞪了他一眼，卻沒有阻止，因還要看顧眼前這位大人物。

閻大帥倒是顯得頗為平靜，手裡兩顆玉球又悄悄活絡起來。

「你先前跟我說什麼來著？」她突然一臉甜笑，在確保槍口堅定不移的情況下，騰出一隻手來，將身上的毛皮大衣褪下，雖動作有些艱難，費了一點時間，那件油光水滑的袍子還是拿在手裡了，她單手將它疊成團，按在閻大帥那張數層下巴的油臉上，「你說，只要外頭聽得一聲槍響，你的人就會鏟平教堂？哈！哈哈！」

她在尖刻苦澀的乾笑中扣動了扳機，子彈穿過厚實柔順的皮毛，轟爛了閻大帥的臉，血水吸入皮毛，換得一記「噗」的悶響，像極了西瓜爆裂的聲音。

所有人都摒住了呼吸，唯有猶達的咳嗽聲響徹禮拜堂，他不停哆嗦，面頰憋得緋紅。阿耳斐伸手拍了拍他的後背，卻未能緩解他的症狀。

「安靜！一個都不許吵！誰再說話，我就殺了誰！」

潘小月將手槍指住斯蒂芬，口吻異常愉快，頗有將生死置之度外的豁達：「斯蒂芬，你那聰明的腦袋瓜裡可有算到這一幕？」

「妳這樣自己也活不了……」

「我知道我活不了！」她突然狂吼，胸膛劇烈起伏，恐懼到底還是刺破其鎮定的偽裝，蜂湧而出，「死算得了什麼？死他媽又算得了什麼？！我早就死了，十四年前就死在倫敦了！妳當初就不該救我，讓我死在那裡才好！」

最後一句，是講給杜春曉聽的。

「我當妳貴人多忘事，居然還記得呀！」杜春曉苦笑道。

「我潘小月什麼都差，唯獨記性好得很。」她已繞到斯蒂芬身後，槍口緊緊抵住他的後脖子上，「尤其是對拋棄過我的人、背叛過我的人、陷害過我的人，我記得更牢！」

「等一下！」莊士頓顫聲道：「妳最恨的人是我，何不從我開始？」

潘小月笑道：「那哪兒成？好菜都得留到後頭吃，負心漢得一個一個斃。」遂將槍口轉向奄奄一息的紮肉，「你說是不是？」

紮肉張了張嘴，忽然挺一挺胸膛，道：「那就給爺一個痛快吧！那筆錢是我跟杜春曉、夏冰他們分了的，要不妳就專拿我那一份去，他們倆再加上肚子裡那一個，還得為今後打算不是？」

「錢在哪兒？」潘小月聽到「錢」字，果然迅速收起悲憤詢問起來。

「妳這是問誰吶？我那一份自然是知道的，可分給這小倆口的在哪兒，我可就不清楚囉！」紮肉得意洋洋的吹了一記口哨，不過瞎子都看得出來，他是在掩蓋創口帶來的劇痛。

「紮肉！你少胡說！我和春曉何時分過你的錢？！你扯這個謊，把咱們都拉進來，可是要遭天打雷劈的！」夏冰到底按捺不住，跳將起來，因手腳仍被綁著，剛剛站直身子便一個踉蹌跌倒在地。

杜春曉忙挨近他耳邊，悄悄道：「你個書呆子！紮肉那是保護咱們！若咱們身上沒藏那筆錢，恐怕早就死了，唯有藏著，她才不敢殺，殺了我們，錢就沒了。」

夏冰恍悟，怔了片刻，又繼續大叫起來：「你個混蛋！陷害咱們！到了閻王殿也得下油鍋炸！你個混蛋！混蛋！」

因是演戲，矯情的成分便高了。見識他拙劣的裝腔作勢，杜春曉瞬間頭皮發麻，只求潘小月如今心智迷亂，已喪失了對假象的嗅覺。

夏冰正鬧著，忽覺膝頭一麻，一股灼熱自那裡湧起，很快褲子便黏濕了，他驚訝的抬頭，卻見潘小月正拿血淋淋的毛皮裹拿槍的手上對住他，毛皮冒出幾縷灰煙，散發古怪的焦臭。他的左膝已破了一個洞，血液緩緩流出，將棉褲與皮膚牢牢黏住，那新鮮的傷口並不痛，只讓他猶感生命正隨之流逝。

「把我的繩子解開！快！」

杜春曉衝著莊士頓大叫，並吃力的將身體壓在夏冰中槍的膝蓋上，他這才發出一聲痛苦的嚎叫，可她並不管他是何感受，只一味用屁股壓住他破碎流血的傷口。

莊士頓正欲上前，潘小月手裡那團發臭的皮毛卻對住了他，冷冷喝道：「不准過來！」

「妳放心，我不會解開她的繩子，但是那個人需要處理一下傷口，否則妳還沒問出什麼來，他就死了。」

「沒關係，杜小姐也知道錢在哪兒。」

「如果他有什麼三長兩短，我就咬舌自盡！到時候妳什麼也撈不到！可要試試看？」杜春

曉狠狠瞪著潘小月。

兩名女子陷入僵持，而潘小月也只得緩緩放下槍，對莊士頓偏一偏頭。對方會意，忙自懷裡拿出一條乾淨的手絹，為夏冰包紮。

此時，斯蒂芬又吹了一記口哨，笑道：「故事越來越精彩了，簡直可以寫成小說！」

紮肉亦冷笑道：「死洋鬼子，你甭得意，等會兒頭一個要斃的人就是你！」

「跟潘老闆肌膚相親那麼久，看來你還是不怎麼懂她的心思。剛剛可曾聽她講過『好菜得留到最後才吃』？先前我也許不是她最想吃的那一道，但打從我請來閻大帥之後，就升級為她的頭等大菜了，自然要留到最後一口。而你呢？鄙人深信，會得到和閻大帥一樣『肝腦塗地』的下場。」

紮肉忽然意識到什麼，遂再不說話，只轉頭看著杜春曉。

「什麼？」杜春曉一臉的焦急，額頭布滿細汗。

「看來，咱們果真活不過今晚啦。」

紮肉這樣講著，臉上居然漾起了笑意。

……※……　……※……　……※……

若望只覺耳邊有數千隻蒼蠅在不停打轉，發出同一頻率的振翅之音。自踏入聖瑪麗教堂的那一刻起，他的身體便不再是自己的，比如現在他的身體屬於一個聰明的孩子，他能迅速判斷某件事的性質，做出最準確的反應，甚至操縱一切可以操縱的力量為己所用。而此刻，他與驚惶失措的教友見證了多樁死亡事件，儘管大多數時候他們都背對著災難，卻仍能清晰的感覺到惡魔在他們耳後輕輕吹氣，令他們寒毛乍立。

若望慶幸此刻他深諳謀略，知道一切都被那個叫潘小月的女人掌握，從急促凌亂的呼吸判斷，她撐不了半個小時就會發瘋，復仇的急迫、逃生的渴望、對錢財的執著，及隱隱約約的絕望感在她腦中翻江倒海……他太理解這種會將腦漿擠爆的壓迫感。

「天主，祢在保佑我們不受傷害嗎？」

身邊的阿耳斐口中唸唸有詞，他比以往任何時候看起來都要更脆弱。

「你放心，主即便會保佑我們，那其中也不包括你。」

若望的聲音雖是自鼻孔裡鑽出來的，但一旁的阿耳斐還是能聽得真真切切。

阿耳斐又驚又怒，卻又不敢發作，只能咬牙垂頭，一言不發。

「田玉生？哼！」若望粉肉的嘴脣裡吐出了一連串讓阿耳斐心悸的句子，「神父大人的無

心之舉，造成了致命的誤會，讓那可憐的俄國妓女以為找到了依靠。你別以為你們兩個偷偷在教堂後邊幽會的事情沒人知道，除了神父大人，我們都清楚得很。起初，我以為你們只是錯誤的互認母子關係，但是那一天，神父抽打你的時候，那妓女的眼神不像是心疼自己的親生兒子，卻似看著——自己的戀人。」

阿耳斐被徹底擊中要害，站姿變得越發僵硬。

「我當時便奇怪，那妓女死了之後，你居然輕撫她的臉，燒到神智不清的時候嘴裡叫的不是『娘』，卻是她的名字『喬蘇』。想來，你們必是日久生情，她起初將你視作自己的親生子，後來大概是得知兩人並無血緣干係，於是，虛假的親情聯繫碎了，取而代之的居然是荒唐的男女之情！」

「這裡的每個兄弟，夜裡都陸續會有一些見不得人的小動作，我聽與你同寢的費理伯講過，你從來沒有，他們還常常笑話你不是男人。其實，你是已經成為男人了吧？為了不捅破這層關係、捍衛你的尊嚴，那妓女服下了你悄悄遞給她的烏頭堿，臨死前還咬破自己的舌尖，就怕我看出來她是服用我製作的毒藥而死。」

「你之前不是還向我要過冰糖嗎？到我花房裡來翻這翻那，其實是想找烏頭堿吧？那妓女因為費理伯的死而被抓，你怕你們的關係會被她捅破，這才決心讓她去死，通姦之罪也可以讓死去的費理伯來背。你當時一定很害怕，盡想著如何犧牲他人來保護自己。但是，喬蘇臨死之前，卻把一張戀人牌放進那姓杜的女人手裡，向她坦白了你們倆的關係。」

「當時不只是你，莊士頓也看出來了，這就是為什麼他後來想支開我們，把你單獨留下來問話。你是為了逃避他的質問，才故意假裝發作，抓住我拚命的吧？這是為了轉移注意力，沒想到，那之後我們卻都病了。」

「阿耳斐，你一直是聖瑪麗教堂的恥辱，如果說這裡有哪一個兄弟的死是眾望所歸，那就是你了！你永遠比我們吃得飽，精力甚至比安德勒更加旺盛，神父又喜歡帶你拋頭露面，你正是利用這樣的機會引誘來這裡懺悔祈福的婦人，騙取她們的錢財和食物。是這樣吧？！」

若望米黃的眼白宛若精瓷，那身怵目驚心的白因激憤而泛出一縷血色。

「我一直奇怪，你與我還在五爺手上的時候，我從未聽說你有個叫『田玉生』的本名，被教堂收留之後，卻突然告訴我們你叫田玉生，當時大概是發現這裡吃不飽，必須想辦法從來做禮拜的喬蘇那裡撈些好處，才出此下策，冒充她的兒子吧？偏巧你又從五爺那裡聽過喬蘇的事情，所以你才假借『本名』給了她那樣的暗示，讓她時時刻刻照顧你，動不動給你吃的。」

「久而久之，你發現原來除了侍候天主之外，還有一條填飽肚子的捷徑，於是幹起了見不得人的勾當，專門勾引來做禮拜的女人，騙取她們的食物和錢財，時間長了，喬蘇也就只是你

的金主之一。」

「我猜想，喬蘇後來認出你非她所生，必是因為你身上的某個印跡引起她的懷疑，比如——瞳孔的顏色。喬蘇的眼珠子是湖藍色的，據說她的男人是中國人，必定是黑色眼珠，可你的眼珠子卻是淡綠色的。當然，那是我的猜測，不作準，但她知道你非她親兒之後，你知道用肉體勾引是唯一的出路。喬蘇之所以沒有離開幽冥街，而是躲進教堂，也是因為放不下你吧？但是她為了不讓你受牽連，卻去求助費理伯，他就這樣為你而死……」

「不是的！費理伯的死與我無關！」阿耳斐盡量憋著喉嚨抗議。

「好了，現在不是爭辯的時候。」若望眼中閃過一絲狡黠的光芒，「你應該明白現在是什麼情況，我們很可能看不到明天早晨的太陽了。這個女人無論會不會把我們打死，她都得死在這裡，但讓我們七個人陪葬就太說不過去了。我們何罪之有？」

「對……」阿耳斐拚命點頭。

若望繼續道：「但是，要想活下來，也不是完全沒有辦法。」

「怎麼辦？」

「把這個女人制伏。」若望語氣堅定，「只有把她制伏，告訴外邊那些當兵的，是這女人殺了閻大帥，而咱們又齊心合力把凶手抓住了，也許還有一線生機。」

「可是，要怎樣才能抓住她？」

「那就得靠你了，你的戲演得那麼好。」若望又悄悄挨近了阿耳斐一些，在其耳邊竊竊私語：「我要你……」

潘小月已命莊士頓將斯蒂芬捆綁起來，所有人都受制於她，她卻無從下手，因似乎哪一個都是她攻不破的堡壘，紮肉的冷眼、斯蒂芬的嘲笑、杜春曉的怒視，以及莊士頓肅穆悲愴的神情，都是將其理智推向崩潰邊緣的「黑手」。她現在只想儘快把這些人幹掉，然後往自己的太陽穴上來一槍！

「我不要死！我不要死啊！饒了我吧！嗚嗚嗚嗚……」

七個被捆成一串的門徒裡，有一位正縮著肩膀哭泣，聲音細碎而悽楚。

「不許哭！」潘小月轉過身來狠狠道。

「我不想死，不想死啊……嗚嗚嗚嗚……」那孩子仍未住嘴。

「阿耳斐，你不會死的，安靜。」莊士頓忙安撫阿耳斐。

「可是……神父大人啊，我們要是說出這幾個人的錢藏在哪裡，不就可以不死了嗎？嗚嗚嗚嗚……」阿耳斐抽抽噎噎的道出驚天動地的一句。

在場所有人均呆怔了片刻。

還是潘小月第一個回過神來，將槍口對住尚且手腳自由的莊士頓：「把那孩子解開。」

莊士頓猶豫了一下，只得上前將阿耳斐解脫，阿耳斐踏著乖巧而瑟縮的步子走到潘小月跟前，他深諳什麼樣的表情和姿態才能討女人歡心。

潘小月大抵已忘記外頭被閻大帥的部隊圍得水泄不通這一後患，竟將裹在槍上的皮毛扯下，拿槍口頂住阿耳斐的眉心，阿耳斐嚇得兩腿發抖，卻堅持用那雙融霜化雪的、淡綠色的攝魂「貓眼」望著她，像隻無辜的鴿子。

「小子，我潘小月最討厭什麼，你可知道？」她怔怔的回望他，不似被迷惑了，竟有些神智錯亂的麻木。

「知……知道……」阿耳斐拚命點頭，轉念又似悟到什麼，換成了搖頭，「不……不知道！不知道！我不知道！」

「阿耳斐！別鬧了！你什麼都不知道！」莊士頓不由得大叫。

不幸的是，阿耳斐的漂亮臉蛋上竟流露天使的純真。

……※…… ……※…… ……※……

夜色雖深不見底，聖瑪麗教堂卻因外頭被閻大帥的部隊架起火堆照得透亮而變得不再陰沉，鐘樓、禿樹、石板小徑統統蒙上了一層金紅的薄光。三條人影便在那紅光裡邁向鐘樓，阿耳斐與莊士頓走在前邊，潘小月的槍口一直在他們背後游移。

進到鐘樓內，打開花房大門的時候，莊士頓還在不停的向潘小月解釋：「這孩子病了，他燒得神智不清，怎麼可能會知道這些？！」

「神智不清？」潘小月在他身後發出幽魂一般的冷笑，「你怎麼不擔心我神智不清呢？」

他驀地意識到，她的脅迫更似求救，那些或迷亂或凶殘或貪婪或瘋癲的表現，都是做給他看的，他甚至想到自己都不曾吻過她，她的嘴脣、她的脖頸是怎樣的觸感，他毫無概念。這幾十年來，他一直活在她最陌生的範圍之中，卻又無法割捨。這漫長的布道之旅中，他無時無刻不在擔心她，同時又深深的怨恨她。

阿耳斐摸到門廊下的一盞煤油燈，用火柴點燃，拎起，推門進入花房，動作是那樣的熟練，莊士頓面上的愁雲卻越積越濃。

花房內依舊冷香撲鼻，成串的天堂鳥自高處垂下，已被清掃乾淨的巨大木籠上掛著幾縷若望銀白的髮；費理伯那眼球被掏空的屍身還擺在花榻上，乾癟變形的面龐半埋在玫瑰乾花瓣裡；不知為什麼，那些已失去生命的物體聚在一處，竟讓整個房間顯得生機勃勃。

「在哪兒？」潘小月踢了踢木箱，它們回以空空的響聲。

「這裡！」阿耳斐瞄準角落的一堆箱子，奮力將它們一個一個搬開，直到搬盡最後一個，露出堅實的核桃木地板。他拚命摳挖地板上一個類似蛀洞的木結，整塊板隨之掀起。

潘小月亦不由得興奮起來，往那凹入的地板裡層望去，卻不料眼前突然湧出一陣白霧，她冷不防吸了一口那霧，瞬間猶如冰針刺入腦髓般清醒且疼痛，遂打了一個冷顫，眼睛還未睜開便朝白霧噴出的方向又開了一槍！

待她看清楚環境時，卻聽得阿耳斐正在大喊：「神父！快抓住她！」

莊士頓愣了數秒，方明白過來，於是疾速撲向潘小月，將她牢牢壓在身下，那把精巧的手槍亦被遠遠甩了出去。

阿耳斐拿手捂住口鼻，重重的喘著粗氣，好一會兒才緩過了勁，得意洋洋的從旁邊抽出一條草繩，遞給莊士頓，示意他可以綁住她了。

「你一直知道這裡……」

「是若望告訴我的，你現在只要綁著她，等她出現幻覺之後便會很老實了。咱們把她送給外邊的人，告訴他們是這個女人殺了他們的大師，就可以逃過一劫了！」阿耳斐因這次小小的勝利而欣喜若狂，完全不顧被白霧噴成雪色的頭髮。

潘小月更是面目全非，只一雙暴睜的眼睛還是漆黑有神的。

莊士頓接過草繩，將潘小月捆住，她突然一陣大笑，喊道：「惡有惡報！惡有惡報呀！哈哈哈！惡有惡報！惡有惡報呀！」

將潘小月押回禮拜堂之後，卻見裡頭傷的傷、被綁的被綁，竟一個也沒動過，看到女魔頭竟被制伏，全都愣住了，唯獨若望笑得非常釋懷。

「神父大人，我的計畫果然成功了！」

阿耳斐亦興奮上前，意欲解開六位門徒的束縛，卻被人在背上推了一把，他腳未站穩，當下便撲倒在地，被莊士頓扶起。

莊士頓將一隻手搭在他的肩頭，輕聲道：「先等一等。」

「為……為什麼？」阿耳斐滿臉的委屈。

「因為你們的罪還未贖完。」

莊士頓的語氣變得堅硬、且正直。

夏冰已渾身發冷，莊士頓將若望曾為阿耳斐治療鞭傷的黃色藥粉撒在他的傷口上，血奇蹟

般的止住了，但他仍能在空氣中嗅到某種末日一般的絕望氣息。

每個人都在內心想一個「死」字，冰溝外的沖天火光已映到禮拜堂的彩色玻璃窗上，渲染了門徒們暗淡的黑袍。原本素潔的地板流光溢彩，宛若天堂之門已在頭頂開啟，神的榮光自溫柔間灑落，教人不由得目炫神迷起來。

「小月……」莊士頓手裡握著她那把珍珠柄手槍，食指並未搭在扳機上，「我們都該贖罪了。」

「贖罪？你還有臉提贖罪？要贖也是你先贖才對！」潘小月憤憤的抖動頭顱，那白粉的藥力顯然已讓她舌尖麻木，口齒亦隨即不清晰了，「你他媽有種就殺了我！磨磨蹭蹭的算什麼？！」

「會的，都會的。」

說畢，莊士頓便將阿耳斐推入懺悔室，自己則坐到另一側聆聽。

阿耳斐還記得第一次進到懺悔室時的情景，他怎麼也想不起自己做過什麼錯事，於是告解做得結結巴巴，尤其隔著雙層網壁的神父的臉被切割得肢離破碎，讓他產生不真實的感覺，這逼仄的壓迫感與告解廳幽暗的光線狼狽為奸，將他折磨得幾欲崩潰。

他過了很久才開始適應裡頭的環境，隨著那些女教徒，乃至嗓音尖刻的老公公們對他日益青睞，他的告解亦做得行雲流水起來，每次都告訴神父自己產生了怎樣無恥的欲念，卻又不曾實施云云。他知道說謊的要訣是必須在裡頭摻一半的真話，這樣最能騙取信任，甚至得寵。

但是今天的莊士頓，卻與以往不一樣。懺悔室內的光線還是幽暗的，神父的臉還是破碎的，只這破碎裡有一種犀利的氣勢，這氣勢讓他害怕。

「阿耳斐，你還記得在聖瑪麗待了幾年了？」

「九……九年……神父大人。」

「所以你知道自己的年紀要比對外宣稱的大一些，對吧？甚至比安德勒還要大。」

「是的。」

「對於你從前懺悔過的那些事，還有什麼要補充的嗎？」

「我……我已經懺悔過了，您告訴過我，主已經寬恕我的罪了。」

「你是說，你從前告訴我的，你想騙取幾位女教徒的信任，從她們身上得到食物，這些貪妄之罪已經得到寬恕了？」

「可我……只是想想而已……」

「你的意思是，你與那可憐的女人喬蘇發生關係，讓她用出賣肉體的錢供你免受飢餓之苦，照顧你的生活，也僅僅是你的一個欲念？」

莊士頓吐出的每個字都釘住了阿耳斐的七寸，他無言以對，只得垂下面紅耳赤的頭顱。

「你還有什麼沒有做卻必須要做的告解嗎？」他依然側轉頭，將一隻碩大的耳孔對準他，彷彿那便是審判臺，「比如喬蘇的服毒自盡，難道不是你欲念的一部分？她為了保全你而選擇死亡，你用毒藥將她生前所有的罪都洗清了，然後又背負了這些罪過，你覺得自己仍然不需要做懺悔嗎？」

「神父大人，我……」阿耳斐的喉管似被一隻無形的手捏緊，神父乾淨的、生有白細絨毛的耳孔在他眼中已大如笆斗，快要將其吞沒。

「你想說什麼？或者說，你想認罪嗎？」

耳孔再次向他逼近。

「我……我認罪！」阿耳斐知道先前偷襲潘小月時，自己也吸進了一些粉末，如今藥性已快要遊遍每一條腦溝，讓他在被良知壓迫到窒息的過程中生出一絲快感。

「你想認什麼罪？你覺得如何才能讓天主寬恕你？或者說，讓喬蘇寬恕你？」

「我、我認……」阿耳斐難過得快要嘔吐，額上的青筋正暴露瀕臨崩潰的秘密，「死……死罪……」

「願天主保佑你，阿門！」

耳孔突然向阿耳斐噴射出了火花，阿耳斐身體顫慄，仰了一下開出血花的頭顱，遂軟軟歪出懺悔室的門。

那一直對準他、聆聽他懺悔的不是莊士頓的耳朵，卻是從潘小月手裡繳下的手槍。

這一聲槍響，彷彿往所有人頭上澆了一盆冰水，大家都振作精神，用或驚訝或冷漠或焦慮的表情注視著阿耳斐的死亡。雅格伯與祿茂嚇得大哭起來，多默則緊緊抓住若望的手，彷彿在從對方身上汲取勇氣；杜春曉眉頭緊皺，看著莊士頓自懺悔室出來，將阿耳斐血淋淋的屍軀拖到一旁。

「不要啊！不要啊！」潘小月放聲嚎啕起來。

「混蛋！這下外邊都聽到槍聲了，他們很快就會攻進來的！」斯蒂芬亦氣憤的大叫。

「下一位要懺悔的是你，請吧。」莊士頓扶起紮肉，將他送入懺悔室內，他從未顯得如此孔武有力。

「等一下！」杜春曉高聲喝道：「我先來！我要懺悔！讓我先來！」

莊士頓愣了片刻，長嘆一聲，復又將紮肉小心扶出懺悔室，隨後解開杜春曉腳上的繩子，道了聲：「請吧。」

杜春曉看著懺悔室內那塊破洞的隔紗，上邊掛滿阿耳斐的血珠，她深吸了一口氣，直覺涼入骨髓，但也只得坐在血淋淋的位子上。

「妳有罪嗎？」莊士頓又將「耳孔」伸在碎裂的隔紗之上。

「有的。」她點了點頭，道：「只是我懺悔的時間比較長。」

「要快一點兒啦……」他語氣裡頗有些遺憾，「妳知道我們很快就不能在這兒待了。」

「但是故事比較長，我說得盡量簡短一些。」

她忽然覺得有一些渴，但知道喝不到水，只得用唾沫潤一潤喉，緩緩開腔：「這個故事得追溯到十四年前，我在英國的時候認識了一個女人，她說她被未婚夫拋棄之後，遇到了壞人，那壞人使她懷孕，並且將她賣給一家餐廳的老闆，也就是斯蒂芬。這意味著，女人將被送上有錢人的餐桌，讓她當場誕下孩子以供他們饕餮。我覺得她很可憐，便悄悄放了她，讓她能回到中國重新開始生活。」

「女人非常聰明，沒有回老家，卻在中俄邊境的遜克縣定了居，她的未婚夫放心不下，竟從英倫追蹤而來。但是，他們並沒有在一起，因未婚夫自覺罪孽深重，已入歸教會，並掌管了當地的聖瑪麗教堂，企圖以仁慈之心贖清從前的罪過，並照看自己曾經辜負過的女人。」

「可當時那個女人卻不是這麼想的，她視產下的孩子為孽種，並交給了當地的人販子，以便抹煞過去，讓人生真正重新開始；男人在得知情況後，自人販子手裡買下那孩子。男女都一樣，一旦心腸開始變狠，往往就能做成大事，尤其她還在那兒碰上了為追蹤我而來的斯蒂芬，斯蒂芬教會她如何在幽冥街生存，他們擺設賭局，重操賣『神仙肉』的行當。她與人販子勾結，至妓館、暗巷，四處蒐羅無人照管的孕婦。」

「沒錯，哈爺之所以好逛窯子，並非色欲過強，卻是在各個窯子和流鶯出沒的巷子裡安插了內線，一旦得知哪個窯姐或野雞懷上了，便將她收買，帶回去照顧，直待她們分娩時可以大撈一筆。有時候女人甚至指使賭坊內品性風流的荷官去勾引看起來好生養的女侍者，讓她們懷孕，沈浩天便是聽從了她的安排，才與譚麗珍暗結珠胎的。」

「這樁暴利的買賣起初做得還算有點兒良心，因是半真半假，我猜想現場分娩是真的，將初生嬰兒宰殺後做成菜肴卻是怎麼也幹不出來，於是少不得做些手腳，請到廚藝超群的人來掌勺，用羊肉或者豬肉炮製鮮美、假裝是嬰兒肉端出來給那幫喪盡天良的客人品用。是不是這樣？」

莊士頓的「耳孔」仍對住她，紋絲不動。

「所以，當時章春富是最適合協助你做這樁買賣的人，他騙術了得，又是宮廷廚師的得意弟子，他們的合作必然是天衣無縫。那時斯蒂芬也已經離開幽冥街，去上海做別的事，所以這

裡成了那個女人的天下。」

「當時的買賣大抵是這樣做的，哈爺與五爺將找到的孕婦送到你這裡養著，由那喚作『大姨婆』的穩婆負責當著客人的面接生，生完之後抱入後臺，孩子交由五爺他們帶走，以供另販，章春富則將假的嬰兒菜端上桌；至於孩子的母親，卻是不得不除掉的，她們會即刻被送往黑狼谷餵狼。」

「當了神父的那個男人，明知她做的勾當卻無法阻止，只得將那些女人賺錢用的孩子自人販子手裡又買過來，傾力撫養，想以此消減些她的罪過。可惜的是……」

她看著那「耳孔」，眼圈逐漸變紅，因意識到後頭的故事會講得尤其艱難。

「可惜的是，人的貪欲是無止境的，騙局反覆上演，也終有戳穿的時候。也許是在幽冥街開設這個秘密賭局數年之後，也就是十年前，女人『掛羊頭、賣狗血』的把戲終於露了馬腳，那些曾經為她這頓嬰兒宴一擲千金的熟客開始懷疑裡頭造假。女人——也就是潘小月潘老闆，她不得已，只得命令章春富將真正的嬰兒像牲口一般宰殺，烹飪後上桌。這便是章春富後來背叛了潘小月的原因。」

「所以，你這裡最小的孩子是十歲的瑪弟亞，瑪弟亞之後便再也沒有自嬰兒宴上保存性命的娃娃供你收養。當然，也有這些人不吃的嬰兒，比如像雅格伯、小刺兒那樣生下來便帶殘疾的，這樣的孩子會被列為次品，留給哈爺做別的用處。」

「你在拯救雅格伯之後發現了這一秘密，因為後來你去他那裡收買孩子時，發現全是罹患蒙古病的，或者四腳殘疾的，這些孩子在教堂內幹不了活，又得消耗糧食，畢竟雅格伯和猶達已經讓你不堪重負了。但是，那些健全的孩子哪兒去了？你大概那時便隱約意識到，孩子們已經成為賭坊裡某些客人的盤中餐。」

「你當時必定悲憤至極，於是去找潘小月理論，勸她回頭是岸。可是利字當頭，生意人哪有隨便放棄財路的道理？哪怕幹的是下地獄的買賣。但正是這個時候，潘小月一面賺得盆滿缽滿，一面卻又無法遏止的想自己要個孩子！」

「沒錯，她也怕沒有後代，怕落得『斷子絕孫』的下場！雖知道自己的親骨肉就在聖瑪麗，在神父的呵護下成長，可是神父從來不告訴她，她的親骨肉究竟是十二個門徒中的哪一個，你們兩人就這樣僵持著，誰也不肯退後一步。潘小月要謀利，你則希望她回頭是岸，儘早結束這不擇手段的生意……」

「紮肉跟我講過，潘小月之所以對精壯的男人如此渴望，除去生理上的需求，她還有一個願望，便是再度懷孕。原本那個孩子應該是神父與她結合所生才對，可命運將這些本該發生的事情都搞得錯了位。潘小月不停的求你把她的孩子還她，你卻以讓她停止擺嬰兒宴為條件來交

換，她這樣要強且貪財的女人，自然不會妥協，於是將對那孩子的念想化作情慾，發洩在其他的男人身上，希望能再生一個。」

「原本，要阻止這一切也頗簡單，只要你與章春富聯手，將罪魁禍首除掉便是，可你必是對她還有太重的負罪感，或者說是餘情未了，所以手中那把屠刀雖已高高舉過頭頂，砍的卻是周邊的人。」

「我給阿巴洗澡的時候，看到了她的妊娠紋，想到她跌落後埋進雪堆的那處鐵軌，上方便是黑狼谷，於是猜到阿巴可能也被送進過賭場，這才是她失蹤整整半年的原因。我當時看見她與姐姐蘇珊娜重逢的時候，就奇怪蘇珊娜為什麼老在她的肚皮上比劃，後來才想到，姐姐應該是在問妹妹肚子裡的孩子哪兒去了。」

「因受過現場分娩、嬰兒被宰食的驚嚇，又死過一回，阿巴確實有很多事情想不起來，但她由此亦對孕婦特別敏感，一看見大肚子的人便會發狂，所以費理伯將一包蛋炒飯放在腹部、走上鐘樓的時候，影子看起來便像一個懷胎數月的婦人，這一幕觸動了她的情緒機關，她才失控襲擊了費理伯，導致喬蘇與她扭打，失手將費理伯推落致死。阿巴看到肚子已大到不成樣的譚麗珍時，也發作過。」

「殺人放火金腰帶，這筆買賣做得血腥氣那麼重，神父你又對潘小月下不了殺手，於是便用了兩招，意欲以此來阻止她。一招是與章春富裡應外合，將參與這樁買賣的人一個個殺掉，沈浩天、五爺、哈爺、大姨婆……那些有罪之人都得到了應有的懲戒。當然，將他們做成人刺是個極妙的主意，既警戒了潘小月，又能嚇退一部分賭徒，讓他們遠離她的地盤。」

「第二招，你做得有點兒絕，便是對教堂內的孩子下手。我一開始還奇怪，為何凶手殺人之後要挖去他們的眼睛？那些被挖掉的眼珠子又去了哪裡？起初我想到東北這地界上，農家都是種鴉片的，利用掏空的屍體運送鴉片與俄國人交易也是有的，於是連夜挖開墓看過，結果屍首卻好端端都在那裡，便知道推測的方向錯了。」

「後來我發現，這些孩子太聽你的話，他們在沈浩天被做成人刺的當晚，也就是瑪弟亞被割頭的那一晚，全都出來集合過。他們為什麼會集合？集合了要去哪裡？」

「神父大人，光有章春富與你的配合可不成，他只能在賭坊後院給你開一條小路，將目標殺死之後放在那兒，其餘時間卻得在賭場裡上班，否則會引起懷疑，根本不可能把他們做成人刺，這個活兒分明就是你帶著幾個孩子出去幹的，你指使他們配合你做這樣殘忍的活，然後給他們冰糖吃……哦不，不是冰糖，是會讓人精神亢奮的，失去痛覺的迷藥，這些藥你盡可以假借做乾花之名，從罌粟裡提煉，是不是？」

「你就是這樣，一面帶著你的教徒去做人刺，給潘小月的生意添亂，一面把孩子一個接一

個的殺害，挖出他們的眼球帶給潘小月，以此警告她，如果再不住手，下一個死的就是她的兒子！潘小月每次收到你用黃楊木盒子裝的一對眼球，便會心驚肉跳一次，但那時她應該還未懷疑到你頭上，因為斯蒂芬並不知道她與你之間的關係，於是斯蒂芬將疑點全部落到老章身上。」

「偏巧章春富為了讓譚麗珍逃跑，可說是用盡了一切辦法，用蟑螂飯讓她與負責監視的鳳娟鬧翻，令其有了去外頭自己張羅吃飯的意念，再蒙面喬裝在鬧市街警告她趕緊逃走……這些事情我原本也並不曉得，卻是與譚麗珍做『牢友』的那段辰光，她有一搭沒一搭全告訴了我，我當下便猜測那可能是良知未泯的老章做的。」

「只可惜，這些行為都被黃雀在後的斯蒂芬發現了，潘小月這才會急著收買紮肉，用來取代老章替她辦事，再說反正已經用真的嬰兒肉做菜，烹飪技巧已完全可以忽略不計。」

「神父大人一定奇怪我怎麼猜到你是凶手的，原先我只有些懷疑，因這些孩子死的方式太特別了，除了費理伯之外，每一個的死狀都是按十二門徒傳說中的樣子來的，你實是想用這法子讓他們離天主更近一步吧？」

「為了讓他們都安於如此悲慘的命運，你還用繩子把他們掏空的眼眶捆紮，一般人興許不曉得這其中用意，我亦是水鄉長大，家在離古江鎮不遠的青雲，知道為了安撫無辜的冤死者，會給他們面部繫上繩子，生怕他們的怨靈自口鼻眼內飛出來作亂人間。所以我一見到這樣的東西，便想到也許凶手與我老家離得近，遂想到在英倫的地下室內被囚禁時與我聊過家常，透露過她原居古江鎮的潘小月，期間我也懷疑過凶案是她所為。」

「可是，教堂的吊橋每晚都被收起，她又是哪裡來的本事入內殺人呢？再說，她也無半點動機。只那時，我還不曾懷疑你，因不曉得你與她有那層關係。」

「直到今天，她將我們一併視作將死之人，於是當面與你說了那番話，我才曉得你們的關係。之後，我還發現你捆潘小月與斯蒂芬的那個繩結，與捆瑪弟亞的結花一模一樣，這才想到，一切都是你主使的。」

「她後來恨你，必是因老章死了，你只得親自私見她，將費理伯的眼珠交予她，以此威脅她停手，結果加深了她的仇恨，帶著大批人馬過來叫陣。當然，你清楚潘小月的軟肋，所以給這些孩子吃了『冰糖』，讓他們爬上牆頂擋著，她生怕誤傷自己的親兒，便怎麼也不敢下令開槍或者強攻，這才是聖瑪麗教堂能堅持那麼久卻不被踏平的原因！」

莊士頓平板而端莊的側臉在血色隔紗後顯得越發乾淨，他終於開了口，如一片灰白的岩石無聲裂出的縫隙：「如此說來，真正的罪人唯獨我一個。」

「可你從前並不是那麼想的，你總將自己辜負潘小月的事情看得太大，所以其他人的命便

不是命，倘若開設嬰兒宴的不是她，換作別的人，你斷不可能犧牲那麼多人命，只為勸她懸崖勒馬吧？！」

「神父大人，你曾是如此宅心仁厚，喬蘇根本沒有生過孩子，我檢查過她的屍體，發現她沒有生育痕跡。興許是因為體質問題，懷上後又流產了，你為了安撫她，騙說她的孩子收養在你這裡，喬蘇由此才成為信徒。阿耳斐所謂的本名『田玉生』，是你編出來的，為了給喬蘇希望，讓她覺得這陰暗人生裡還有一絲光明。可你斷想不到，正是你親手打造的田玉生，硬生生將喬蘇送上了黃泉路。」

杜春曉眼角晶瑩，卻似是忘了淚要如何落下，只能將其凝在原地。

「神父大人，你一手救人，一手殺人，內心必定煎熬得很。但是，這份煎熬若要找宣洩口，必定是找潘小月的親兒，而那個親兒——就是若望吧？還有，在殺死瑪弟亞、砍斷他的頭之後，你把他的身體先行安葬了，這亦是出於慈悲為懷的考慮吧？」

「因下不去手懲治真正的罪人，你只得找她的親骨肉下手，我見識過你懲戒孩子的手段，為的是讓他們知錯能改，可若望從未犯過錯，卻滿身鞭痕，你為什麼打他？為什麼將他關進籠子裡？他的精神狀態又緣何會如此不正常？那都是被你逼出來的吧！這孩子目前體內可是住著兩個魂靈的，一個魂叫天寶，總在呼救，希望親娘能救他脫離苦海；另一個魂才是若望，才智過人，是你最得力的左右手。

「你對若望的感情亦是左右為難，因他是潘小月的兒子，所以既疼他，給他一間花房，傳授他製作乾花、提煉藥物的技法，可你又恨他，時不時要虐待他，以泄心頭之苦。你不曾拿『仙粉』出來牟取暴利，卻只是控制自己的教士，實在是讓人既敬佩又不齒……」

杜春曉遂別轉頭去，看著多默那條被草草包紮、用紗布吊在胸口的斷臂。

「你也曾希望有人能來阻止你的罪惡行徑，所以瑪竇死了之後，你對我說『鬼魂除了仇恨，多半記性也不太好，所以分不清哪一個才是他的親骨肉，於是把他們一個個帶走。』……我當時沒聽懂你的暗示，現在終於什麼都明白了，你已經提前透露給我答案，因為認不出哪個是親生骨肉，才錯殺許多，那個分不清親生子的『鬼魂』指的不是貴生，而是潘小月，對吧？」

終於，莊士頓在破碎的隔紗後，綻放一絲欣慰的笑意。

「神父大人，我的懺悔到此結束了。」

莊士頓正欲啟口，腳下的地板卻猛地抬起，將他掀翻在地。杜春曉亦驚惶失措的爬出懺悔室，卻見外頭濃煙滾滾，自己兩隻手掌則巴巴兒壓在碎玻璃上，忙抬起掌心，皮肉扎滿了碎渣，已滲出斑斑血跡。

「他們開炮了！」斯蒂芬灰頭土臉的在地上掙扎，牆壁的粉灰紛紛墜落，已將他們妝點得如雪人一般。

「快！快解開！」

潘小月的叫聲開始變得恐懼，幾位仍被綁緊的教徒都在尖叫，除了若望。他只是轉過頭來，對住潘小月道：「娘，我是天寶啊，妳不認得了？」

只可惜已亂作一團，他的親娘並未聽見，只顧打滾，將自己整得宛若地獄鑽出的惡煞。所幸莊士頓反應靈活，迅速將教徒手上的繩索解開，卻不想又一聲震耳欲聾的炮響刺穿耳膜，眾人又開始驚惶失措。

凌亂而沉重的腳步聲又開始近了，杜春曉悄悄移到窗口窺視，只見外頭果然已架了梯子，不僅轟斷了吊橋，炸開了大門，還在壕溝外沿架起了鐵絲網——她明白，那是「全數剿殺」的訊號。

「快出去！都出去！」她只得轉過來，架起了夏冰，對棐肉道：「你兩隻腳沒壞，還能逃命吧？」

「放心！」棐肉果然跳起，將血手交替放在胸前，還跑到了杜春曉前頭，笑道：「可惜啊，爺現在不方便幫妳攙著夏哥，且讓你們親熱一陣子吧！」說畢，他便大步流星跑出禮拜堂，完全不像個受了重傷的人。

此時，莊士頓已讓少年們往鐘樓躲去，自己則回來解開了潘小月的繩索。她雙手剛一鬆脫便給了他一耳光，兩人怔怔對視了一陣，似有了心靈感應，竟牽起手雙雙往外衝去。

「救命！救命啊！救命啊！誰來幫我解開！救命！」手腳仍被縛到動彈不得的斯蒂芬已是力竭聲嘶，大抵以前從未遇過死神離他如此之近。

莊士頓愣了一下，還是跑回來為斯蒂芬解開了繩索。

「神給我們的機會應該是均等的。」莊士頓對斯蒂芬說道。

「是嗎？」斯蒂芬忽然出手，一拳將莊士頓擊倒在地，奪過了他的手槍：「神還說過，機會雖均等，卻要爭取才能得到。」

話畢，他便扣動了扳機，孰料卻被一記怒吼震懾，子彈偏離目標，打在莊士頓旁邊的祈禱臺上。只見原本該被綁在寢樓裡的阿巴，不知何時已掙脫了捆綁、跑進了禮拜堂，狠狠咬住了斯蒂芬的脖子！

沒錯，阿巴因重創而緊緊封閉的記憶之門被打開了，她終於認出了斯蒂芬，那個將她關在賭坊內，讓她在人前表演分娩的惡魔！

斯蒂芬因疼痛發出劇烈的慘叫，兩人在滿地的玻璃片中扭作一團，再起不來。

「別看了！快走！」

紮肉一聲暴喝，驚醒在場所有的人。

莊士頓回過神來，急忙帶著潘小月逃至鐘樓下，其餘人亦跟在後頭。

炮聲再次轟傳，禮拜堂似老邁的巨人，攔腰折斷後緩緩倒塌，在晨曦中揚起濃濃的白灰……

杜春曉不由得抬頭，驚覺已是拂曉時分，這一夜過得太慢，又似乎太快；同時，她亦無法想像斯蒂芬被轟然傾瀉的磚瓦壓得粉身碎骨的慘狀，他曾是那麼漂亮、魅惑的男子，倘若死得完美一些，便連屍體都會顛倒眾生。

「阿巴她……」夏冰硬生生截住了話頭，好似只要吞下「死」這個字，瓦礫下的阿巴就會平安無事似的。

「走吧。」杜春曉用力架起夏冰，直奔鐘樓方向。儘管帶著傷患奔逃行速極慢，卻也一腳深、一腳淺的轉移至鐘樓。

不幸的是，後頭已響起一片拉槍栓的聲音，似在冷酷宣告「一個都逃不掉」！

他們只得停住，眼睜睜看著莊士頓與潘小月帶著六位少年往鐘樓上衝，而「九命貓」紮肉早已不知所蹤。

「閻大帥在哪裡？」

一位看似副官模樣的人上前問杜春曉，三十多歲，濃眉小眼，挺拔瘦長。

「他……他死了……」杜春曉只得說了實話。

「誰殺的？潘小月？」副官眉毛動了一下，竟沒有一點兒驚訝。

杜春曉腦中突然閃過一道靈光，於是強笑道：「這事兒說起來有點玄乎，原本誰也不會死，閻大帥還奮起搏鬥，把那女人的槍搶下來了，只中途走了一下火，也沒傷著誰。可巧他正審人的時候，外頭炮轟了進來，閻大帥也沒提防，被當場壓房子底下了。你說這……」

「妳……妳胡說什麼？」聽聞閻大帥的死還是自己的責任，那副官臉色當下就變了。

「人在這兒！」

鐘樓上突然傳來一個聲音，抬頭望去，只見莊士頓、潘小月與一眾教徒已在鐘樓上被憲兵包圍得嚴嚴實實，數十根刺刀直逼他們的前胸。奇怪的是，莊士頓與潘小月的手竟握得那樣緊，一點兒沒有因窮途末路而倉皇，仍是不緊不慢的倚靠在護欄邊緣；而莊士頓的另一隻手裡，握著若望慘白的五指。

「我……我們可以做交易。」杜春曉驀地開口道。

「你們憑什麼做交易？」

「憑這個！」她翻了一下自己的大衣口衣，自裡頭掏出一只瓷盒，打開，裡頭是一堆細白粉末。

「這是？」

「仙粉，官爺不會沒見過吧？」

「有多少？」副官果然將瓷盒接過，用指尖挑了一些。

上頭又傳來一記槍響，有人放空槍要脅正欲逃竄的多默。

「多到足夠官爺享盡榮華富貴。」杜春曉悄悄湊到副官耳邊道。

「嗯，現在帶我們去！」

「不過有條件的。」

「還有什麼條件？」

「把鐘樓上那幾個孩子都放了，你要找的替罪羊，光憑那潘小月便也夠了，多了反而不好。官爺意下如何？」

副官沉吟片刻後，便叫了兩個人跟住他，與杜春曉一併往鐘樓內的花房裡去了。

這筆交易做得既輕鬆又沉重，尤其被腿傷整得死去活來的夏冰，總懷疑杜春曉前腳將花房地板下的仙粉交出去了，後腳就被那副官滅了口，直到聽見杜春曉對那副官道：「官爺，若不嫌棄，下回我有了貨再給您送些來。」

鐘樓上——

「頌良，這可是你頭一回主動碰我。」

潘小月眼神甜絲絲的，宛若瞬間回到十四歲那年，隔著紗屏遙望的美好，都是青蔥氣的，用古江鎮的霧水潤過的蜜糖。為那一捧蜜糖，她做了諸多錯事，繞了太多彎路，一根手指頭都不曾碰過，卻似與他交頸纏綿了幾個世紀！

莊士頓的笑容映在鋥亮如雪的刺刀上，他只是再次握緊她的手，一刻不肯鬆開。

「娘，我是天寶呀！」若望抬頭看著潘小月。

「天……天寶？」

她沉睡體內的最後一縷記憶被喚醒了，臨盆那一晚，一隻金髮碧眼的魔鬼守在榻前，看著大姨婆將她的骨肉自胯間推送出來。

「天寶！我的天寶吶！」

劇痛之後的恍惚不曾麻醉她的喉舌，發出最鬆快的呼喊。

只是醒來之後，魔鬼一臉獰笑的問她：「妳還要湯姆的孩子嗎？」

抱到她跟前的，是個肌膚白如石膏的一團「幽靈」，會叫會哭，會瞪大眼睛看著她，卻是那樣詭異，黏在頭皮上的細軟銀絲猶如鋼針扎碎了她的心智！倫敦那些噩夢遂向她壓來，她只得下意識的退讓、掙扎：「不要了！這孩子我不要！不要！」

如今她百般強調「不要」的孩子，卻被最愛的男人牽在手裡，所謂的「闔家團圓」大抵便是如此。她已有多久不曾品嘗「家」的滋味？自去到英國之後、自來到幽冥街之後、自拒絕了呂頌良之後、自與斯蒂芬相遇之後……「家」便在她身上以錢財的形象出現，於是她一次又一次摟抱珠寶與鈔票，為錯誤的需求奔忙。

「如今終於像一家人了。」

他將她的手握起，夾在腋下，於是三個人又緊密了一些。

「娘……」

若望又喚了一聲，她當下肝腸寸斷。

「總算可以一道走了？」她似乎有些不信，幸福怎能在最殘忍的時刻才賜予她？先前那些努力、計較、退避、瘋狂、仇恨，又是為了什麼？

「嗯！」呂頌良點了點頭，又將天寶的手臂夾在腋下，他瞬間覺得溫暖無比。

三人仰面後傾，自高處落下，朝陽將鐘樓染成血色。墜落過程中，天寶的皮膚竟泛起自然的淡黃，銀髮亦映成褐紅，在風裡飄揚。

杜春曉與夏冰走出鐘樓的時候，一腳踏進了血泊，呂頌良與潘小月姿態扭曲，頭部卻都偏向一側，嘴角有解脫的快意，天寶仰面向上，一對寂寥的淺色雙眸直視天際，宛若等待神的召喚。

「這也許是……最好的結局。」夏冰忍痛說道。

杜春曉一言不發，曙光下暴露的眼角細紋，令她瞬間老了十歲。

尾聲

「春曉啊，這下咱們該去哪兒了？回青雲鎮？」火車站還是冰天雪地，夏冰一面跺腳、一面問歪在長椅上抽菸的杜春曉。

「不曉得，走哪兒算哪兒。」她懶懶回道。

「行行好！」遠遠一叫花子走過來，身上胡亂纏著破棉絮，也不穿鞋子，只拿稻草綁住兩隻腳，兩隻手用破布包得跟饅頭似的，頭髮鉸得極短，面孔粗黑，一咧嘴便露出半口殘牙。

夏冰轉了個身，沒有搭理，孰料那叫花子不依不撓，糾纏起杜春曉來，將手中一只破大碗公直往她胸前靠。

「去去去！真當姑奶奶不認得你吶？快快把錢都交出來！」杜春曉兩眼一瞪，對那叫花子凶道。

叫花子這才回復了紮肉的本來聲氣，嬉皮笑臉道：「姑奶奶呀，好歹咱們也共過患難，怎麼見面還只談錢呢？」

「不談錢談什麼？」她在他頭頂重重拍了一下，罵道：「還共患難？大難來了你逃得比兔子還快，鬼影兒都找不著，哪有跟咱們共難？快說！你把潘小月的錢都藏哪兒啦？」

因覺得不夠過癮，她竟一把抓住紮肉的傷手，往死裡下了勁捏，對方痛得哇哇亂叫。

「姑奶奶呀！住手！住手！我說！」紫肉拚命甩脫杜春曉的「迫害」，一臉委屈道：「錢都在那幾個兔崽子手上吶！我看他們可憐，往後說不定過得多慘，給他們些錢財，讓他們不至於像我紫肉一樣半生淒涼哪！」

「我呸！」杜春曉當下冷笑道：「你何時變菩薩啦？縱真的施捨給那幾個兔崽子，想必也是九牛拔了一毛，大頭兒都給自己留著吧！」

謊話當下被拆穿，紫肉只得厚著臉皮道：「奶奶呀，總得給我自己留些棺材本吧！」

杜春曉忽然怔住，望著紫肉那對靈光四射的大眼看了半晌，方吐出兩個字：「滾吧！」

紫肉鬆一口氣，笑道：「那……山高水遠，來日方長，我的姑奶奶今後可要保重啊！」

「紫肉，你這是去哪兒呀？」夏冰忍不住問道，心裡頭湧起許多的不捨。

紫肉眼中掠過一絲淒然，強笑道：「去找老章生前一直記掛著的那個女人，給她帶個信。」話畢，便轉過身，回復了先前那個猥瑣的行乞姿勢，往前走去。

「哎！你東西掉啦！」夏冰指著放在長椅上的大碗公，對紫肉的背影喊道。

「就當給你們小倆口孩子出生的見面禮啦！」紫肉頭亦不回，只擺了擺手。

杜春曉道：「他兩隻手都廢了，確實是要些棺材本養老。」

她遂拿起那大碗公，碗底擺著一枚血紅的寶石戒指，於是將它戴在枯細的無名指上端詳，腹內那股氣似又在汩汩跳動，她下意識的捂住小腹，內心湧起期待新生命的喜悅。

《塔羅女神探之幽冥街秘史》完

狂狷文庫023

塔羅女神探系列-03（完）

塔羅女神探之幽冥街秘史

出版者■典藏閣

作　者■暗地妖嬈　　封面協力■Kanariya

總編輯■歐綾纖

製作團隊■不思議工作室　　代理出版社■廣東夢之星文化

郵撥帳號■50017206 采舍國際有限公司（郵撥購買，請另付一成郵資）

台灣出版中心■新北市中和區中山路2段366巷10號10樓

電　話■(02) 2248-7896　　傳　真■(02) 2248-7758

物流中心■新北市中和區中山路2段366巷10號3樓

電　話■(02) 8245-8786　　傳　真■(02) 8245-8718

ISBN■978-986-271-506-2

出版日期■2014年6月

全球華文國際市場總代理／采舍國際

地　址■新北市中和區中山路2段366巷10號3樓

電　話■(02) 8245-8786　　傳　真■(02) 8245-8718

新絲路網路書店

地　址■新北市中和區中山路2段366巷10號10樓

網　址■www.silkbook.com

電　話■(02) 8245-9896

傳　真■(02) 8245-8819

☞您在什麼地方購買本書？☜

1. 便利商店（＿＿＿＿市／縣）：□7-11　□全家　□萊爾富　□其他＿＿＿＿

2. 網路書店：□新絲路　□博客來　□金石堂　□其他＿＿＿＿

3. 書店（＿＿＿＿市／縣）：□金石堂　□誠品　□安利美特animate　□其他＿＿＿＿

姓名：＿＿＿＿地址：＿＿＿＿

聯絡電話：＿＿＿＿　電子郵箱：＿＿＿＿

您的性別：□男　□女　　您的生日：西元＿＿＿＿年＿＿＿＿月＿＿＿＿日

（請務必填妥基本資料，以利贈品寄送）

您的職業：□上班族　□學生　□服務業　□軍警公教　□資訊業　□娛樂相關產業
□自由業　□其他＿＿＿＿

您的學歷：□高中（含高中以下）　□專科、大學　□研究所以上

☞購買前☜

您從何處得知本書：□逛書店　□網路廣告（網站：＿＿＿＿）　□親友介紹
（可複選）　□出版書訊　□銷售人員推薦　□其他＿＿＿＿

本書吸引您的原因：□書名很好　□封面精美　□書腰文字　□封底文字　□欣賞作家
（可複選）　□喜歡畫家　□價格合理　□題材有趣　□廣告印象深刻
□其他＿＿＿＿

☞購買後☜

您滿意的部份：□書名　□封面　□故事內容　□版面編排　□價格　□贈品
（可複選）　□其他

不滿意的部份：□書名　□封面　□故事內容　□版面編排　□價格　□贈品
（可複選）　□其他

您對本書以及典藏閣的建議＿＿＿＿

✌未來您是否願意收到相關書訊？□是　□否

感謝您寶貴的意見

印刷品

$3.5
請貼
3.5元
郵票
不思議信箱
FUSIGI POST

235 新北市中和區中山路二段366巷10號10樓
華文網出版集團　收
（典藏閣－不思議工作室）

塔羅女神探之幽冥街秘史
TAROT FEMALE DETECTIVE
暗地妖嬈 著